Wie die Spaghettis in den

Bachstelzenweg kamen

Bernward Flenner, 1953 in Frankfurt am Main geboren, lebt als freier Architekt und Lehrer für Zenmeditation in Nordbayern in der Nähe von Bamberg.
Weitere Informationen unter: www.meditation-bamberg.de

Bernward Flenner

Wie die Spaghettis in den Bachstelzenweg kamen

Roman

Bibliografische Information der Deutschen Nationalbibliothek:
Die Deutsche Nationalbibliothek verzeichnet diese Publikation in der Deutschen Nationalbibliografie; detaillierte bibliografische Daten sind im Internet über http://dnb.dnb.de abrufbar.

© 2016 Bernward Flenner

Illustration: Maria Winter

Herstellung und Verlag: BoD – Books on Demand, Norderstedt

ISBN: 9783739239828

Prolog

*in dem ich im Wöchnerinnenheim der Farbwerke Hoechst
AG geboren werde -
und Antonio nicht mehr weiß, wie er
seine Familie ernähren soll*

1953	Volksaufstand in der DDR
Erstbesteigung des Mount Everest
René Carol / Rote Rosen, rote Lippen, roter Wein
Al Martino / Here in my heart
1954	Die deutsche Fußballnationalmannschaft wird in der Schweiz Weltmeister
Doris Day / Secret Love
Vico Torriani / Granada
1955	Die Bundesrepublik Deutschland tritt der Nato bei
Italien wird Mitglied der Vereinten Nationen
Anwerbeabkommen für italienische Arbeitskräfte zwischen der BRD und Italien
Bill Haley / Rock around the Clock
Caterina Valente / Ganz Paris träumt von der Liebe
1956	Die russische Armee marschiert mit Panzern in Ungarn ein
Harry Glas gewinnt im Skispringen in Cortina d`Ampezo die erste Olympiamedaille für die DDR
Elvis Presley / Love me Tender
Freddy Quinn / Heimweh
1957	Willi Brandt wird Regierender Bürgermeister von Berlin
Die Sowjetunion startet den Satteliten Sputnik ins All
35 000 Südtiroler fordern auf Schloss Sigmundskron Autonomie für ihre Region
Everly Brothers / Wake up little Suzie
Caterina Valente / Wo meine Sonne scheint

1958 Abschaffung der Lebensmittelkarten in der DDR
Elvis Presley kommt als Soldat nach Deutschland
Fred Bertelmann / Der lachende Vagabund
Mitch Miller / River Kwai Marsch

1959 Fidel Castro übernimmt die Macht in Cuba
China annektiert Tibet, der Dalai Lama flieht ins Exil
Conny Froboess / Mr. Music
Jan und Kjeld / Banjo boy

Man erzählte mir, es sei ein wunderschöner Oktobertag gewesen, damals, 1953. Draußen schien die Sonne und erinnerte mit ihrer Wärme an den Sommer, der nun vorbei war und sie tauchte, mit ihren flacher werdenden Strahlen, das sich färbende Herbstlaub in ein geheimnisvolles Licht.

Die Strahlen fielen durch das Fenster ins Zimmer, reichten bis zum Bett, in dem meine Mutter lag, die mich an diesem Tag geboren hatte.

Das Bett stand im Entbindungsheim der Farbwerke Höchst AG, und wie der Firmenname vermuten lässt, befand sich dieses im Frankfurter Stadtteil Höchst.

Das Ende des Zweiten Weltkriegs lag acht Jahre zurück und es ging in Deutschland langsam wieder aufwärts. So schien meine Ankunft unter keinem schlechten Vorzeichen zu stehen.

Ich hatte drei ältere Geschwister. Meine Schwester wurde genau im Jahr des Kriegsendes geboren, meine beiden Brüder drei und vier Jahre vor mir. Mein Vater musste nach dem Abitur gleich als Soldat in den Krieg und danach noch in Kriegsgefangenschaft. So hatte er erst vor Kurzem sein Chemiestudium abgeschlossen und eine Stelle bei den Farbwerken Hoechst angetreten.

Die meisten Menschen, die in Höchst und Umgebung wohnten, arbeiteten bei den Farbwerken, manche schon seit mehreren Generationen. Unsere Familie verfügte über keine solche Tradition, trotzdem waren wir jetzt Mitglied der Firmenfamilie und durften alle angebotenen Sozialleistungen in Anspruch nehmen. Hierzu gehörte auch das firmeneigene Entbindungsheim.

Von meiner Geburt weiß ich natürlich nichts mehr. Das erste Ereignis, woran ich mich heute erinnern kann, fand gut vier Jahre später statt.

Ich befinde mich in einem dunkelgrünen VW Käfer, der voll beladen ist mit Matratzen. Ich sitze hinter der Rückbank in einer Art Höhle, die von den Erwachsenen Hutablage genannt wird.

Diese Fahrt ist Teil eines Umzugs. Wir ziehen in ein großes altes Haus mit ganz vielen Zimmern, das mitten in einem Garten steht. Es gehört den Farbwerken, und meinem Vater ist es gelungen, dieses Haus zu mieten. Die Straße, in der wir jetzt wohnen, heißt Bachstelzenweg.

Weil das Haus so riesig ist und weil mein Vater noch nicht viel Geld verdient, ziehen meine Großeltern, die Eltern meines Vaters, mit uns in das Haus ein. Mein Opa hat bei der Eisenbahn gearbeitet und ist gerade pensioniert worden.

Im Erdgeschoss gibt es eine Küche, ein Wohnzimmer, ein Esszimmer und ein großes Spielzimmer für uns Kinder.

Im ersten Stock sind das Elternschlafzimmer, der Raum, in dem wir drei Jungen gemeinsam schlafen und das Zimmer meiner großen Schwester, die schon ein eigenes Radio hat, das sie immer ganz laut dreht, wenn Schlager von ihren Lieblingssängern Peter Kraus, Caterina Valente und Silvio Francesco kommen.

Hier sind auch die beiden Räume der Großeltern, einer zum Schlafen und einer zum Wohnen. Das Wohnzimmer der Großeltern ist groß und hat an zwei Seiten viele Fenster, die in kleine Quadrate unterteilt sind, wie bei einem Wintergarten. Hier ist es immer hell und gemütlich.

Unter dem Dach ist ein großer dunkler Speicherraum, in dem alte Kisten und Möbel stehen und noch ein extra Zimmer, das Mansarde genannt wird. Es hat zwei Fenster und einen Heizkörper, wird aber nur zum Wäschebügeln benutzt, obwohl hier auch ein großes Bett und ein Kleiderschrank stehen.

Ganz unten gibt es noch viele Kellerräume: Der Heizungsraum mit dem Kohlenkeller daneben, Lagerräume, die Werkstatt, in der mein Vater und mein Opa alle möglichen Sachen reparieren und die Waschküche. Hier zündet mein Opa jede Woche einmal Feuer unter dem Kessel an und dann sind meine Mutter und meine Oma den ganzen Tag über damit beschäftigt, Wäsche zu waschen. An diesen Tagen riecht es im ganzen Keller und teilweise auch im

Haus feucht nach Seifenlauge und es gibt als Mittagessen meist Erbsensuppe mit Fleischwurst.

Meine Geschwister gehen vormittags zur Schule. Ich bin dann oft bei den Großeltern, kuschle mich zur Oma ins Bett und bekomme Märchen vorgelesen oder ich sitze bei ihnen im Wohnzimmer auf dem Sofa und wir machen zusammen ein Spiel.

Manchmal gehe ich mit meiner Mutter zum Einkaufen in die Stadt. Nicht nach Frankfurt, wo die großen Kaufhäuser sind, das ist weit weg, da muss man mit dem Zug oder mit der Straßenbahn hinfahren. Wir gehen in die Höchster Innenstadt, in der es auch viele Geschäfte und auch ein Hertiekaufhaus gibt, in dem man fast alles bekommen kann: fertige Kinderkleidung oder Stoff, um welche daraus zu nähen, Spielsachen, Schulhefte für meine Geschwister und vieles mehr. Ab und zu besuche ich mit meiner Mutter das Restaurant im Hertie. Meine Mutter und ich teilen uns ein kleines Frühstück, ich trinke dazu eine Tasse mit süßer Schokolade, aus der oben ein Häufchen Schlagsahne ragt.

Auf dem Weg von unserem Haus dorthin, kommen wir an mehreren großen Bunkern aus dem Krieg vorbei. Hohe graue Betongebäude mit kleinen, dunklen Löchern statt Fenstern in der Wand und dicken verschlossenen Eingangstüren aus Eisen. Die Bunker sehen bedrohlich aus, machen mich aber auch neugierig. Wie wird es da drinnen wohl aussehen? Wie war das im Krieg, als die Menschen im Bunker waren und draußen Bomben auf die Stadt fielen?

Noch mehr erinnert daran, dass hier Krieg war: Einbeinige Männer, die mit ihrem Fahrrad die Straße entlang fahren, andere, bei denen ein leerer Jackenärmel an der Schulter nach oben gesteckt ist.

Wenn zu hause in unserer Familie das Gespräch auf den Krieg kommt, wird meist schnell ein anderes Thema gesucht. Als ich einmal bei meinen Großeltern im Wohnzimmer sitze, ist eine ältere Frau, eine Bekannte von ihnen, zu Besuch. Ich höre, wie sie sagt, ihr Sohn sei im Krieg gefallen. Damit meint sie wohl, er sei erschossen worden und dann fängt sie an zu weinen.

Als es Sommer wird, bin ich eine Zeit lang alleine mit meinen Großeltern in unserem Haus. Meine Geschwister haben Schulferien. Die Brüder machen so etwas wie eine Kur in einem Kinderheim und meine Eltern sind mit meiner Schwester im VW Käfer in Urlaub gefahren, Richtung Süden, ohne festes Ziel. Es ist die erste große Urlaubsfahrt in ihrem Leben. Irgendwann bekommen wir eine Ansichtskarte aus Italien, auf der Meer, Strand und Palmen zu sehen sind und schließlich kehren die Urlauber zurück.

Wegen des schlechten Wetters und weil es sie immer weiter in die Ferne zog, sind sie in Österreich über die Alpen bis nach Italien gefahren, dann immer weiter, an einem großen See vorbei, an dessen Ufern Palmen wuchsen, bis zur Adria, wie dort das Meer heißt. In der Nähe von Venedig, in einem kleinen Dorf bei dem Städtchen Cavallino, sind sie schließlich geblieben und haben sich bei einer Familie, in deren Wohnhaus, ein Zimmer gemietet. Sie schwammen im Meer, sonnten sich am Strand und bekamen auch Kontakt zu Bewohnern des Dorfes, die sehr nett waren. Irgendwie verstanden sie sich untereinander, obwohl keiner die Sprache des anderen sprechen konnte.

Bevor sie mit dem VW Käfer die weite Heimreise antraten, kauften sie auf dem Wochenmarkt noch italienische Schuhe und ein riesiges Stück Parmesankäse als Mitbringsel für uns zu hause.

Jetzt sitzen wir alle daheim an dem großen Tisch im Esszimmer und jeder bekommt zum Versuchen ein Stückchen vom Parmesankäse abgeschnitten. Mein Vater öffnet eine bauchige Flasche mit Rotwein, die unten mit Bast umwickelt ist. Alle trinken davon und auch ich darf vom Glas meines Vaters probieren. Es schmeckt sehr sauer, aber der Parmesankäse ist fein.

Später geht meine Mutter in die Küche, stellt einen großen Topf mit Wasser auf den Herd und daneben noch einen kleineren. Sie haben noch mehr aus Italien mitgebracht. Kleine runde Konservendosen werden geöffnet und der rote Brei, der sich darin befindet, kommt mit Butter, Wasser und Gewürzen in den kleinen Topf und wird zu einer roten Soße verrührt. Als das Wasser im anderen Topf kocht, nimmt sie ein Päckchen mit ganz langen, dünnen Nudeln. Die kommen in das kochende Wasser, werden gleich umgerührt und nach einigen Minuten in ein Sieb über dem Spülstein abgegossen. Meine Mutter füllt die Nudeln und die Soße in unsere großen Porzellanschüsseln und trägt alles ins Esszimmer.

Mein Vater hat in der Zwischenzeit ein kleines Schälchen voll Parmesankäse gerieben. Jeder hat jetzt einen Suppenteller, eine Gabel und einen Löffel vor sich. Erst kommen Nudeln auf die Teller, dann ein großer Löffel Soße darüber, alles wird mit Gabel und Löffel durchgemischt und schließlich streuen wir mit einem kleinen Löffelchen Parmesankäse über die Nudeln.

Die Eltern zeigen uns, was sie in Italien gelernt haben. Mit Hilfe des Löffels müssen die Nudeln auf die Gabel aufgewickelt werden. Mir gelingt das nicht, aber irgendwie bringe ich doch die Nudeln mit der Gabel in den Mund. Es schmeckt ganz toll, genau so gut wie mein Lieblingsessen, Rouladen mit Kartoffelbrei und Rotkraut.

Alle am Tisch essen und allen schmeckt es. Dabei erzählen meine Eltern und meine Schwester vom Meer, dem Sandstrand und den netten Italienern, mit denen mein Vater manchmal zusammen Wein getrunken hat. Wir hören gespannt zu und wünschen uns, im nächsten Sommer auch mit nach Italien fahren zu dürfen.

***

Langsam gleitet das Boot durch das dunkle, ruhige Wasser der Lagune. Sie genießen die kühle Frische des Morgens, die salzige Luft, die vom offenen Meer hereinweht und sich mit dem leicht modrigen Geruch des Lagunenwassers verbindet.

Tuck, tuck, tuck..., das gleichförmige Geräusch des Motors, das sanfte Klatschen der Wellen gegen die hölzernen Bugwände, vereinzelte Möwenschreie – es sind noch nicht viele Boote unterwegs an diesem Morgen, die Lagune scheint erst langsam aus ihrem Schlaf zu erwachen. Zur Linken gleitet der Lido mit seinen prunkvollen, alten Hotelgebäuden an ihnen vorbei, in der Ferne tauchen im zarten Dunst des frühen Tages bereits die Umrisse des Glockenturms von San Marco und des Dogenpalastes auf.

Michele, der Fischer, steht hinten am Ruder, lenkt das Boot die vertraute Fahrrinne entlang, die, wie überall in Venedig, durch Baumstämme markiert ist, welche eingerammt in den weichen Untergrund weit sichtbar aus dem Wasser ragen.

Antonio sitzt wie immer vorne, den Blick geradeaus gerichtet. Doch im Gegensatz zu sonst hat er heute keinen Sinn für die Türme, Kuppeln und die prunkvollen Gebäude, auf die sie zufahren. Zu sehr ist er in seine Gedanken vertieft, zu sehr spürt er, dass der Onkel heute fehlt, mit dem er die ganzen Jahre stets gemeinsam von ihrem Lagunendorf hinüber in die Stadt, nach Venedig, gefahren ist.

Lange hatte der Onkel gezögert, konnte sich nicht entscheiden, ob er mitkommen solle. Schließlich war er heute früh zu hause geblieben und hatte ihn, Antonio, alleine losgeschickt, auf diese letzte Fahrt. Nur mit Michele im Boot brachte er die Truhe jetzt zurück, in einen der Palazzi am Canal Grande, wo sie diese vor vielen Wochen abgeholt hatten.

Irgendwann hatten sie aufgehört, die unendlich vielen Stunden zu zählen, die sie gemeinsam in ihrer Schreinerwerkstatt mit der Truhe verbracht hatten. Alle beschädigten Teile waren kunstvoll ersetzt, die Farbe des eingefügten Holzes geschickt gebeizt, geölt, gewachst und poliert worden, bis fast niemand mehr den Unterschied zum Original erkennen konnte und auch für den fehlenden Messingknauf hatten sie einen passenden Ersatz in ihrer Schatzkammer gefunden.

Nun stand die Truhe zwischen Michele und ihm im Boot und sah wieder so prächtig aus, wie an dem Tag, als sie vor über zweihundert Jahren die Werkstatt eines Schreiners in Venedig verlassen hatte.

Schon als Kind, noch bevor er in die Schule kam, war Antonio immer beim Onkel in der Werkstatt gewesen, schaute ihm zu, wie er für die Leute aus den umliegenden Dörfern Fenster, Türen, Tische und Schränke anfertigte. Irgendwann begann er mitzuhelfen, lernte den Umgang mit Schleifpapier, Polierlappen, dann mit der Säge, dem Stemmeisen, den verschiedenen Hobeln, die ordentlich aufgereiht an der Wand hinter der Werkbank hingen. Als er größer wurde, bediente er auch die Kreissäge, die der Onkel erst neu erworben hatte. Deren schnell rotierendes Sägeblatt, mit dem hohen, kreischenden Ton, wenn es in das Holz einschnitt, flößte ihm lange großen Respekt ein.

Wie selbstverständlich war er nach dem Abschluss der Schule zum Onkel in die Lehre gegangen, war selbst Schreiner geworden. Er hätte sich nie etwas Anderes vorstellen können. Schon bald hatte er alle Arbeiten genauso geschickt beherrscht, wie der Onkel selbst.

So viel Freude ihnen diese Tätigkeiten auch machten, richtig lebten der Onkel und er erst auf, wenn sie wieder einmal eines der alten, historischen Möbelstücke in Venedig abholen durften, um ihnen neues Leben einzuhauchen, um die oft beträchtlichen Spuren, welche die Zeit daran hinterlassen hatte, zu beseitigen, sie wieder so herzurichten, dass sie ihren angestammten Platz in einem der vielen Palazzi würdig einnehmen konnten.

Stets fuhren sie dann mit Michele, dem Fischer, den sie dafür bezahlten, die knappe Stunde von ihrem Dorf durch die Lagune, hinüber nach San Marco, San Polo, Dorsoduro oder einem der anderen Stadtteile Venedigs, um das Möbelstück abzuholen.

Stand es dann mitten in ihrer Werkstatt, betrachteten sie es lange von allen Seiten, öffneten die Schubladen, die Türen, untersuchten das Innere, befühlten die gewachsten oder lackierten Oberflächen, beschnupperten sie und manchmal rieb der Onkel kräftig mit der Spitze seines Zeigefingers auf dem Holz, führte ihn dann an seine Zunge und versuchte, mit dem Geschmack zu ergründen, welche Öle, Wachse oder Lacke im Laufe der vielen Jahre hier in Anwendung gekommen waren.

Sie besprachen sich, tauschten all ihre Eindrücke aus und immer mehr schienen sie dabei eins zu werden mit dem Schrank, der Truhe, der Kommode, die da vor ihnen stand und die vor so langer Zeit ein anderer Schreiner in unzähligen Stunden erschaffen hatte.

Sie begannen die Schäden zu analysieren. Da war ein Brett vom Wurm zerfressen, die Türen durch die feuchte, salzige Luft verzogen, ein gedrechselter Fuß verloren gegangen, eine Ecke durch Unachtsamkeit abgebrochen oder es fehlte ein Griff, ein Knauf aus massivem Messing. Wenn sie nach gründlichem Abwägen entschieden hatten, welche Teile ersetzt werden mussten, welche Stellen sie auszubessern oder auch nur aufzupolieren hatten, war der Zeitpunkt gekommen, die Schatzkammer des Onkels aufzusuchen, einen Raum, direkt neben der Werkstatt, in dem ein Fremder nichts als Brennholz und alte, verschmutzte Metallteile erkannt hätte.

Doch es war tatsächlich ein Schatz, der sich hier verbarg, um den sie viele angesehene Schreiner aus Venedig beneideten und den schon der Vater des Onkels, der auch Schreiner war, begonnen hatte zusammenzutragen.

Alte Hölzer von Möbeln, irgendwann einmal achtlos weggeworfen, weil sie beschädigt waren, Bretter von Fußböden, Decken, Wandverkleidungen, so alt wie die Palazzi selbst, abgefallen bei zahllosen Reparaturarbeiten im Laufe einer langen Zeit.

Kisten mit Schlössern, Schlüsseln, Scharnieren, Griffen, Türklinken, Zierbändern aus Eisen und Messing - nur der Onkel wusste genau, was sich hier alles verbarg.

Und dann war da noch der Schrank mit den vielen Fläschchen, Gläsern und Döschen voller Beizen, Ölen, Wachsen und Lacken, um die Oberflächen der erneuerten Holzteile dem Original wieder genau anpassen zu können.

Wenn sie hier alles gefunden hatten, was sie für die anstehende Aufgabe brauchten, begannen sie ihr Werk. Vorsichtig entfernten sie beschädigte Teile, fertigten aus alten, passenden Hölzern genauestens Ersatz, dabei immer bemüht, auch nicht den Bruchteil eines Millimeters von den ursprünglichen Formen abzuweichen.

Und während sie so in ihre Arbeit vertieft waren und entgegen ihrer sonstigen Gewohnheit nur noch das Notwendige dabei besprachen, kam ihnen immer mehr das Gefühl für die Zeit abhanden. Erst war es die Uhr, die sie ignorierten, dann beachteten sie auch nicht mehr den Stand der Sonne, die nachmittags direkt durch das Werkstattfenster fiel.

Da gab es dann nur noch die Tätigkeiten, die sie gerade verrichteten, mit der Feile, der Säge, dem Schleifpapier, dabei der Duft von Sägemehl, Firnis und Leim, das Geräusch des Hobels, wenn er über das Holz glitt, des Hammers, der auf das Stemmeisen traf, oder das leichte Quietschen, des im Kreise bewegten Poliertuchs.

Und wie durch Zauberhand verwandelte sich die Truhe, die sie alt und schadhaft aus Venedig geholt hatten, allmählich in ein strahlendes Kunstwerk und der Meister, der es vor so langer Zeit erschaffen hatte, schien zu ihnen zu sprechen, ja, bisweilen vermeinten sie tatsächlich seine Stimme zu hören.

Oft beendete erst die Dämmerung des Abends, die ihnen das Licht nahm, ihre Arbeit für den Tag.

Manchmal war es aber auch die Tante, die zu später Stunde die Werkstatt betrat und von ihnen erst bemerkt wurde, als sie ihre kräftige Stimme erhob: „Verhungern werden wir noch alle wegen euch, wegen eurem alten Zeug da!

Wo ist die Tür, die du für Lorenzo machen solltest? Er wartet schon seit Tagen darauf, und du hast noch nicht einmal damit angefangen. Nichts mehr seht ihr, außer dem alten, wurmstichigen Ding da, das nur noch dazu taugt, kleingehackt und im Ofen verbrannt zu werden.

Du weißt genau, dass Lorenzo seine Rechnungen immer sofort, ohne zu handeln begleicht. Nicht so wie deine reichen Kunden aus Venedig, die auf ihrem Geld sitzen und dir oft nur ein Trinkgeld geben, das gerade reicht, um Michele für die Überfahrt zu bezahlen."

Während die Tante immerfort weiterschimpfte und lamentierte, tauschten der Onkel und er heimlich Blicke aus.

Eigentlich mussten sie der Tante ja recht geben. Noch nie hatte der Onkel all die vielen Stunden, die sie mit solch einem Möbelstück verbrachten, auf eine Rechnung geschrieben. Vielleicht die Hälfte davon, manchmal auch weniger und trotzdem klagten ihre Auftraggeber stets darüber, wie teuer es geworden sei, gaben ihnen nur einen Teil des Geldes oder vertrösteten sie und der Onkel musste aufs neue nach Venedig fahren und vorsprechen, bis er seinen Lohn endlich in den Händen hielt.

Nein, leben konnten sie nicht von diesen Arbeiten, dass wussten sie schon. Aber ohne sie, ohne die vielen Stunden des Einswerdens mit den alten Meisterstücken konnten sie sich ein Leben überhaupt nicht vorstellen.

Antonio erschrickt, als Micheles Stimme ihn aus seinen Gedanken reißt: „Antonio, wo müssen wir heute hin, wo soll ich entlang fahren?"

Vor ihnen ist die Kuppel von Santa Maria della Salute zu sehen, der Kirche, welche die Venezianer vor vierhundert Jahren nach der Pestepidemie gebaut hatten. Hier teilt sich das Wasser. Links geht es den Canale della Giudecca entlang, vorbei an der Hauptinsel, rechts führt der Canal Grande direkt in das Herz der Stadt.

„Rechts, rechts, Michele, in den Canal Grande, der Palast bei der Accademiabrücke, du weißt schon."

Während Michele sicher durch den dichten Verkehr des Canal Grande lenkt, hindurch zwischen Vaporetti, Gondeln und den vielen Lieferboten, versinkt Antonio wieder in seine Gedanken.

Letztes Jahr, wenige Monate, nachdem er, Antonio, geheiratet hatte, war die Tante an der Lunge erkrankt, hatte Blut gehustet. Sie gingen zum Arzt, kauften Medikamente und schließlich musste die Tante ins Krankenhaus. Viel Geld war für dies alles zu bezahlen gewesen. Bald schon waren die geringen Ersparnisse aufgebraucht. Dann lieh der Onkel sich etwas von Freunden und Verwandten und schließlich wusste er nicht mehr, woher er das Geld für die weiteren Rechnungen nehmen sollte.

Und als er, der nie um einen Ratschlag verlegen war, der immer so viel lachte und stets für jeden einen von Herzen kommenden, freundlichen Satz bereit hielt, als er nicht mehr wusste, wie es weiter gehen sollte, bekam er unerwarteten Besuch.

Ein Schreiner, den er schon lange kannte, der in Venedig eine große Werkstatt unterhielt, bot ihm einen stattlichen Betrag, für den in Jahrzehnten zusammengetragenen Inhalt der Schatzkammer. Der Onkel wusste gleich, dass jetzt der Zeitpunkt gekommen war, sich zu trennen von all den alten Hölzern und Beschlägen, den Fläschchen und Döschen, sich zu trennen von seiner Leidenschaft, die nichts einbrachte und ihm die Zeit raubte, die er brauchte, um den Lebensunterhalt für seine Familie zu verdienen.

Die Tante kam aus dem Krankenhaus, wurde gesund und der Onkel fing wieder an zu lachen. Doch sein Lachen hatte sich verändert. Etwas von der Unbekümmertheit und Grenzenlosigkeit, mit der er früher den ganzen Raum der Werkstatt ausgefüllt, soviel Zuversicht ausgestrahlt hatte, etwas davon war verloren gegangen.

Und dann, als sie diese letzte Truhe, die jetzt schon so lange bei ihnen in der Werkstatt stand, fertiggestellt hatten, nahm der Onkel ihn beiseite. Entgegen aller Gewohnheit schenkte er am Vormittag zwei Gläser voll Rotwein und begann zu reden, zögernd, langsam, mit einer Stimme, die sich fast so anhörte, als hätte der Onkel Mühe, beim Sprechen seine Tränen zu unterdrücken.

Umständlich erklärte er, wie schlecht die Geschäfte gingen, dass er ihm ja schon manchmal einen Teil des Lohnes schuldig bleiben musste, dass Antonio ja jetzt auch verheiratet sei, sie schon bald ihr erstes Kind erwarten würden...

Da fiel ihm Antonio ins Wort, erlöste den Onkel vom Reden, das ihm heute so unendlich schwer zu fallen schien.

Er wüsste doch, wie es um die Werkstatt bestellt sei, dass die Arbeit nicht ausreiche, um zwei Familien zu ernähren. Schon lange habe er geahnt, dass es so nicht weiter gehen könne. Er werde sicher eine andere Arbeit finden, vielleicht nicht hier im Dorf, aber bestimmt in einer der großen Städte, wo schon einige ihrer Bekannten hingezogen seien.

Da hatte der Onkel ihn in seine Arme genommen: „Mein Junge, wie sehr wünsche ich mir von ganzem Herzen, dass dich das Glück nie verlässt auf deinem weiteren Weg. Und wenn du mich einmal brauchen solltest, du weißt, ich bin immer für dich da."

Danach hatte sich Antonio auf den Heimweg begeben und obwohl er solch ein Gespräch schon seit langem hatte kommen sehen war ihm, während er so entlang ging, als sei der Boden unter seinen Füßen verschwunden, als tauche er mit jedem Schritt in ein unendlich tiefes Loch ein. So lange er denken konnte war die Werkstatt des Onkels sein eigentliches zu hause gewesen, hatte er sich nie vorstellen können, etwas anderes als Schreiner zu sein.

Er begann, sich umzuhören, doch schnell stellte sich heraus, dass es weit und breit keine Arbeit in einer Schreinerei gab und um selbst eine Werkstatt zu eröffnen fehlte ihm das Geld.

Sein Leben, das bisher in so klaren Bahnen verlaufen war, begann kompliziert zu werden.

Eines Abends machte er sich auf den Weg, seine Cousine zu besuchen, die am anderen Ende des Dorfes wohnte, von wo es nur wenige Meter bis zum Meer waren. Sie arbeitete schon seit längerem auf dem Campingplatz, der sich beim Strand befand und auf den in letzter Zeit immer wieder Urlauber aus anderen Ländern, meist aus Deutschland, kamen. Seine Cousine hatte sogar etwas Deutsch gelernt und seit letztem Jahr vermietete sie an die Fremden auch Zimmer in ihrem Haus. Deutschland, von dort kamen nicht nur Touristen, in dieses Land waren auch schon Leute aus den umliegenden Dörfern gefahren, um dort zu arbeiten.

In Verona gab es eine Behörde, die Italiener nach Deutschland vermittelte, davon hatte Antonio gehört und auch, dass man dort ärztlich untersucht würde, dass man viele Formulare ausfüllen und amtliche Papiere mitbringen musste. Es schien alles sehr kompliziert zu sein, dort in Verona.

Er hatte auch davon gehört, dass es möglich sei, als Tourist nach Deutschland zu gelangen und dann dort selbst nach einer Arbeit zu suchen. Aber wo sollte er hinfahren, wo wohnen, wen nach einer Arbeit fragen, wo er doch kein Wort Deutsch sprach. Und wollte er überhaupt dorthin, in dieses Land, wo er niemanden kannte, wo es so kalt sein sollte und wo er nichts verstand.

Vielleicht konnte ihm seine Cousine weiterhelfen. Sie hatte schon so viele Menschen aus Deutschland kennengelernt.

Als er die Küche im Haus der Cousine betrat, saßen dort fremde Leute am Tisch: Ein Mann, eine Frau, beide etwa um die vierzig und ein vielleicht fünfzehnjähriges Mädchen. Alle drei trugen kurze Sommerkleidung und an den Füßen Sandalen.

Der Mann hatte ein Glas mit Rotwein vor sich stehen, die Frau und das Mädchen jeweils eines mit Limonade.

„Ah, Antonio, Cousin, komm herein, setz dich zu uns. Das ist die Familie Flenner, aus Deutschland, aus Frankfurt."

Er setzte sich. Die Cousine schenkte ihm Rotwein ein und dann hob der deutsche Mann sein Glas, hielt es ihm entgegen und sagte „Prost".

Auch Antonio hob sein Weinglas: „Salute", und obwohl er sonst nicht viel Wein trank, leerte er es heute fast auf einen Zug aus, so dass die Cousine ihm gleich nachschenkte.

„Der Dottore Flenner arbeitet in Deutschland in einer großen Fabrik, wo sie Farben herstellen", erklärte die Cousine und dann setzte sie die Unterhaltung mit den drei Fremden fort, so gut es ihre Deutschkenntnisse erlaubten.

Antonio saß dabei und verstand nichts von dem, was die anderen miteinander redeten, doch in seinem Kopf begann es zu arbeiten, tauchten Fragen auf, immer mehr. So vieles hätte er gerne gewusst über Deutschland und ob es dort wirklich überall Arbeit gab.

Irgendwann stand die Cousine auf, machte sich am Herd zu schaffen und begann in einer Pfanne kleine Fische zu braten.

Antonio war jetzt alleine mit den drei Deutschen am Tisch. Einen Moment lang herrschte Schweigen, dann sah der fremde Mann ihn an und sagte etwas in der Sprache, die Antonio nicht verstand.

„Der Dottore möchte wissen, was du arbeitest, was dein Beruf ist", übersetzte die Cousine vom Herd aus. Antonio schaute dem Mann kurz in die Augen, dann deutete er auf die Zimmertüre, den Tisch und den Schrank hinter ihnen.

„Das, das habe ich alles selbst gebaut, das ist mein Beruf"

„Tischler, ich glaube er ist Tischler", sagte der Mann auf Deutsch zu Frau und Tochter gewandt, so, als wolle er ihnen etwas aus dieser fremden Sprache übersetzen, die er selbst gar nicht verstand.

Tischler, das war also das deutsche Wort für seinen Beruf, Tischler, das würde er sich merken.

Nachdem sie gemeinsam die knusprig braunen Fische aufgegessen hatten, ebenso das frische Weißbrot, welches mit auf dem Tisch stand, gingen die Frau und das Mädchen nach oben in ihr Zimmer. Der Mann, der jetzt schon einige Gläser Wein getrunken hatte und dabei immer gesprächiger geworden war, blieb noch sitzen, während die Cousine die Gläser nachschenkte und dazu einen Teller mit kleinen Käsestücken, Salami- und Schinkenscheiben auf den Tisch stellte.

So gut es ging, übersetzte sie zwischen Antonio und dem Deutschen, der plötzlich anfing, in einer Sprache zu reden, die manchmal ihrer eigenen ähnlich war. Es musste wohl Latein sein, was sie da hörten, denn es klang so, als würde der Priester am Sonntag in der Kirche die Messe lesen. Und da nun auch der Wein mithalf, verstanden sie sich immer besser untereinander.

Arbeit gäbe es mehr als genug in Deutschland. Überall werde gebaut: neue, hohe Häuser mit Wohnungen für Familien und in der Stadt seien immer noch zahlreiche Gebäude vom Krieg zerstört, die jetzt wieder aufgebaut würden.

Antonio sah die vielen neuen Häuser, dachte dabei an die unzähligen Fenster und Türen, die hierfür gebraucht wurden und die vielen Tischler, die diese Fenster und Türen herstellen mussten.

Während die Gläser neu gefüllt wurden, erzählte der Dottore weiter.

Es sei oft schwierig, überhaupt qualifizierte Arbeiter zu bekommen. In dem Unternehmen, bei dem er beschäftigt sei, hätten sie zwar noch nicht solche Sorgen, aber den Arbeitern würde dort auch viel geboten von der Firma: Häuser und Wohnungen, ein Schwimmbad, eine Bücherei, sogar Fahrräder, um von der Arbeit nach Hause zu fahren.

Es war schon lange dunkel, als sie sich schließlich vom Tisch erhoben. Der Dottore bedankte sich herzlich für das Essen und den Wein. Wenn sie einmal nach Deutschland, nach Frankfurt kommen sollten, seien sie auch in seinem Haus immer herzlich willkommen, sagte er noch, bevor er zum Schlafen nach oben ging.

Auf dem Heimweg ließen Antonio die Bilder von den vielen neuen Häusern in Deutschland, den vielen neuen Fenstern und Türen nicht mehr los. Frankfurt, das musste eine sehr große Stadt sein, so groß, wie er noch nie eine in seinem Leben gesehen hatte.

Ein leichter, dumpfer Schlag beendet Antonios Gedanken. Michele hat das Boot seitlich an den hölzernen Anleger gelenkt, hinter dem sich der wasserseitige Zugang des Palazzo befindet und hält schon den Strick in der Hand, um das Boot zu vertäuen.

„Binde du es vorne fest", ruft er Antonio zu und dann beginnen sie damit, die schwere Truhe aus dem Boot zu laden.

***

Bei uns in Höchst gehen jetzt die Sommerferien zu Ende. Für meine großen Geschwister fängt die Schule wieder an. Mein Vater fährt jeden Morgen zur Arbeit und manchmal kommt er in der Mittagspause schnell zum Essen vorbei. Meine Mutter geht vormittags immer einkaufen. Ich begleite sie, oder ich bleibe in dieser Zeit daheim bei den Großeltern.

An einem solchen Vormittag klingelt es an der Haustüre. Meine Oma öffnet. Vor der Tür steht ein Mann mit schwarzen Haaren und einem kleinen Koffer in der Hand.

Ohne ihn zu grüßen, sagt meine Großmutter gleich: „Wir kaufen nichts". Sie meint, er sei einer von den Männern, die von Haus zu Haus ziehen und Rasierklingen, Schnürsenkel oder ähnliche Dinge zum Kauf anbieten.

Doch der Mann packt keine Waren aus. Er hält ein Papier in der Hand und will meiner Oma etwas sagen, aber wir können ihn nicht verstehen. Er redet in einer ganz anderen

Sprache. Dann kommt der Opa dazu. Der fremde Mann steht auf dem Bürgersteig, ihm gegenüber meine Großeltern, dazwischen das geschlossene Gartentor. Ich höre, wie der Mann etwas sagt, das wie „Doktore Flenner" klingt. Er hält meinem Opa den Zettel entgegen, deutet mit dem Finger darauf.

Mein Opa liest: Dr. Karl-Heinz Flenner, Bachstelzenweg 5, Frankfurt am Main / Höchst. Es ist die Handschrift meines Vaters.

Jetzt wird die Gartentüre geöffnet und der Fremde darf eintreten. Meine Großeltern sind unsicher, sie wissen nicht, was sie mit dem Mann machen sollen, doch dann bitten sie ihn ins Haus. Er bekommt einen Stuhl am Küchentisch angeboten und ein Glas Sprudelwasser. Dort sitzt er noch vor dem Glas, als meine Mutter bald darauf vom Einkaufen zurück kommt. Die Großeltern erwarten sie schon und berichten von dem Fremden.

Meine Mutter geht in die Küche, bleibt erstaunt an der Türe stehen, dann begrüßt sie den Mann, der da am Tisch sitzt. Sie scheint ihn zu kennen und beginnt, sich mit ihm zu verständigen. Jeder spricht in seiner Sprache und dabei bewegen sie dauernd die Arme und Hände. Dann sagt der Mann ein deutsches Wort: „Arbeit", zeigt auf sich und sagt „Tischler".

Meine Mutter wendet sich an uns: „Das ist Antonio aus Italien, der Cousin von der Frau, bei der wir im Urlaub gewohnt haben. Ich glaube, er will hier in Deutschland arbeiten."

Meine Oma hat das Mittagsessen fertig und da kommt auch mein Vater zum Essen nach Hause. Meine Mutter erzählt ihm gleich im Flur von unserem Gast. Erst macht mein Vater ein merkwürdiges Gesicht, doch dann geht er ins Esszimmer, wo Antonio schon mit uns Kindern und den Großeltern am Tisch sitzt.

Mein Vater hat vor langer Zeit in der Schule Französisch und Latein gelernt, Italienisch spricht er nicht. Doch es gelingt ihm recht gut, sich mit Antonio zu verständigen, der mit uns jetzt gemeinsam zu Mittag isst.

Irgendwann erklärt er uns, dass Antonio tatsächlich nach Deutschland gekommen sei, um hier zu arbeiten und dass er jetzt eine Arbeitsstelle und auch einen Platz zum Wohnen bräuchte. Nach dem Essen müssen wir Kinder aus dem Zimmer, die Erwachsenen haben noch etwas zu besprechen und dann erfahren wir, dass der Mann aus Italien die nächsten Tage bei uns bleiben wird.

Oben im Dach ist ja noch die Mansarde, in der neben den zu bügelnden Wäschebergen das alte Doppelbett steht. Bis jetzt ist es noch nie benutzt worden. Dort kann Antonio erst einmal schlafen.

Wir haben kein Telefon, und so beginnt mein Vater am nächsten Tag von seinem Büro aus, eine Arbeitsstelle für unseren Gast zu suchen. Schon kurze Zeit später beginnt Antonio bei einer Baufirma in der Nähe von Höchst zu arbeiten.

Bald darauf ist der erste Mensch aus einem fremden Land, den ich in meinem Leben kennen gelernt habe, auch schon wieder aus unserem Haus verschwunden. Seine Firma hat ihm eine andere Unterkunft besorgt.

Erstes Kapitel

*in dem ich das erste Mal im Leben in einem fremden Bett schlafe -
und Antonio mit einer kleinen Säge seine Kollegen beeindruckt*

1960 John F. Kennedy wird zum Präsidenten der USA gewählt
Im Rahmen der Entkolonialisierung des afrikanischen Kontinents wird auch Italienisch-Somaliland unabhängig
In Amerika kommt die Antibabypille auf den Markt
Das erste deutsche Versuchskernkraftwerk geht in Betrieb
Die XVII. Olympischen Sommerspiele finden in Rom statt
Rocco Granata / Marina, Marina
Heidi Brühl / Wir wollen niemals auseinadergehn

Es ist Ostern und die Schulferien meiner Geschwister gehen gerade zu Ende. Osterferien sind etwas Besonderes. Vor den Ferien gibt es Zeugnisse, und danach beginnt ein neues Schuljahr. Dieses Ostern fängt auch für mich die Schule an. Ein paar Tage zuvor habe ich vom Augenarzt eine Brille verschrieben bekommen. Der Besuch beim Optiker dauert nicht lange, denn es gibt für alle Kinder das gleiche Brillengestell.

An meinem ersten Schultag mache ich mich früh, zusammen mit meiner Mutter, auf den Weg, in meinen Armen eine große Schultüte. Ich bin neugierig und möchte wissen, was da alles drin ist, doch ich darf jetzt noch nicht hineinschauen.

Wir müssen etwa fünfzehn Minuten laufen, dann kommen wir zu einem großen, grauen Gebäude, der Volksschule. Es gibt einen Haupteingang, durch den alle Kinder gehen und noch einen kleinen, an dem ein großes blaues Schild mit der Aufschrift „Stadtbad" hängt. Ich frage meine Mutter, ob hier ein Schwimmbad sei. „Nein" sagt sie, „da gibt es nur Badewannen im Keller. Die sind für Leute, die zu hause kein Badezimmer haben".

Dann gehen wir in das Schulgebäude hinein. Wir kommen in einen langen Flur. Auf der einen Seite sind hohe Fenster, auf der anderen ganz viele Türen. An den Wänden zwischen den Türen hängen Jacken von Schulkindern an langen Kleiderhakenreihen. Alle Kinder mit Schultüten haben ihre Mütter dabei. Väter sind keine da, die müssen arbeiten.

Ein Mann liest unsere Namen vor und sagt, wer in die Klasse 1a und wer in die Klasse 1b gehen soll. Ich komme in die 1b und werde mit meiner Mutter zu einer der Türen geschickt, die offen stehen. Dahinter ist ein großes Zimmer, mit vielen Bänken und Tischen. Immer zwei Kinder haben Platz auf einer Bank, die über eine Eisenstange in der Mitte fest mit dem Tisch verbunden ist. Die Tische haben vorne kleine Vertiefungen mit einem Blechdeckel darauf. Das sei früher für die Tintenfässer gewesen, als die Kinder noch mit

Federn geschrieben hätten, die sie in die Tinte tauchen mussten. Jetzt gibt es Füllfederhalter und die neuen haben Patronen für die Tinte, die man ganz einfach auswechseln kann, ohne dass die Tinte tropft.

Ich komme in die erste Reihe, zusammen mit den anderen Brillenträgern. Insgesamt sind wir vierundvierzig Kinder in der Klasse. Die Väter der meisten arbeiten bei den Farbwerken Höchst. Ausländische Kinder sind keine an unserer Schule. An Ausländern gibt es in Höchst nur amerikanische Soldaten und ein paar Gastarbeiter aus Südeuropa. Das sind alles Männer, die keine Kinder dabei haben.

Unsere Lehrerin ist Fräulein Kramer. Sie scheint etwas älter als meine Mutter zu sein und erzählt, dass wir bei ihr Lesen, Schreiben und Rechnen lernen werden.

Dann gehen wir wieder nach Hause und ich darf endlich die Süßigkeiten aus meiner Schultüte auspacken. Später kommen meine Geschwister aus der Schule. Sie gehen aufs Gymnasium. Meine Schwester hat einen Fotoapparat, der Agfa Klick heißt und macht ein Foto von mir mit Brille und Schultüte.

Ab jetzt gehe ich wie meine großen Geschwister jeden Tag in die Schule. In der ersten Zeit schreiben wir mit einem Griffel auf eine Schiefertafel, die jeder in seinem Schulranzen hat, später in Hefte und irgendwann bekomme ich einen modernen Füller mit Tintenpatronen. In Heimatkunde erzählt uns Fräulein Kramer, wie es früher in Höchst war und dass drei Männer die Meister, Lucius und Brüning hießen, vor fast hundert Jahren die Farbwerke Hoechst gegründet haben.

Eines Morgens hat der Unterricht gerade begonnen, ich sitze in meiner Bank in der ersten Reihe.

„Jetzt sagen wir alle gemeinsam das Gedicht auf, das ihr bis heute lernen solltet." Fräulein Kramer fängt mit der ersten Gedichtzeile an, und alle sprechen mit, so wie sie es zuhause gelernt haben. Nur ich nicht. Ich hatte vergessen, dass wir dies als Hausaufgabe auswendig lernen sollten und jetzt kann ich es nicht. Ich versuche, so zu tun, als würde ich das Gedicht mit den anderen zusammen aufsagen, bewege den Mund und spreche manchmal ein Wort mit. Ich habe Angst, von der Lehrerin entdeckt zu werden. Dann sind wir fertig. Einen Augenblick ist es ganz still in der Klasse.

„Bernward, komm zu mir", höre ich Fräulein Kramer sagen. Ich stehe auf, gehe vor zu ihr und meine Angst wird immer größer, denn ich weiß, was jetzt geschehen wird.

„Setz deine Brille ab". Ich fasse meine Brille, nehme sie vom Gesicht, halte sie mit beiden Händen fest.

„Schau mich an", höre ich die Stimme der Lehrerin, im gleichen Ton, in dem sie auch sonst immer spricht. Ich schaue zu ihr hin und in dem Moment klatscht auch schon ihre Hand auf meine Backe.

„Das nächste mal sagst du es mir vorher, wenn du die Hausaufgaben vergessen hast. Geh jetzt auf deinen Platz".

Ich setze meine Brille auf und gehe zu meiner Bank. Das war die übliche Strafe und ich habe noch Glück gehabt, dass ich nicht zusätzlich eine Strafarbeit bekam. Zu hause erzähle ich nichts, sonst werde ich nur noch einmal geschimpft.

Sonst ist Fräulein Kramer gar nicht so schlecht. Sie erzählt interessante Dinge von Tieren und Pflanzen und warum es in der Nähe unserer Schule einen kleinen Park gibt, mit einem großen Haus darin, das fast wie ein Schloss aussieht. Hier hat vor langer Zeit einmal ein berühmter Mann gewohnt, nach dem unsere Schule benannt ist.

Manchmal besucht uns Antonio zu hause. Er lacht mich immer an, wenn er kommt, und spricht jedes mal etwas besser Deutsch. Irgendwann unterhält er sich einmal ganz lange mit meinen Eltern. Wir Kinder dürfen nicht dabei sein, versuchen aber, an der Zimmertüre zu lauschen. Viel verstehen wir nicht von dem, was gesprochen wird, aber es geht irgendwie darum, dass Antonio wieder bei uns einziehen möchte, oben in der Dachmansarde, und wenn wir richtig gehört haben, sollen noch mehr Italiener kommen.

***

„Gott möge segnen Euer Haus, und alle die hier gehen ein und aus,
 Mög´ Eintracht und Zufriedenheit, darinnen herrschen alle Zeit.
 Nun Glas zerschmettere im Grund, geweiht sei dieses Haus zur Stund."

Der Vorarbeiter der Zimmerleute, der zusammen mit seinen Gesellen oben auf dem Gerüst steht, hat den Richtspruch beendet. Hinter den Männern mit den weiten Zunfthosen, den schwarzen Westen und den breitkrempigen Hüten auf dem Kopf ragen die Balken des Dachstuhls in den Himmel. Noch keine Stunde ist es her, dass sie den letzten Nagel eingeschlagen und ganz oben auf der Spitze das kleine Bäumchen befestigt haben, dessen bunte Bänder jetzt leicht im Wind wehen.

Der Vorarbeiter hebt das Weinglas, hält es den Gästen entgegen, die von unten der Zeremonie gespannt zuschauen, leert es in einem Zug und wirft es mit Schwung in die Tiefe, wo es klirrend auf einem Stein zerspringt. Beifallklatschen dringt nach oben und die Zimmerleute, deren Gesichter nach der Arbeit und der Hitze des Sommertages noch vom Schweiß glänzen, beginnen, vom Gerüst hinabzusteigen.

„Komm, Toni, komm mit, unten gibt's Bier und Essen", ruft der Vorarbeiter Antonio zu, der in seinem blauen Arbeitsanzug etwas abseits steht, dort, wo er für die Blicke der Gäste verborgen ist.

„Ja, ja, ich komme schon", und als Letzter folgt er den Anderen über die Leitern nach unten.

Toni sagen sie jetzt zu ihm und laden ihn ein mitzufeiern, zusammen mit dem Bauherrn, dem Architekten und den anderen Gästen hier auf dem Richtfest.

Nein, das war nicht immer so. Wenn er an seinen ersten Arbeitstag denkt, damals vor fast einem Jahr, als der Chef der Baufirma ihn zu den Zimmerleuten mitnahm...

„Das ist Antonio, aus Italien. Antonio ist Schreiner, der wird jetzt bei euch mitarbeiten."

„Ein Spaghetti?", war es aus dem Vorarbeiter herausgeplatzt, „Ein Spaghetti, der versteht doch überhaupt nichts, der hält uns doch nur auf". Doch der Chef ließ sich nicht umstimmen und so schleppte Antonio seit diesem Tag Balken, balancierte mit Kisten voller Nägeln und Eisenschrauben über Gerüstleitern und abends fegte er auf der Baustelle die Säge- und Hobelspäne zusammen.

Eigentlich war er ja Schreiner. Fenster und Türen hatte er für die Häuser anfertigen wollen, die in Deutschland neu gebaut wurden. Doch dafür schien es genug deutsche Handwerker zu geben. Italiener waren hier Hilfsarbeiter. Aber er hatte Arbeit, das war das Wichtigste und diese Arbeit wollte er nicht verlieren. So gab er sich große Mühe, alles, was ihm aufgetragen wurde, so ordentlich wie möglich zu erledigen. Und wenn sich die anderen Bauarbeiter unterhielten, hörte er zu, versuchte, einzelne Wörter zu verstehen, fragte nach und allmählich gelang es ihm immer besser, sich auf Deutsch verständlich zu machen.

Mit den meisten der Zimmerergesellen kam er bald recht gut aus, nur vom Vorarbeiter kam nie ein freundliches Wort, immer hieß es: „Spaghetti mach dies, Spaghetti mach das". Und wie viel Mühe sich Antonio auch gab, nie konnte er es ihm recht machen.

So ging es bis zu dem Tag, als sie diesen außergewöhnlichen Dachstuhl vorbereiteten. Alle Balken waren glatt gehobelt und sollten im Inneren des Hauses sichtbar bleiben, doch der Architekt, der dauernd aufgeregt auf der Baustelle herumsprang, war mit nichts zufrieden.

„Da könnt ihr Brennholz draus machen, so kommt mir das nicht ins Haus", schimpfte er lauthals, als er den Balken sah, den einer der Gesellen gerade mit einer schwalbenschwanzförmigen Überplattung versehen hatte.

„Wir sind Zimmerleute und keine Kunstschreiner", gab ihm der Vorarbeiter zurück, „wir haben unser Handwerk gelernt und wir arbeiten so genau, wie man das mit unserem Werkzeug machen kann".

Mit hochrotem Kopf verließ der Architekt die Baustelle. Nun standen die Zimmerleute sprachlos da und keiner schien mehr den Mut zu haben, das Werkzeug ein weiteres Mal an einen der Balken anzusetzen.

Da nahm Antonio eine Säge, die feinste, die er finden konnte und begann, wie selbstverständlich, den nächsten Balken zu bearbeiten.

„Das bekommst du vom Lohn abgezogen, wenn du den verpfuschst", brummte der Vorarbeiter, doch er unternahm nichts, um Antonio aufzuhalten.

Langsam, ganz langsam, begann dieser mit ruhiger Hand, den Schnitt zu führen, vollkommen gerade und ganz exakt neben der Linie, die angezeichnet war und schon bald wurde er eins mit seinen Bewegungen, so wie er es kannte von früher her, von der Arbeit in der Werkstatt des Onkels. Da war keine Aufregung, keine Angst, etwas falsch zu machen. Antonio wusste um sein Können und während er völlig gleichmäßig die Säge hin und her zog, vergaß er völlig den Vorarbeiter, der neben ihm stand. Dann griff er zum Stemmeisen und schließlich ging er zum nächsten Balken und bearbeitete das Gegenstück der Verbindung.

Die anderen schauten Antonio schweigend zu und als er fertig war, fügten sie probehalber die beiden Balken zusammen und wäre da nicht die unterschiedliche Maserung der Hölzer gewesen, man hätte kaum erkennen können, wo der eine Balken aufhörte und der nächste begann.

Als der Architekt am nächsten Morgen auf die Baustelle kam, betrachtete er sich lange Antonios Werk, dann wandte er sich an die Zimmerleute: „Warum denn nicht gleich, genau so habe ich mir das vorgestellt," klopfte dem Vorarbeiter anerkennend auf die Schulter und zog weiter.

Seit diesem Tag sagten alle Toni zu ihm und wenn sie Bier tranken, bekam auch er eine Flasche in die Hand gedrückt und alle stießen mit ihm an.

Immer wenn es jetzt eine komplizierte Holzverbindung anzufertigen galt, hieß es: „Toni, das ist deine Arbeit", und an solch einem Tag schleppte ein anderer die Kisten mit den Schrauben und den Nägeln.

Seit damals, als der Architekt sie gelobt hatte, war es für ihn erträglicher geworden, als an dem kühlen, grau verhangenen Herbsttag, vor fast einem Jahr, als er über die Alpen gefahren und die deutsche Grenze überquert hatte.

Die Entscheidung, in dieses ferne Land zu fahren war ihm schwer gefallen. Er war sich unsicher gewesen, ob es der Dottore ernst gemeint hatte mit seiner Einladung, damals, an dem Abend bei der Cousine. Die Deutschen waren anders als die Menschen, die er kannte und er wusste nicht, was er von ihnen halten sollte.

Doch dann war ihm keine andere Wahl mehr geblieben. Seine wenigen Ersparnisse waren nach der Geburt der Tochter bald aufgebraucht und er wusste nicht mehr, wie er seine kleine Familie ernähren sollte. So war er schließlich in den Zug gestiegen. Im Abteil saßen nur italienische Männer, etwa in seinem Alter, die alle aus dem Süden des Landes kamen und jeder von ihnen hatte, genau wie er, seinen Sonntagsanzug angezogen. Einen anderen besaß keiner von ihnen. alt war es, als er in Frankfurt allein auf dem Bahnsteig stand. Er fror in seiner viel zu dünnen Kleidung, obwohl der Herbst gerade erst begonnen hatte

Mit dem Zettel in der Hand, auf welchen der Dottore seine Adresse geschrieben und den er bei der Cousine zurückgelassen hatte, ging Antonio zwischen den hohen Häusern und den vielen Menschen die Straßen entlang, auf denen so viele Autos fuhren. Immer wieder hielt er einem Passanten das Papier entgegen und versuchte dabei in fragendem Ton das Wort „Bachstelzenweg?" auszusprechen.

Schließlich stand er vor einem großen, weißen Haus, das ringsum von einem Garten umgeben war. So ähnlich stellte er sich die prachtvollen Sommervillen der venezianischen Adligen außerhalb der Stadt, am Brenta Kanal vor, von denen er gehört hatte.

Er drückte auf den Klingelknopf neben dem Gartentor, über dem auf einem kleinen, glänzenden Messingschild „Dr. Flenner" stand. Eine ältere Frau öffnete die Haustüre, ein Mann und ein kleiner Junge kamen hinzu, aber keiner von den drei Deutschen, die er bei der Cousine kennen gelernt hatte, war zu sehen.

Erst als er den Zettel zeigte und der Mann die Handschrift des Dottore zu erkennen schien, öffneten sie ihm das Tor und er durfte das Haus betreten. Die Frau des Dottore kam vom Einkaufen, die Kinder, die den Vormittag in der Schule verbracht hatten und schließlich der Dottore selbst.

Und dann, als sie alle am Mittagstisch saßen, zu neunt, vor den dampfenden Schüsseln, da spürte Antonio auf einmal, wie dieses Gefühl nachließ. Dieses Gefühl ganz allein zu sein, das ihn die lange Reise über begleitet hatte und das ihm bisher in seinem Leben völlig fremd gewesen war.

Das Essen mit den gekochten Kartoffeln, dem salzigen, rosa Fleisch und dem sauren, hellen Kraut war ungewohnt, doch er hatte Hunger und so aß er.

Ein paar Tage konnte er bei der Familie des Dottore bleiben. Sie hatten ihm ein eigenes Zimmer im Dach gegeben, in dem er in einem großen, altmodischen Bett schlief. Schon nach einer Woche hatte der Dottore Arbeit für ihn bei einer Baufirma gefunden und ihm geholfen, alles Erforderliche bei den Behörden zu regeln.

Von der Baufirma bekam er eine neue Unterkunft. Es war ein Zimmer, das sich in einem Lagergebäude auf dem Firmengelände befand.

Drei doppelstöckige Betten standen dort, in der Mitte ein Tisch mit sechs Stühlen, an der Wand ein niedriges Regal, mit einem Topf, einer Pfanne, etwas Geschirr, Besteck und einer elektrischen Kochplatte. Zu jedem der sechs Schlafplätze gehörte ein schmaler Schrank aus Eisenblech und es gab einen Ofen, in dem Abfallholz von den Baustellen verbrannt werden konnte, um das Zimmer zu heizen.

Draußen, auf der anderen Seite des Flures, führte eine Tür zur Toilette mit einem kleinen Waschbecken, in dem man sich selbst, seine Wäsche und auch schmutziges Geschirr waschen konnte.

Sie wohnten zu sechst in dem Zimmer und jeder bekam am Monatsende dreißig Mark als Miete von seinem Lohn abgezogen. Die anderen arbeiteten als Hilfsarbeiter bei den Maurern der Baufirma und alle waren Italiener. Aus dem Süden, aus Sizilien und Kalabrien. Sie sprachen einen anderen Dialekt als er, kannten sich, verstanden sich untereinander und Antonio fand keinen rechten Kontakt zu ihnen. Abends lag er oft alleine auf seinem Bett, während sie sich am Tisch lebhaft unterhielten.

Meist verging die Zeit zäh an den Abenden und noch mehr an den Sonntagen, wenn er frei hatte. Er besuchte dann immer die Messe. Die lateinischen Worte des Priesters waren die selben, wie die seines Pfarrers daheim, in der Dorfkirche, doch sie klangen anders und von der Predigt verstand er fast nichts. Und wie hätte er hier zur Beichte gehen sollen, mit den wenigen deutschen Worten, die er beherrschte?

Manchmal zog er einfach durch die Straßen. Es war noch viel kälter geworden und er hatte sich einen warmen Pullover und einen Mantel kaufen müssen. Immer wieder trieb es ihn zu den Plätzen, wo Menschen waren, zum Bahnhof oder der Straße mit dem großen Kaufhaus, doch meist fühlte er sich inmitten der vielen Fremden nur noch mehr allein.

Manchmal endete solch ein Spaziergang in einer Gastwirtschaft, nicht weit entfernt von seiner Unterkunft. Deutsche Männer saßen in Gruppen zusammen, tranken Bier und unterhielten sich lautstark. Er hockte allein an einem Tisch, trank ein Bier und irgendwann ging er dann immer zur Musikbox, die in der Ecke stand. Er kannte genau die Taste, die er drücken musste: Rocco Granata – Marina, Marina... Er hatte ein italienisches Lied entdeckt, das einzige unter den vielen Schallplatten mit deutschen und englischen Schlagern. Er hörte sich dieses Lied, das in seiner Sprache gesungen wurde immer zweimal an. Dann trank er sein Bier aus und ging zurück in sein Zimmer, wo die anderen meist noch um den Tisch herum saßen und sich unterhielten.

„Komm Toni, iss noch etwas, es ist genug da", sagt der Zimmerergeselle, der neben ihm beim Richtfest sitzt und legt ihm noch ein Schnitzel auf den Teller. Ja, Schnitzel gibt es heute auf dem Fest zu essen. Schnitzel mag er, Schnitzel sind besser als das meiste andere deutsche Essen, die Eintopfsuppen mit dem weichen Gemüse, das Fleisch mit den dicken Soßen und immer wieder gekochte Kartoffeln dazu.

Daheim in Italien gab es jeden Tag Nudeln, meist mit einer Soße aus Tomaten, Pommodoro, Goldäpfeln wie sie hießen. Pommodoro wurden erst geerntet, wenn sie wirlich reif waren, wenn man die Sonne schmecken konnte, die sie so viele Monate beschienen hatte. Dann gab es immer viel Arbeit für die Frauen. In großen Töpfen wurden die Tomaten gekocht, Salz, Kräuter und andere Gewürze hinzufügt und schließlich wurde das rote, duftende Püree in unzählige Gläser gefüllt, die dann bis zur nächsten Ernte reichen mussten.

Aber hier in Deutschland gab es keine Spaghetti, keine Soße und erst recht keinen Parmesankäse, zum darüberstreuen.

Er konnte sich mit dem deutschen Essen nicht anfreunden und auch die Menschen, die ihm genau so kühl vorkamen wie das Wetter hier in diesem Land, waren ihm noch immer fremd.

Nach einiger Zeit ertappte sich Antonio dabei, wie er stets aufs Neue zum Bahnhof ging und lange vor dem Fahrplan stehen blieb, obwohl er ja die Zeiten längst auswendig wusste, zu denen die Züge täglich in Richtung Italien fuhren.

Und als er dann auch noch anfing, darüber nachzudenken, ob er vielleicht wieder zurückkehren sollte, nach Hause, dort wo er die Menschen, die Straßen kannte, wo ihm der Geruch der Lagune und der Duft aus den Töpfen, wo ihm das alles so vertraut war, als diese Gedanken sich immer mehr in ihm ausbreiten wollten und er sich kaum noch dagegen zu wehren vermochte, da waren auf einmal die beiden Briefe da. Er war etwas früher von der Arbeit gekommen an diesem Tag, war noch allein im Zimmer und es war ganz still im Raum. Da lagen die Briefe mitten auf dem Tisch, um den die sechs Stühle standen und auf beiden Briefen stand sein Name.

Den Absender des einen Briefes erkannte er sofort an der Schrift, den schob er zur Seite, hob ihn sich auf. Der andere kam von seinem Schwager Giuseppe, der zusammen mit seinem Vater einen kleinen Bauernhof bewirtschaftete, wo sie Obst und Gemüse anbauten. Er wolle heiraten, schrieb Giuseppe ihm, doch ihr Bauernhof reiche nicht aus, um zwei Familien zu ernähren. Sie bräuchten mehr Land und auch Maschinen und dazu benötigten sie Geld, das er in Deutschland verdienen wolle. Ob Antonio nicht bei seinem Chef wegen einer Arbeit fragen, ob er nicht zu ihm nach Deutschland kommen könne.

Antonio spürte, wie eine wohlige Wärme in ihm aufstieg. Warum sollte es keine Arbeit für Giuseppe geben? Warum sollte er nicht auch hier wohnen können? Immer wieder wurde ein Platz frei in diesem Zimmer. Ja, zusammen mit Giuseppe, da wäre alles leichter in diesem Land.

Dann nahm er den zweiten Brief, den er sich aufgehoben, auf dessen Umschlag er die Handschrift von Rosa, seiner Frau, erkannt hatte.

Sie schrieb von ihrer kleinen Tochter, dass sie jetzt anfangen würde zu laufen, berichtete Neuigkeiten von Freunden und Verwandten und dann änderte sich der Ton ihres Briefes. Sie hätte viel nachgedacht, auch gerechnet, wie lange Antonio in Deutschland wohl arbeiten müsse, um genug Geld für eine eigene Schreinerei zu sparen, wie viele Jahre dies alles dauern würde. Sie könne doch mithelfen dabei, auch nach Deutschland kommen und dort arbeiten.

Sie wäre doch geschickt im Umgang mit der Nähmaschine, vielleicht gäbe es ja eine Arbeit für sie bei einem

Schneider oder in einer Textilfabrik. Um die Tochter würden sich die Großeltern schon kümmern.

Antonio hielt den Brief in der Hand, während die Gedanken kreuz und quer in seinem Kopf umhertanzten.

Rosa in Deutschland, noch nie war er auf solch eine Idee gekommen. Rosa hier bei ihm, wie könnte das gehen? Wo sollte sie eine Arbeit finden? In der Baufirma gab es keine Frauen, bis auf die Sekretärin im Büro. Und wo sollten sie wohnen? Hier in diesem Zimmer jedenfalls nicht.

Doch die Vorstellung war so verlockend, dass er in den nächsten Tagen an nichts anderes denken konnte und allmählich begann er, einen Plan zu entwickeln.

An einem der folgenden Abende zog er seinen guten Anzug an und machte sich auf den Weg zur Familie des Dottore. Ein paar Mal war er in der Zwischenzeit dort schon zu Besuch gewesen und wie immer wurde er auch diesmal freundlich empfangen. Er bekam etwas zu trinken angeboten und als er mit dem Dottore und dessen Frau allein am Tisch saß, begann er davon zu erzählen, was sein Schwager ihm geschrieben hatte. Und dann, nach einer kurzen Pause, berichtete er von Rosas Brief, fragte, ob der Dottore wüsste, wo man Arbeit für eine italienische Frau finden könne.

„Putzen vielleicht", meinte der Dottore, „bei einer Familie oder in einem Büro. Er, der Dottore, könne sich ja einmal umhören."

Antonio bedankte sich. Ja, er habe da noch eine andere Frage, und jetzt musste er seinen ganzen Mut zusammennehmen. Oben sei doch das Zimmer, im Dach, mit dem breiten Bett, wo er die ersten Tage geschlafen hatte. Das Zimmer sei ja sehr groß und es würde ja auch noch ein weiteres Bett hineinpassen. Ob es nicht unter Umständen möglich wäre, ob er es nicht vielleicht mieten könne, nur so lange, bis sie eine richtige Wohnung gefunden hätten, für ein paar Monate, oder vielleicht auch nur ein paar Wochen lang.

Alle schwiegen, und als Antonio aufschaute, schienen die beiden anderen seinem Blick auszuweichen.

„Nein Antonio, das wird wohl nicht gehen", sagte der Dottore schließlich. „Nein, nein, das geht wirklich nicht", und wieder verstummten sie und die Stille des Zimmers lastete auf ihnen. Lange saßen sie so da, schweigend, bis die Frau des Dottore schließlich meinte: „Lasst uns das alles noch einmal in Ruhe überlegen, komm nächste Woche noch einmal vorbei, Antonio, dann sehen wir weiter."

Er bedankte sich beim Abschied nochmals höflich und als er dann in der Dunkelheit durch die leeren Straßen ging, zurück zu dem Zimmer, wo sein Bett stand, hatte sich die Vorstellung, gemeinsam mit seiner Frau hier leben zu können, in Nichts aufgelöst. Auch das Bier in der Kneipe und das italienische Lied aus der Musikbox konnten ihm an diesem Abend nicht die Schwere nehmen, die sich auf seine Seele gelegt hatte.

Fast drei Wochen sind vergangen seit seinem Besuch im Bachstelzenweg, als er jetzt beim Richtfest mit seinen Kollegen zusammen sitzt, die ihm immer wieder mit ihren Bierflaschen zuprosten. Drei Wochen, und bis heute hat er sich nicht getraut, noch einmal hinzugehen, nachzufragen, ob der Dottore seine Meinung vielleicht doch noch geändert habe. Es würde vergeblich sein, zu entschieden hatte die Stimme des Dottore geklungen, auch wenn seine Frau versucht hatte, ihm noch etwas Hoffnung zu belassen.

Aber heute ist ein richtig schöner Tag. Antonio fühlt sich wohl, wie er hier sitzt, mit seinen Zimmererkollegen, mit den vielen anderen Gästen, wie sie ihn in den Kreis des Festes aufgenommen haben.. Ja, dies ist ein guter Tag, und auch wenn er nicht mehr viel Hoffnung hat, er wird es noch einmal versuchen. Heute. Am Abend, nach der Arbeit, dann wird er zum Dottore, dann wird er in den Bachstelzenweg gehen.

***

Wir sind fertig mit dem Abendessen und wie immer in den letzten Wochen, stehe ich als erster vom Tisch auf und schleiche mich zur Küche, aus der mich ein verführerischer Duft aus Tomatensoße, Kräutern und anderen Gewürzen anzieht. Ich öffne die Türe ein wenig und stecke meinen Kopf durch den Spalt.

„Komm, komm rein, Bernie, da steht Teller für dich", höre ich Antonio sagen. Die drei Italiener sitzen am Küchentisch und haben gerade mit dem Essen begonnen. An dem leeren Platz steht ein kleiner Teller mit Nudeln und Soße, das ist meiner. Ohne ein Wort zu sagen, setze ich mich und fange an zu essen.

Immer, wenn meine Oma und meine Mutter abends in der Küche fertig sind und unsere Familie im Esszimmer am Tisch sitzt, kommen die Italiener aus ihrem Zimmer herunter und beginnen zu kochen. Meistens gibt es Nudeln und immer, wenn es Nudeln gibt, stellen sie für mich zum Versuchen einen kleinen Teller bereit.

Heute hat Antonios Frau flache, breite Nudeln mit einer Soße aus Tomaten und Erbsen zubereitet. Während sich die drei in ihrer Sprache unterhalten, esse ich und mache immer wieder „Mhmm", weil es so köstlich schmeckt. Nicht das kleinste Stück einer Nudel lasse ich übrig. Genauso, wie ich gekommen bin, schleiche ich mich wieder aus der Küche und lasse Antonio, seine Frau und den Schwager alleine weiter essen.

Seit ein paar Wochen wohnen sie bei uns, oben in der Mansarde. Neben dem Ehebett steht jetzt noch ein Bett aus einem Eisenrohrrahmen, das wir zusammengelegt auf dem Speicher stehen hatten. Tagsüber gehen alle drei arbeiten. Giuseppe, der Schwager, ist in der gleichen Baufirma wie Antonio, als Hilfsarbeiter bei den Maurern beschäftigt und für Antonios Frau hat mein Vater bei den Farbwerken eine Arbeit in der Kantinenküche besorgt. Abends sitzen sie in unserer Küche, Samstags manchmal auch zusammen mit italienischen Freunden, die sie hier kennen gelernt haben.

Die Italiener in unserem Haus und mein kleiner Nudelteller nach dem Abendessen sind schon so selbstverständlich für mich geworden, dass ich mir gar nicht mehr vorstellen kann, wie es war, bevor die Drei bei uns eingezogen sind.

Der Frühling vergeht, es wird Sommer und dann gibt es Ferien, lange Sommerferien, mitten im Schuljahr. Zeugnisse bekommen wir erst im Herbst.

In diesen Ferien haben wir etwas ganz Besonderes vor. Unsere Familie wird nach Italien fahren. Schon Tage vor der Abreise ist große Aufregung. Wäsche wird gewaschen, Koffer gepackt, fehlende Kinderkleidung muss noch besorgt werden.

Statt des VW Käfers fährt mein Vater jetzt einen Opel Rekord Olympia, den er gebraucht gekauft hat. Das neue Auto ist viel größer als der VW, trotzdem wird es ziemlich eng, als schließlich alles für die Urlaubsfahrt verstaut ist.

Meine drei Geschwister sitzen hinten, unter ihren Füßen das Gepäck, welches nicht mehr in den Kofferraum gepasst hat. Ich teile mir mit meiner Mutter den Beifahrersitz.

So verlassen wir morgens in aller Frühe an einem der ersten Ferientage den Bachstelzenweg, während uns die Großeltern nachwinken. Auf der Autobahn geht es bis nach München. Dort müssen wir mitten durch die Stadt. Auf einem großen Platz steht ein Polizist und regelt den Verkehr.

„Das ist der Stachus", erklärt uns mein Vater, „es gibt keinen Platz in Europa, auf dem mehr Autos fahren."

Am Nachmittag kommen wir zur Grenze, wo uns ein deutscher Grenzpolizist kontrolliert. Ein paar Meter weiter wiederholt sich die Kontrolle auf der österreichischen Seite. Schließlich bin ich zum ersten mal in meinem Leben in einem fremden Land.

Bald beginnen die Eltern damit, eine Unterkunft für die Nacht zu suchen. Manchmal hängen Schilder an Häusern: „Zimmer frei". Bei einem etwas abseits stehenden Bauernhaus halten wir an. Neben dem Hof fließt ein Bach und dahinter sehe ich in der Ferne hohe Berge.

Meine Geschwister und ich sind froh, endlich aus dem Auto herauszukommen und rennen gleich zum Bach. Wir werfen Steine ins Wasser und lassen Blätter und Holzstückchen auf der Strömung davonschwimmen. Das Wasser ist klar und eisig kalt.

Die Eltern reden währenddessen mit der Bauersfrau. Dann haben sie mit ihr alles geregelt. Wir werden gerufen und bekommen die Zimmer gezeigt. Ich soll bei den Eltern schlafen. Die Möbel sind aus dunklem Holz und sehen alt aus. Alles ist sauber, doch es riecht ganz merkwürdig. Noch nie in meinem Leben habe ich eine Nacht in einem fremden Haus verbracht.

Abends gibt es unten in der Stube Essen. Die Bauersleute sprechen zwar Deutsch, aber das klingt ganz anders und ich verstehe kaum etwas von dem, was sie sagen. Später setzt sich der Bauer eine Weile zu uns und redet mit meinem Vater. Er sagt so etwas, wie, dass beim Adolf nicht alles schlecht gewesen sei. Mein Vater antwortet nichts darauf.

Obwohl sich das Bett so fremd anfühlt, schlafe ich gut. Zum Frühstück bekommen wir Eier von den Hühnern, die auf dem Hof herumlaufen und die Milch für den Kakao ist von den Kühen, die wir gestern im Stall besucht haben.

Als wir mit dem Frühstück fertig sind, steigen wir wieder in unseren Opel Rekord und fahren weiter. Die Straße wird immer steiler und eine Kurve folgt auf die andere.

„Das sind Haarnadelkurven", sagt mein Vater. Ich habe das Wort noch nie gehört.

Uns Kindern wird es übel und dann landet mein Frühstück auf meinem Hemd und meiner Hose. Bei der nächsten Möglichkeit stoppen wir. Die Geschwister halten sich im Auto die Nase zu, weil es so stinkt. Ich muss aussteigen und Hemd und Hose ausziehen, während meine Mutter lange im Kofferraum in dem vielen Gepäck wühlt, bis sie Ersatzkleidung für mich gefunden hat. Wir haben kein Wasser, um mich abzuwaschen, nur Tee in einer Plastikflasche, den wir alle nicht mögen, weil er nach dem Kunststoff der

Flasche schmeckt. Mit diesem werde ich notdürftig gesäubert. Dann ziehe ich mir die frischen Sachen an und es geht weiter.

Weil die Straße so steil ist, fahren alle Autos langsam. Manche stehen mit geöffneter Haube und dampfendem Motor am Straßenrand. Schließlich schaffen wir es bis zum höchsten Punkt der Passstraße und dann sind wir auch schon bald an der italienischen Grenze.

Die Fahrt dauert noch den ganzen Tag. Es gibt zwar Autobahnen in Italien, aber die kosten Geld, das mein Vater sparen möchte. So fahren wir endlos über Landstraßen und meine Mutter muss immer wieder auf der Karte nachschauen, wo wir gerade sind und wie es weitergeht.

Als wir in dem kleinen Dorf am Meer bei Cavallino ankommen, ist es schon dunkel und ich bin im Auto eingeschlafen. Ich werde in ein Bett getragen und schlafe gleich weiter.

Am nächsten Morgen strahlt die Sonne schon kräftig und es ist ziemlich heiß, obwohl es noch früh ist. Ich bin mit meinen Eltern im Zimmer. Außer den Schlafzimmern haben wir noch eine Küche mit einem Gasherd und einem Esstisch.

Wir sind im Haus von Antonios Cousine, die hier mit ihrer Familie wohnt. Im Erdgeschoss hat sie ein kleines Geschäft, in dem es alles gibt, was man am Strand brauchen kann: Strandmatten, Luftmatratzen, Schwimmreifen, Taucherbrillen und vieles mehr.

Ich gehe mit meinem Vater Brötchen holen. Der Bäcker ist gleich im Haus nebenan und der Duft des frisch gebackenen Brotes steigt uns schon in die Nase, als wir auf die Straße kommen. Die Brötchen sehen anders aus als daheim in Frankfurt. Sie sind heller, fast weiß und haben eine Form, als wären sie aus Teigstreifen gewickelt worden.

Auf dem Rückweg möchte ich gleich ein Brötchen probieren. Es krümelt als ich hineinbeiße und schmeckt eigentlich nach gar nichts, doch es gefällt mir, weil es so eine lustige Form hat. In unserer Ferienküche schmiert mir meine Mutter dann Butter und Marmelade darauf. Jetzt schmeckt es richtig gut.

Nach dem Frühstück machen wir uns fertig, um zum Meer zu gehen. Wir packen Handtücher, Decken, Badehosen, Luftmatratzen, Essen und Trinken ein. Weil ich als einziger nicht schwimmen kann, gibt es für mich noch einen Schlauch aus einem alten Autoreifen als Schwimmhilfe, den mein Vater von seiner Autowerkstatt besorgt hat.

Wie ziehen mit unserer Ausrüstung los, überqueren eine große Strasse und gehen dann immer geradeaus, einen Weg zwischen den Feldern entlang. Die Luft riecht so frisch hier und als ich mit meiner Zunge über die Lippen fahre, schmeckt es salzig.

Nachdem wir etwa fünf Minuten gegangen sind, ist ein Rauschen zu hören, das immer im Rhythmus anschwillt und dann wieder leiser wird. Das kann nur das Meer mit seinen Wellen sein.

Wir Kinder rennen los, so schnell unsere Beine es können. Und dann sehen wir es. Hinter einem breiten Streifen aus hellem Sand kommen die Wellen auf uns zu, weichen zurück und alles wiederholt sich immer wieder, endlos aufs Neue.

Das Meer kenne ich bisher nur von Fotos und von den Erzählungen meiner Eltern und meiner Schwester. Aber da ist es jetzt, ganz echt, wirklich vor mir und alles sieht genau so aus, wie ich es mir vorgestellt habe, nur noch schöner. Wir rennen weiter, über den Strand, bis zum Wasser, ziehen unsere Sandalen aus, laufen hinein, bis das Wasser der Wellen an unsere kurzen Hosen spritzt.

Unsere Mutter ruft uns zurück. Wir sollen erst die Badehosen anziehen. Decken und Handtücher sind schon auf dem Sand ausgebreitet. Wir haben Platz so viel wir wollen, es sind nicht viele Leute hier.

Ich bekomme den schwarzen Gummischlauch, der schon aufgeblasen ist, meine Brüder schnappen sich die beiden Luftmatratzen und dann geht es wieder ins Wasser. Ich soll immer im Flachen bleiben, da, wo ich noch gut stehen kann.

Doch manchmal kommt plötzlich eine große Welle und wirft mich um.

Später bauen wir aus dem Sand eine Burg mit einem Wassergraben drum herum. Überall liegen Muscheln und wir sammeln die schönsten, um die Burg damit zu verzieren. Die Sonne scheint immer stärker. Wenn es uns zu heiß wird, gehen wir ins Wasser und kühlen uns ab. Ich nehme immer meinen Schwimmreifen mit. Plötzlich schlägt eine Welle, die ich zu spät bemerkt habe, über mich, reißt mich um und mein Kopf wird unter das Wasser gedrückt. Der schwarze Reifen ist über mir, meine Beine stecken darin und ich kann sie nicht herausziehen. Ich fuchtele mit den Armen, doch was ich auch mache, ich schaffe es nicht, nach oben zu kommen. Ich will atmen, aber da schlucke ich Wasser. Meine Bewegungen werden immer wilder, immer verzweifelter...

Da spüre ich, wie jemand meine Beine fasst und mich nach oben zieht. Der Kopf kommt aus dem Wasser, ich schnappe nach Luft, kann wieder atmen, meine Brüder haben mich gerettet.

Ich lege mich zu meinen Eltern auf die Decke und bleibe lange in der Sonne liegen. Erst als die Hitze unerträglich wird, traue ich mich wieder zum Wasser, dieses mal ohne schwarzem Reifen und nur an den Rand, wo es ganz flach ist und die Wellen keine Kraft mehr haben.

Schließlich wird es uns allen zu heiß. Wir packen unsere Sachen zusammen und ziehen wieder in die Ferienzimmer. Doch zuerst gehen wir in den Laden, der bei uns im Haus ist. Ich bekomme eine kleine Plastikluftmatratze gekauft, der Autoreifen hat ausgedient.

Wir Kinder steigen die Treppe nach oben in die Zimmer und legen uns todmüde auf die Betten. Die Eltern kaufen noch ein im Dorf und kommen schwer beladen zurück. Sie bringen frischen Fisch mit, den meine Mutter brät, dazu essen wir Weißbrot. Alle trinken wir Wein dazu, meine Eltern unverdünnt, die Kinder je nach Alter mit ganz viel

Wasser dazu. Bei mir ist nur ein wenig Wein im Wasserglas. Das schmeckt gar nicht schlecht.

Zum Nachtisch gibt es frische Pfirsiche, die wunderbar fruchtig und saftig sind. Die Eltern haben aber noch etwas anderes vom Einkaufen mitgebracht: eine große, schwere, grüne Kugel. Mein Vater holt ein langes Messer aus der Küchenschublade und schneidet sie in der Mitte durch. Innen ist sie rot und in der Mitte sind viele schwarze Kerne. Wir bekommen alle ein Stück davon abgeschnitten und beißen in das rote Fruchtfleisch. Es schmeckt himmlisch süß und saftig. Hände, Münder, alles klebt und wir essen die Wassermelone ganz auf.

Später unternehmen wir einen Spaziergang durchs Dorf. Nicht weit von unserem Haus ist eine Bar. Hier bekommen wir alle ein Eis gekauft. Es gibt ganz andere Sorten als bei uns in Höchst. Ich suche mir ein Vanilleeis mit kleinen Schokoladestückchen aus, das zwischen zwei Butterkeksen steckt.

Immer wieder werden wir auf der Straße gegrüßt, einmal spricht uns jemand an, der offensichtlich ein Verwandter von Antonio ist. Es kommt uns vor, als würden wir ein klein wenig zum Dorf dazugehören.

Gegen Abend fühlen wir uns immer unwohler. Unsere Haut ist rot und ganz heiß. Wir haben uns alle am Strand einen kräftigen Sonnenbrand geholt. Meine Mutter schmiert uns mit Niveacreme ein, wir schlafen sehr schlecht in der Nacht. Bevor es am nächsten Tag zum Strand geht, wird unten im Laden eine große Flasche Sonnenöl gekauft.

In den nächsten Tagen behalten wir am Strand immer unsere Hemden an, schmieren uns mit dem Sonnenöl ein und wenn die Mittagssonne zu stark wird, kehren wir in unsere Unterkunft zurück. Bald spüren wir nicht mehr viel vom Sonnenbrand, nur die Haut beginnt sich in ganz dünnen Schichten abzupellen und ich finde es lustig, wenn ich ein möglichst großes Stück auf einmal abziehen kann. Ein Sonnenbrand scheint zu einem richtigen Sommerurlaub mit dazu zu gehören.

An einem Tag stehen wir ganz früh auf und fahren mit dem Auto nach Punta Sabioni, einem kleinen Ort am Ende der Landzunge von Cavallino, wo wir ein Schiff nach Venedig besteigen. Von unseren Plätzen ganz oben auf dem Deck sehen wir Inseln an uns vorbeiziehen, können den geschäftigen Bootsverkehr der Lagune beobachten und bald, nachdem wir an einer Insel, die Lido heißt, einen Zwischenstopp eingelegt haben, tauchen vor uns in der Ferne die Gebäude des Markusplatzes auf: der hohe, frei stehende Glockenturm und der mächtige Dogenpalast. Hier legt das Boot an und als wir aussteigen, sind überall Tauben und Touristen um uns herum. Wir Kinder bekommen an einem kleinen Stand alle eine Tüte mit Vogelfutter gekauft, woraufhin sich gleich ein ganzer Taubenschwarm auf uns stürzt. Ich bekomme Angst und will davonlaufen, doch dann merke ich, dass die Tauben mir nichts tun und werfe ihnen Körner aus meiner Tüte zu.

Wir schlendern in eine der kleinen Gassen, in der viele Geschäfte und auch viele Menschen sind, aber nirgendwo gibt es Autos. Dafür sind überall zwischen den Häusern Kanäle, auf denen Boote fahren: Lastkähne mit Lebensmitteln, Gasflaschen oder auch Möbeln, wenn gerade ein Umzug gemacht wird, Polizei-, Feuerwehr- und Ambulanzboote, und statt in Bussen fahren die Leute hier in Traghetti und Vaporetti. Auch lange, schwarze Gondeln sehen wir. Die kenne ich schon von Postkarten her, aber damit fahren können wir nicht, das ist viel zu teuer.

Immer weiter zieht es uns in die engen Gässchen hinein, wir überqueren zahllose kleine Brücken und mehrmals passiert es, dass unser Weg an einem Kanal endet und wir umkehren müssen. Allmählich kommen wir in Wohnviertel, wo fast nur noch Italiener und kaum Touristen zu sehen sind. Kinder spielen auf der Straße, Männer stehen in einer Bar und Frauen sind in kleinen Lebensmittelgeschäften beim Einkaufen. Es geht auf Mittag zu, wir bekommen Hunger und als wir ein kleines Restaurant sehen, kehren wir ein und essen Spaghetti mit Tomatensoße.

Dann geht es weiter und immer wenn wir an eine Kirche kommen, wollen meine Eltern hineingehen und sie besichtigen. Drinnen ist es angenehm kühl und dunkel und die meisten Kirchen sind sehr prunkvoll mit Marmor und vergoldeten Altären ausgestattet. Doch bald fangen sie an, uns Kinder schrecklich zu langweilen.

Schließlich kommen wir wieder zum Markusplatz, wo wir uns auf einer Treppenstufe ausruhen und den Tauben zuschauen, bevor es mit dem Schiff zurück geht.

An einem unserer letzten Urlaubstage ist in Cavallino Markt. Bei uns zu hause in Höchst gibt es auch einen Wochenmarkt, auf dem meine Mutter Obst, Gemüse und Kartoffeln einkauft. Aber auf diesem Markt hier kann man alles bekommen, fast wie in einem Kaufhaus. Neben Obst und Gemüse gibt es andere Lebensmittel, Kleidung, Schuhe, Töpfe, Teller, silberne Kannen, um Espresso zu kochen, und vieles mehr.

Zwischen den Ständen ist alles voller Menschen. Die meisten sind deutsche Urlauber, die mit dem Auto extra von weiter entfernten Urlaubsorten zum Markt gekommen sind.

Die fremden Lebensmittel, das Obst, das Leder der Schuhe und Taschen, die vielen Menschen, das alles verbreitet einen intensiven Geruch, wie ich ihn zuvor noch nie wahrgenommen habe.

Einige Verkäufer preisen ihre Ware laut an, manche versuchen es auch auf Deutsch, was sich oft lustig anhört.

An einem Käsestand liegen Räder aus Parmesankäse, so groß wie Autoreifen. Wir lassen uns ein ordentliches Stück davon als Vorrat für zu hause abschneiden, denn Parmesankäse gibt es bei uns in Höchst nicht zu kaufen. Später fangen die Händler an, ihre Waren einzupacken und als wir am nächsten Tag zufällig an der Stelle vorbeifahren, ist von dem ganzen Trubel nur noch ein leerer staubiger Platz zu sehen, auf den die Sonne brennt.

Schließlich geht der Jahresurlaub meines Vaters zu Ende. Der Opel Rekord wird wieder bepackt und eines Morgens machen wir uns in aller Frühe auf die lange Heimfahrt.

Mitten in der Nacht kommen wir zurück. Unsere Großeltern sind noch auf und führen uns trotz der späten Stunde in ihr Wohnzimmer. Auf der anderen Seite des großen Zimmers, direkt gegenüber des Sofas, sehen wir einen kleinen, neuen Schrank stehen. Er ist etwa einen Meter hoch und hat eine glänzend lackierte, dunkle Holzoberfläche. Die Vorderfront besteht aus zwei Türen, in der rechten steckt ein messingfarbener Schlüssel. Der Opa geht feierlich zu dem Schrank, dreht den Schlüssel herum und öffnet die Türen. Dahinter kommt ein Fernseher zum Vorschein.

Der Großvater drückt auf einen Knopf und langsam wird der Bildschirm hell. Es erscheint ein Bild, das aus vielen Rechtecken, Quadraten und Strichen in Schwarz, Weiß und Grautönen besteht, dazu ertönt ein gleichmäßiger Pfeifton.

„Das ist das Testbild", erklärt der Opa, „das richtige Programm gibt's morgen Nachmittag."

Aufgeregt gehen wir schlafen und können es am nächsten Tag kaum erwarten, bis es Nachmittag wird und das Fernsehprogramm beginnt.

Wir haben Glück. An diesem Tag kommt eine Sendung für Kinder. Es ist ein Film, von dem es jede Woche eine neue Folge gibt. Er handelt von einem Jungen namens Joey, der zusammen mit seinem Pflegevater Jim und dessen älterem Helfer Pete auf einer Farm in Amerika lebt. Sein bester Freund ist das Pferd Fury und gemeinsam erleben sie Abenteuer.

Am frühen Abend folgt das Sandmännchen und danach müssen die Kinder eigentlich ins Bett, aber weil heute der erste Tag für uns mit dem neuen Fernseher ist, dürfen wir länger aufbleiben. Wir essen Abendbrot und danach sitzt die ganze Familie bei den Großeltern im Wohnzimmer und schaut sich die Tagesschau an.

Das Abendprogramm beginnt mit einer Ratesendung. Der Spielleiter sitzt alleine an einem Tisch, auf dem seitlich mehrere Sparschweine stehen. Ihm gegenüber sitzen die vier Personen des Rateteams. Alle sagen du zueinander und sprechen sich mit dem Vornamen an.

Ein älterer Herr kommt herein und schreibt auf eine große Tafel seinen Namen, dann setzt er sich neben den Mann an dem kleinen Tisch, der ihn fragt, welches der Sparschweine er gerne hätte. Die Schweinchen haben wohl verschiedene Farben, auf unserem Fernseher sehen sie aber alle grau aus. Ein kleiner Gong wird angeschlagen und jetzt ist für einen Moment auf dem Fernsehbildschirm die Berufsbezeichnung des Gastes zu lesen, was aber das Rateteam wohl nicht sehen kann. Die Vier stellen dem Mann jetzt Fragen und wollen herausbekommen, was für einen Beruf er hat. Immer wenn er mit nein antwortet, wird ein Fünfmarkstück in das Sparschwein gesteckt. Es gelingt ihnen nicht, den Beruf zu erraten und als fünfzig Mark zusammen sind, ist das Spiel zu Ende.

Der Mann freut sich, denn er darf das Schwein mit dem Geld mitnehmen. Dann kommt der Nächste herein und die Raterei fängt von vorne an. Wir fiebern immer alle mit und hoffen, dass der Gast möglichst viele Geldstücke gewinnt.

Ein paar Tage später beginnen die Olympischen Sommerspiele in Rom, der Hauptstadt des Landes, aus dem wir gerade zurückgekommen sind. Es gibt zwei verschiedene Arten von deutschen Sportlern, die aus unserem Deutschland und die aus der DDR, wo die Kommunisten an der Regierung sind. Wenn von unseren Sportlern berichtet wird, sitzen wir alle im Wohnzimmer der Großeltern und sind ganz aufgeregt. Die aus der DDR interessieren uns nicht besonders. Mein Vater sagt, das seien keine Amateure, sondern Staatsprofis. Unsere würden den Sport nebenbei machen und sich das Geld zum Leben durch einen richtigen Beruf verdienen. Die aus den kommunistischen Ländern bekämen ihr Geld vom Staat.

Der schnellste Läufer der Welt ist ein Deutscher. Er heißt Armin Harry und gewinnt den Hundertmeterlauf. Spannend finde ich die Reiter, wie sie mit ihren Pferden knapp über die Hindernisse springen. Hier gewinnen auch drei Deutsche.

Ein anderer deutscher Reiter gewinnt zwar keine Goldmedaille, aber seinen Namen kennen wir alle gut von dem dicken Versandhauskatalog, den wir uns immer gerne anschauen. Er heißt Josef Neckermann.

Auch als die Olympischen Spiele vorbei sind, bleibt das Wohnzimmer von Oma und Opa der Platz, wo abends meist die ganze Familie sitzt. Wenn die Melodie der Tagesschau zu hören ist, muss ich spätestens ins Bett gehen. Nur Samstags darf ich länger aufbleiben. Besonders gerne schauen wir die Quizsendungen mit Peter Frankenfeld oder Hans Joachim Kulenkampff an. Dazu gibt es Salzstängel, Bier und Limonade. Unser Opa hat sich einen Fernsehsessel gekauft, der sich in eine Liegestellung klappen lässt. Das ist der Lieblingsplatz von uns allen.

Bald gibt es noch mehr neue Dinge in unserem Haus. In der Küche stehen zwei große weiße Kästen, ein Kühlschrank und eine Waschmaschine. Die Waschtage im Keller sind nun vorbei. Schließlich bekommen wir auch ein Telefon. Es steht auf einem niedrigen Wandregal in dem kleinen Flur, der sich zwischen der Küche und dem hinteren Ausgang zum Garten befindet. Und obwohl hier nicht geheizt wird und es wegen der Gartentüre immer etwas zugig ist, steht hier jetzt sehr oft eines meiner Geschwister und telefoniert mit einem Freund.

Zweites Kapitel

*in dem ich dahinterkomme, wie das zwischen Männern
und Frauen funktioniert -
und Rosa ihre Erfahrungen aus der
Werkskantine nutzt*

1961 Mit dem Bau der Berliner Mauer wird begonnen
Juri Gagarin fliegt als erster Mensch mit einer Rakete in den Weltraum
Der Rennfahrer Graf Berghe von Trips verunglückt beim Großen Preis von Italien tödlich. Mit ihm sterben fünfzehn Zuschauer.
Gus Backus / Da sprach der alte Häuptling der Indianer
Ricky Nelson / Hallo Mary-Lou

1962 Beginn des Zweiten Vatikanischen Konzils in Rom
Bei einer Sturmflut an der Nordsee sterben alleine in Hamburg dreihundertfünfzehn Menschen
Conny Froboes / Zwei kleine Italiener
Bill Ramsey / Ohne Krimi geht die Mimi nie ins Bett

1963 Präsident Kennedy wird bei einem Attentat ermordet.
Das Zweite Deutsche Fernsehen geht erstmals auf Sendung
Beatles / I want to hold your hand
Trini Lopez / If I had a hammer
Cliff Richard / Rote Lippen soll man küssen

1964 Gesetz zur Aufhebung der Rassentrennung in den USA
The Animals / House of the rising sun
Siw Malmquist / Liebeskummer lohnt sich nicht

1965	DDR-Bürgern im Rentenalter wird es gestattet, auch in nichtsozialistische Staaten zu reisen.
Rolling Stones / Satisfaction
Bob Dylan / Like a rolling stone
Petula Clark / Downtown

1966	Beginn der 'Großen Proletarischen Kulturrevolution' in der Volksrepublik China.
Die römische Kurie hebt den seit 1559 geführten „Index der verbotenen Bücher" auf
Beatles / Yellow Submarine
Rolling Stones / Mothers little helper
Small Faces / All or nothing
Cher / Bang Bang
Drafi Deutscher / Marmor Stein und Eisen bricht

1967	Der Student Benno Ohnesorg wird in Berlin bei einer Demonstration gegen den Schah von Persien von einem Polizisten erschossen
Start des Farbfernsehens in der Bundesrepublik Deutschland
Che Guevara wird in Bolivien getötet
In Kalifornien versammeln sich hunderttausende Hippies zum Summer of Love
Jimi Hendrix / Purple Haze
Scott McKenzie / San Francisco
Beatles / All you need is love
Rolling Stones / Lets spend the night together
Adriano Celentano / Una festa sui prati

Für uns Kinder ist jetzt wieder Schulalltag. Die Geschwister sind alle auf dem Gymnasium. Meine große Schwester geht in die zehnte Klasse und die Erwachsenen in der Familie unterhalten sich oft darüber, was sie weiter machen soll. Sie reden davon, dass sie irgendwann heiraten wird und dann beschließen sie, dass meine Schwester nach der zehnten Klasse in eine Frauenfachschule wechseln soll.

Ich gehe jeden Morgen in meine Grundschule und auf dem Nachhauseweg kaufe ich mir manchmal Süßigkeiten am Büdchen. Das ist ein großes Fenster am Eck eines Hauses, dahinter steht eine Frau und rechts und links von ihr sind ganz viele Gläser mit Naschereien: Rote Bonbons, die wie Himbeeren aussehen, Erdbeeren aus süßem, weichem Schaum, Lakritzschnecken, bunte Brausestäbchen, Kaugummis und noch vieles mehr. Meist habe ich fünf oder zehn Pfennige dabei. Ich weiß genau, was die einzelnen Sachen kosten und sage der Frau was ich haben möchte. Sie greift in die Gläser und füllt meine Süßigkeiten in eine kleine, dreieckige Tüte. Bis ich zu hause bin, ist die Tüte leer gegessen.

Zum Mittagessen kommt mein Vater meistens nach Hause. Danach mache ich Hausaufgaben und an manchen Tagen läuft später im Fernsehen Kinderstunde. Sonst bin ich nachmittags oft draußen und spiele mit anderen Kindern.

Am Ende unserer Straße sind Bahngleise, auf denen die Eisenbahn nach Königstein fährt. Meist ist das ein Dieseltriebwagen, manchmal aber auch ein Zug mit einer Dampflok. Auf der anderen Seite der Schienen ist das Schwimmbad. Es gehört den Farbwerken Höchst, und weil unser Vater dort arbeitet, hat jeder von uns eine Jahreseintrittskarte mit einem Passbild darauf. Die müssen wir an der Kasse vorzeigen. Wenn im Sommer schönes Wetter ist, bin ich mit meinen Brüdern ganz oft im Schwimmbad und unsere Freunde sind meistens auch da.

Hinter der Bahnlinie ist die Stadt zu Ende. Neben dem Schwimmbad sind nur noch Felder und weiter entfernt ein kleiner Wald. In den Feldern spielen wir oft, bis zu dem Wald darf ich nicht mit, weil ich noch zu klein bin.

An den Wochenenden ist alles anders. Wir haben am Samstag nur vier Stunden Schule. Wenn ich nach Hause komme, riecht es gut aus der Küche. Auf dem Herd steht ein kleiner Topf mit Tomatenhackfleischsoße und daneben noch ein großer, in dem das Wasser für die Nudeln kocht.

Die Schule ist für diese Woche vorbei und gleich gibt es unser Lieblingsessen. Jeden Samstag kochen meine Oma oder meine Mutter jetzt als Mittagessen Spaghetti. Da freue ich mich immer schon den ganzen Vormittag darauf. Ohne Spaghetti kann ich mir einen Samstag gar nicht mehr vorstellen. Die Soße duftet nach Wochenende und nach Italienurlaub.

Wenn wir im Esszimmer um den großen Tisch herum sitzen, fehlt fast nie jemand von unserer Familie. Wir laden uns die Teller voll, streuen Parmesankäse aus dreieckigen Tütchen darüber, die es bei uns im Geschäft jetzt zu kaufen gibt, und wickeln die Nudeln geübt auf unsere Gabeln. Alle reden beim Essen wild durcheinander und schließlich sind wir, nachdem der zweite oder dritte gehäufte Teller leer gegessen ist, so satt, dass keine einzige Nudel mehr in den Bauch passt.

Am Nachmittag sind meine Oma und meine Mutter noch in der Küche beschäftigt, bereiten den Braten für Sonntag vor, backen Kuchen und räumen dann alles auf. Mein Vater hat bei schönem Wetter im Garten zu tun, oder er putzt das Auto. Sonst ist er oft im Haus, repariert etwas oder bastelt. Ich bin meist bei ihm, schaue zu und helfe mit.

Sonntags geht es vormittags in die Kirche. Frühstück gibt es nicht, denn drei Stunden vor der Kommunion darf man nichts mehr essen. Es ist immer viel Trubel, bis wir aus dem Haus sind. Wir müssen alle unsere Sonntagskleidung anziehen. Ich habe einen Anzug und zu dem bügelfreien Nyltesthemd bekomme ich einen Schlips umgebunden. Das kann ich noch nicht alleine und jemand muss mir dabei helfen.

Wenn alle schließlich fertig sind, hat mein Vater schon das Auto aus der Garage gefahren. Die großen Geschwister sind meist zu Fuß voraus gegangen. Nur wenn es regnet, fahren wir alle acht im Auto.

Nach der Kirche wird der vorbereitete Braten und der Topf mit den Salzkartoffeln auf den Herd gestellt und es gibt bald Mittagessen.

Heute jedoch gehen wir schon in die Frühmesse, weil wir etwas vorhaben. Es ist ein Sonntag mit strahlendem Sonnenschein. Als wir aus der Kirche zurück sind, gibt es ein schnelles Frühstück und dann wird das Auto beladen. In den Kofferraum kommen Campingliegen, Luftmatratzen, Decken, Teller, Besteck, Flaschen mit Sprudelwasser und Limonade, ein Spirituskocher und ein großer Kochtopf. Ein anderer Topf ist voll Gulasch, das meine Mutter schon am Samstag gekocht hat. Der kommt auf den Boden vor den Beifahrersitz, damit meine Mutter ihn während der Fahrt festhalten kann.

Wir fahren aus Höchst hinaus Richtung Königstein und dann immer weiter in den Taunus. Als wir auf einer kleinen Nebenstraße sind, meint mein Vater: „Jetzt müssen wir aufpassen, dass wir die Abzweigung nicht verpassen", und kurz darauf sagt er: „Da ist es ja wieder, da müssen wir rein".

Wir biegen in einen Waldweg ab, auf dem es sich mit dem Opel Rekord gerade noch fahren lässt. Im Schritttempo geht es über Löcher und Wurzeln und schließlich halten wir auf einer kleinen Lichtung. Wir Kinder springen gleich aus dem Auto. Das hier ist unser Lieblingsplatz, hier waren wir schon öfter zu einem Sonntagsausflug. Meine Eltern haben den Platz irgendwann einmal zufällig entdeckt

Ganz in der Nähe ist ein kleiner Bach. Wir Jungen holen unsere Taschenmesser heraus und fangen an, aus dicken Rindenstücken Boote zu schnitzen, bohren mit dem Messer Löcher in die Rinde, in die kleine Stöckchen als Segelmast geklemmt werden und daran kommen große Blätter von den

Bäumen als Segel. Wir setzen die Boote ins Wasser und schauen, wessen Boot am weitesten fährt.

Währenddessen haben die Eltern den Kofferraum ausgeladen, die Liegen aufgeklappt, Decken ausgebreitet und meine großen Brüder blasen noch Luftmatratzen auf, um es sich darauf bequem zu machen.

Meine Eltern haben sich einen sonnigen Platz gesucht und sich auf die Campingliegen gelegt. Wir Jungen ziehen bald wieder los, erkunden den Wald und sammeln Stöcke, die wir mit den Taschenmessern anspitzen und verzieren. Das sind jetzt unsere Schwerter, denn wir brauchen Waffen, wenn wir durch den Wald streunen.

Nach einer Weile sehen wir unseren Vater, wie er einen Kochtopf am Bach mit Wasser füllt. Er hat den kleinen Spirituskocher angezündet und darauf stellt er den Topf, der sehr groß aussieht. Wir müssen aufpassen, dass wir nicht zu nahe herankommen, denn alles ist ziemlich wacklig. Es dauert lange, bis das Wasser kocht und dann leert mein Vater eine Packung Makkaroni hinein. Die langen Nudeln mit dem Loch in der Mitte mögen wir Kinder zu Goulasch am liebsten. Es macht uns Spaß, zu versuchen, die Soße wie mit einem Strohhalm aufzusaugen.

Der Topf muss beim Umrühren dauernd mit einem Lappen festgehalten und auf dem kleinen Kocher balanciert werden, damit nicht alles umkippt. Als die Nudeln fertig sind, stellt meine Mutter den Topf mit dem Gulasch auf den Kocher, während mein Vater mit dem Lappen den Nudeltopf fasst, den Deckel darauf drückt und das Ganze so langsam kippt, dass das Kochwasser herauslaufen kann.

„Mist", ruft er, als ihm etwas von dem heißen Wasser dabei über die Finger läuft, doch er lässt den Topf nicht los. Dann ist das Gulasch heiß. Alle setzen sich auf Luftmatratzen und Campingliegen und genießen das Mittagessen.

Wir Kinder schlürfen geräuschvoll die Soße durch die Nudeln in den Mund und ab und zu gibt es kleine Spritzer auf Hemden und Hosen. Doch das ist heute nicht so schlimm, wir sind durch unser Streunen im Wald sowieso schon dreckig, und zu hause wartet die neue Waschmaschine.

Später wird Kuchen ausgepackt. Für uns gibt es Limonade dazu, die Eltern trinken Kaffee aus der Thermosflasche. Erst, als es schon Abend wird und ich todmüde bin, packen wir alles wieder in den Kofferraum und fahren heim.

Unser Wohnzimmer hat sich verändert. Das feine Sofa mit den zwei Sesseln, der schwere alte Bücherschrank – früher wurde der Raum nur genutzt, wenn wir Besuch hatten oder an Sonntagen. Dann saßen wir manchmal mit der ganzen Familie am Nachmittag hier, tranken Kaffee und Kaba und aßen Kuchen dazu. Die anderen Tage wurde das Zimmer nicht genutzt und die Tür war geschlossen.

Seit letztem Weihnachten aber steht hier eine Musiktruhe, ein niedriger brauner Schrank mit zwei Schiebetüren. Hinter der linken ist ein Radio, hinter der rechten ein Schallplattenspieler und unter dem Radio gibt es noch ein Fach, wo die Schallplatten aufbewahrt werden. Von Woche zu Woche füllt es sich immer mehr, da sich meine Geschwister von ihrem Taschengeld neue Platten kaufen. Seitdem sind wir dauernd im Wohnzimmer, machen es uns in den Sesseln bequem und hören Musik. Die neuesten Errungenschaften meiner Brüder sind „Needles and Pins" von den Searchers und „Do Wah Diddy Diddy" von Manfred Mann. Meine Schwester hört gerne Nana Mouskouri und Petula Clark. Ein paar Schallplatten gehören auch mir. Die meisten sind Kinderhörspiele. Eines davon handelt von einem Jungen namens Kalle Blomquist, der Detektiv ist. Von meinen Brüdern habe ich aber auch zwei Schallplatten mit Musik geschenkt bekommen, die ihnen jetzt nicht mehr gefallen. Eine ist von Gus Backus, auf der er immer singt: „Ich esse gerne Sauerkraut und tanze gerne Polka", die andere von Freddy Quinn und heißt: „Junge komm bald wieder."

Ganz neu haben meine Eltern jetzt noch ein Tonbandgerät gekauft, ein TK 23 Vierspurgerät von Grundig. Die Eltern meinen, das könnte man auch für die Schule, zum Lernen gebrauchen. Wir nehmen damit aber eigentlich meist nur unser eigenes Gequatsche oder Musik aus dem Radio auf, wenn im Hessischen Rundfunk die Schlagerbörse läuft. Wir halten dazu das Mikrofon vor den Radiolautsprecher und während aufgenommen wird, müssen alle im Zimmer ganz leise sein.

Das Wohnzimmer, das früher immer so leer war, ist jetzt der belebteste Raum im ganzen Haus geworden.

Einen Monat vor Weihnachten haben meine Eltern Geburtstag. Sie sind genau gleich alt, am gleichen Tag, im gleichen Jahr, nur an zwei weit auseinander gelegenen Orten in Deutschland geboren.

Am Abend zuvor sitzen wir alle gebannt vor dem Fernseher im Zimmer der Großeltern. In Amerika hat es ein Attentat auf den Präsidenten gegeben, der erst vor ein paar Monaten in Deutschland war, wo er bei einer Rede in Berlin gesagt hat: „Ich bin ein Berliner". Weil es immer später wird, muss ich ins Bett, die Erwachsenen bleiben vor dem Fernseher sitzen.

Am nächsten Morgen erzählt mir meine Mutter, dass der Präsident tot sei und sie sich jetzt überhaupt nicht mehr über ihren Geburtstag freuen könne.

Wir sind alle noch lange bedrückt über den Tod dieses Menschen, den wir gar nicht gekannt haben.

In den letzen beiden Jahren waren wir nicht in Italien. Einmal haben wir Urlaub in einem kleinen Gasthaus im Bayerischen Wald gemacht, das andere Mal waren meine Brüder und ich auf einem Zeltlager der katholischen Jugend. Unsere einzige Verbindung zu Italien sind in dieser Zeit Antonio und seine Frau, die wir immer mal wieder beim Einkaufen in der Stadt treffen.

In diesem Sommer fahren wir endlich wieder nach Italien in den Urlaub. Doch meine Eltern haben ein neues Ziel ausgesucht. Es soll nicht mehr in das kleine Dorf bei Cavallino an der Lagune von Venedig gehen, sondern etwa eine Autostunde davon entfernt, in einen Ort an der Adria, der Lignano heißt. Dort haben wir eine moderne Ferienwohnung gemietet.

Seit Anfang des Jahres besitzen wir auch ein neues Auto, das mein Vater gebraucht bei einem großen Opelhändler in Frankfurt gekauft hat. Es heißt Opel Kapitän und ist viel größer als der alte Rekord. Jetzt ist es auf der Urlaubsfahrt nicht mehr so eng für uns sechs. Die Fahrstrecke kennen wir noch vom letzten Mal. In Österreich gibt es wieder eine Übernachtung auf einem Bauernhof und am zweiten Tag kommen wir schon am Nachmittag in Lignano an.

Unser Appartement ist in einem Hochhaus, das einen Aufzug hat. Es steht an einer Straße, in der es ganz viele Geschäfte und Restaurants gibt. Wir haben zwei Schlafzimmer und eine Küche mit Essplatz. Es ist recht eng, aber alles ist ganz neu. Nachts werden in der Küche Luftmatratzen ausgelegt, wo wir Jungen schlafen.

Auf der Straße sind immer viele Menschen und auch beim Baden am Meer ist es ziemlich voll. Man kann Tretboote mieten und es gibt Stände und kleine Geschäfte am Strand, die Essen und Getränke, Eis und Süßigkeiten und sonstiges Zubehör für das Strandleben verkaufen. Es ist alles ganz anders, als in unserem Dorf bei Cavallino. Hier gibt es viele Touristen und in den Geschäften sprechen die Verkäufer etwas deutsch. Es gefällt uns hier in Lignano sehr gut.

Tagsüber sind wir am Strand oder machen mit dem Auto einen Ausflug, abends kocht meine Mutter in unserer Ferienwohnung und nach dem Essen schlendern wir auf der Hauptstraße oder gehen bis zum Rand des Ortes. Dort gibt es ein einfaches Restaurant in einem kleinen, flachen Haus, vor dem Tische und Bänke stehen. Manchmal setzen wir uns dort. Meine Eltern trinken einen Kaffee, wir eine Limonade und schauen Pierino zu, wegen dem wir eigentlich hierher gekommen sind. Pierino ist ein Affe, der mit einer langen Kette an einem Pflock auf einem staubigen Platz vor dem Restaurant festgemacht ist und dort herumturnt. Ich könnte ihm ewig zuschauen.

An einem Sonntag steigen wir ins Auto und fahren Richtung Venedig in unser altes Feriendorf bei Cavallino. Antonio und seine Frau sind in Deutschland, aber sein Schwager Giuseppe ist in Italien und hat uns eingeladen, ihn bei seiner Familie auf ihrem Bauernhof zu besuchen.

Er erwartet uns schon an der Straße, denn es ist nicht einfach, ihr Haus zu finden. Es ist hinter Obstbäumen versteckt. Alles sieht anders aus, als ich es von Bauernhöfen in Deutschland oder Österreich her kenne. Ihr Haus ist klein und besteht nur aus dem Erdgeschoss. Davor gibt es einen großen Tisch mit vielen Stühlen unter einem schattigen Dach, das aus mit Weinreben bewachsenen Holzstangen besteht. Zwischen den Stühlen laufen Hühner herum. Neben dem alten Haus wird gerade ein neues gebaut, aber es scheint noch nicht fertig zu sein. Giuseppe baut es für sich und seine Familie. In dem alten, in dem auch noch seine Eltern wohnen, wird es zu eng für alle.

Giuseppe führt uns auf einem schattigen Weg unter Bäumen entlang in wenigen Minuten bis zum Meer. Überall sind Obstbäume und kleine Gemüsefelder. Es sieht einfach und etwas ärmlich aus hier, doch ich finde es wunderschön.

Wir setzen uns gemeinsam um den großen Tisch. Giuseppe kann nur wenig Deutsch und wir sprechen fast gar kein Italienisch. Trotzdem verstehen wir uns irgendwie. Die Eltern bekommen Wein zu trinken, wir Kinder Limonade. Alles ist von Giuseppes Familie selbst gemacht.

Dann wird das Essen gebracht. Der Teller vor mir füllt sich mit einem Berg ölglänzender Spaghetti und oben drauf kommt ein Löffel Soße. Der Duft steigt verlockend zu meiner Nase und lässt mir das Wasser im Mund zusammenlaufen.

Nur die Größe des roten Kleckses macht mir Sorgen. Bei uns zu hause nehmen wir uns Soße mit der großen Suppenkelle bis die Nudeln fast darin schwimmen und ich kann mir nicht vorstellen, wie die kleine Menge auf meinem Teller für die vielen Nudeln ausreichen soll.

Doch als die erste Portion Spaghetti um die Gabel gewickelt meinen Mund erreicht, sind alle Bedenken verflogen. Es schmeckt köstlich - noch viel besser wie zu hause.

Ich bekomme den Teller noch einmal gefüllt und esse so viel, bis nichts mehr in den Bauch hineinpasst. Von dem anderen Essen, das noch auf den Tisch getragen wird, nehme ich nichts mehr wahr.

Später esse ich dann noch etwas von dem frisch gepflückten Obst, das so fruchtig und süß ist, wie ich es noch nie erlebt habe.

Es ist schon Abend, als wir nach Lignano, in unsere Ferienwohnung zurückfahren. Bald ist der Urlaub auch schon vorbei und wir müssen zurück nach Hause, nach Frankfurt, wo die Schule wieder beginnt.

***

Schon lange ist es dunkel draußen, als der letzte Gast gegangen ist. Auf dem Tisch stehen noch die Dessertschälchen, so leer gegessen, dass nur noch kleinste Spuren einer roten, fruchtig duftenden Soße etwas von dem Nachtisch, den Rosa ihren Gästen bereitet hat, erahnen lassen.

Alle waren zu diesem kleinen Festessen gekommen, zu dem Antonio seine Arbeitskollegen eingeladen hatte, und selbst der Vorarbeiter war erst mit den Letzten gegangen.

Jetzt sitzen sie zu zweit am Tisch und Antonio blickt zu Rosa, schaut auf die Rundung ihres Bauches, die schon so deutlich zu erkennen ist, dass niemand mehr den Grund für die heutige Feier übersehen kann. Nur noch ein paar Monate, dann wird Sonja, ihre fünfjährige Tochter, nicht mehr alleine sein.

Schon so lange hatten sie geplant, Antonios Kollegen einzuladen, doch erst jetzt schien der passende Anlass dafür gekommen zu sein.

Den ganzen Nachmittag über stand Rosa in der Küche, um ein komplettes Menü vorzubereiten und als Antonio zwischendurch bei ihr hereinschaute, hatte sie, mit fast schon geheimnisvoll klingendem Unterton, zu ihm gesagt: „Ich will etwas ausprobieren heute, etwas, worüber ich mir schon lange Gedanken mache."

„Ein neues Kochrezept wird sie haben", kam es Antonio zuerst in den Sinn. Die Art jedoch, wie Rosa den Satz ausgesprochen hatte, passte nicht so recht zu solch einer Alltäglichkeit.

Doch auch Antonio hatte jetzt alle Hände voll mit den Vorbereitungen für die Gäste zu tun, und so fragte er nicht weiter nach.

Kaum waren alle eingetroffen, standen Platten mit kleinen, knusprig gerösteten Weißbrotscheiben auf dem Tisch, die Rosa mit einer Paste aus frischen, reifen Tomaten, Olivenöl, Kräutern und Gewürzen bestrichen hatte. Dazu gab es ein erstes Glas von dem Rotwein aus Venetien, ihrer Heimat.

Und auch die eigentliche Vorspeise ließ nicht lange auf sich warten: Spaghetti á la Bolognese, wobei Rosa die Soße mit den verschiedenartigsten Kräutern abgeschmeckt hatte. Darüber wurde Parmesankäse gestreut, frisch gerieben von dem großen Stück, welches sie das letzte Mal aus Italien mitgebracht hatten. Hier in Deutschland konnte man jetzt auch Parmesankäse kaufen, streufertig in kleinen Plastiktüten. Aber dieser Käse schmeckte nicht.

Beim Hauptgang vermied Rosa Experimente mit dem Geschmack ihrer deutschen Gäste. Knusprige, panierte Schnitzel hatte sie reichlich gebraten, diese jedoch vom Metzger ganz dünn schneiden lassen, so wie sie es von ihrer Heimat her kannte, und als Beilage gab es nicht den üblichen Kartoffelsalat oder Pommes Frites, die in letzter Zeit immer beliebter wurden, nein, die Kartoffeln die sie servierte, hatte sie in der Pfanne in Olivenöl knusprig braun gebraten und mit Rosmarin bestreut. Dazu wurde knackig frischer Salat aus Tomaten, Gurken und grünen Salatblättern gereicht.

Den Zimmerleuten schmeckte es so gut, dass, obwohl Rosa die Mengen äußerst großzügig bemessen hatte, schließlich alle Schüsseln und Platten leer, wie blank geputzt, auf dem Tisch vor ihnen standen. Und da das Essen reichlich von Bier und Rotwein begleitet wurde, war auch nicht für einen einzigen Augenblick Langeweile aufgekommen.

Als Antonio nach dem Hauptgericht die Grappaflasche hervorgeholt und die kleinen Gläser auch schon nachgeschenkt hatte, erschien Rosa mit einem großen Tablett voller Dessertschälchen.

Auf dem Boden waren diese mit einem roten, nach frischen Erdbeeren und ein wenig auch nach Zitrone und Pfefferminze duftenden Mus bedeckt und aus jedem der kleinen, fruchtigen Seen, ragte ein rundlicher, mit Schokoladenflocken bestreuter, heller Pudding empor. Und obwohl die Lobeshymnen der Gäste, nachdem sie die ersten Löffel davon versucht hatten, kein Ende mehr nahmen, war Rosa nicht zu überreden, das Geheimnis dieser Köstlichkeit preiszugeben.

Still ist es geworden in der Wohnung, nachdem jetzt alle gegangen sind und sich nur noch die beiden Eheleute an dem großen Tisch gegenübersitzen.

Antonio denkt an seine Kollegen, die Zimmerleute, wie sie heute alle ausgelassen beisammen waren und erinnert sich daran, wie es war, als er sie das erste Mal sah, damals, als er mit dem Chef zusammen auf die Baustelle kam, und der Vorarbeiter ihn am liebsten gleich wieder fort geschickt hätte.

Wie fremd sie ihm damals alle waren, so wie alles hier in Deutschland. Und erst als Rosa zusammen mit seinem Schwager Giuseppe kam, begann er, sich an dieses Land zu gewöhnen. Sie wohnten bei der Familie des Dottore, in dem großen Zimmer, oben im Dach und abends durften sie in der

Küche kochen und konnten dort beieinander sitzen. Meist kam der kleine Bernie dann vorbei und wollte etwas von dem versuchen, was Rosa gekocht hatte.

Ohne den Dottore und seine Frau, ohne die ganze Familie - er wäre heute wohl gar nicht mehr hier in Deutschland. Wo hätte er denn sonst mit Rosa wohnen sollen, damals?

Ein paar Monate später hörten sie von der Wohnung, in der sie jetzt sitzen und wo sie heute gefeiert haben. In dem Haus wohnte schon eine andere italienische Familie mit ihren drei Kindern. Schnell hatten sie sich miteinander angefreundet und nach ein paar Wochen sagte die Frau zu ihnen: „Warum holt ihr nicht eure Tochter zu euch. Ein Kind mehr oder weniger, auf das ich tagsüber aufpasse, während ihr auf der Arbeit seid, das macht mir nichts aus."

Wie gerne nahmen sie dieses Angebot an und schon kurze Zeit darauf fuhren sie im Zug nach Hause in ihr Dorf bei Venedig. Giuseppe begleitete sie. Zwei große Koffer hatte er mitgenommen und sie fragten sich, was er wohl alles eingepackt hatte. Zu dritt waren sie auf der Hinreise im Abteil und zu dritt waren sie auch wieder auf der Rückfahrt nach Deutschland. Doch dieses Mal saß ihre Tochter zwischen ihnen. Giuseppe war daheim geblieben, auf dem Bauernhof bei seiner Familie.

Die ganze Zeit über in Deutschland hatte ihn das Heimweh geplagt und dann kamen auch noch die Briefe seines Vaters: „Die Arbeit ist für mich alleine kaum zu bewältigen," schrieb er," alles ist schwerer geworden, seit du fort bist."

Als Giuseppe nach Italien zurückgekehrt war, hatte er sich von dem in Deutschland ersparten Geld ein kleines Feld gekauft, um darauf Gemüse anzubauen, das er auf dem Markt verkaufen wollte. Bald darauf heiratete er und begann für seine neue Familie ein Haus zu bauen, zwischen den Obstbäumen, direkt neben dem seiner Eltern.

„Schön war unsere kleine Feier", unterbricht Antonio die Stille. „Es scheint allen gefallen zu haben. Und das Essen! Rosa, von dem Essen, das du gekocht hast, konnten sie überhaupt nicht genug bekommen.

Weißt du noch, als ich damals ganz alleine in den Zug nach Deutschland gestiegen bin? Hättest du dir da jemals träumen lassen, dass wir einmal alle zusammen hier leben werden? Alles was wir brauchen, das haben wir heute und dabei können wir jeden Monat sogar noch Einiges auf des Sparbuch einzahlen. Auch Freunde haben wir gefunden, italienische genauso wie deutsche."

Antonio macht eine Pause, während der sich die Blicke der Eheleute begegnen: „Hast du dir eigentlich einmal Gedanken darüber gemacht, Rosa, wie lange wir noch in Deutschland bleiben wollen? Wir haben schon ewig nicht mehr darüber gesprochen.

Manchmal denke ich, wir haben hier doch alles, was wir uns nur wünschen können. Selbst an die Kälte habe ich mich gewöhnt und die Menschen hier, die sind wie überall, es gibt solche und solche. Und wenn man die Deutschen besser kennen lernt, dann kommt man schon mit ihnen zurecht.

Seit über zwei Jahren ist unsere Sonja jetzt schon im Kindergarten und ich glaube, sie spricht schon genau so gut Deutsch wie Italienisch.

Wenn ich so über das alles nachdenke, dann frage ich mich wirklich manchmal, ob wir nicht einfach hier in Deutschland bleiben sollen.

Schau dir nur Cesare an, der neulich in Frankfurt sein Restaurant mit dem großen Pizzaofen eröffnet hat. Ich habe ihm doch geholfen, die Holzverkleidung an den Wänden zu montieren. Cesare fühlt sich wohl hier und ich kann mir nicht vorstellen, dass er jemals nach Italien zurückkehren wird.

Aber wir – manchmal weiß ich es selbst nicht mehr, was ich eigentlich will. Je länger wir hier sind, desto mehr fühle ich mich zu hause in Frankfurt. Doch wenn wir dann während des Urlaubs in Italien sind, unsere Freunde und Verwandten wieder sehen, dann ist plötzlich alles so wie früher und ich möchte gar nicht mehr fort gehen von dort.

Ach, wenn es daheim, in unserem Dorf nur Arbeit für uns gäbe! Mit der Schreinerei, das wird wohl nichts mehr werden, das wissen wir ja eigentlich schon seit langer Zeit.

Wie der Onkel immer klagt, wenn wir ihn sehen, dass er nicht über die Runden kommt, dass immer mehr Möbel, Fenster und Türen in Fabriken hergestellt und so billig verkauft werden, dass er dafür kaum die Kosten für das Material decken könne. Nein, für einen Schreiner ist die Zeit vorbei. Aber was habe ich denn sonst schon für Möglichkeiten, dort Geld zu verdienen?"

Schweigend, ohne ihren Mann auch nur ein einziges Mal zu unterbrechen, hat Rosa zugehört und immer wieder dabei zärtlich über die Wölbung ihres Bauches gestreichelt.

Langsam hebt sie jetzt ihren Kopf, legt ihn leicht in den Nacken, schaut ihrem Mann in die Augen und Antonio sieht eine Entschlossenheit in ihrem Blick, die er so noch nie bei seiner Frau erlebt hat: „Ich habe mir etwas überlegt, Antonio. Ich denke schon seit vielen Wochen darüber nach.

Es sind ja jetzt schon vier Jahre, die ich in der Kantine bei den Farbwerken arbeite. Am Anfang habe ich immer nur sauber gemacht, das Gemüse und den Salat geputzt. Seitdem ich besser Deutsch kann, teile ich das Essen an die Arbeiter aus, auf diesen merkwürdigen rechteckigen Tellern mit den drei Unterteilungen. Dabei sehe ich immer, wie die Augen der Männer strahlen, wenn ich ihnen etwas auflade, das sie gerne essen und auch, wie ihre Gesichter lang werden, wenn es etwas gibt, das ihnen gar nicht schmeckt.

Manchmal erzählen sie mir auch von Italien, wenn sie gerade aus dem Urlaub zurück sind. „Spaghetti sind gar nicht so schlecht", sagen sie, „ein-, zweimal, kann man die schon essen in den Ferien - aber doch nicht jeden Tag! Immer wieder! So schön das Meer, das Wetter und der Ausflug nach Venedig gewesen sind, das Essen, das hat die Urlaubsfreude schon oft getrübt. Kein Braten, kein Kotelett, kein Schnitzel und vor allem keine Kartoffeln, immer nur Nudeln, jeden Tag."

„Ach Rosa, warum erzählst du mir das? Ich bin auch täglich mit Deutschen zusammen, ich kenne sie genauso wie du", unterbricht Antonio sie. „Was hat das denn alles damit zu tun, worüber ich gerade gesprochen habe?"

„Sei nicht so ungeduldig Antonio! Du hast doch gesehen, wie es deinen Kollegen von der Baustelle heute bei uns geschmeckt hat, wie sie von dem Essen, das ich für sie gekocht habe, begeistert waren.

Für mich war das heute aber nicht nur eine gewöhnliche Feier, für mich war das auch ein Test, ob meine Idee funktionieren kann. Ich habe nämlich einen Plan, über den ich schon seit Wochen nachdenke."

„Was für einen Plan denn? Den ganzen Tag sprichst du heute schon in Rätseln Rosa", fällt Antonio ihr ins Wort.

„Ich habe mir gedacht, wir könnten doch vielleicht, so wie Cesare – vielleicht könnten wir ja auch ein Restaurant eröffnen."

Verständnislos schaut Antonio sie an.

„Natürlich nicht hier in Frankfurt", fährt Rosa erklärend fort, „nein, daheim bei uns - ein Restaurant in unserem Dorf, für die Touristen. Ich könnte kochen, genau so, wie es den Deutschen schmeckt."

„Ich bin doch kein Wirt", platzt es aus Antonio heraus. „Schreiner bin ich, Zimmermann, aber doch kein Kellner." Erschrocken über die Heftigkeit seiner eigenen Worte schaut Antonio an seiner Frau vorbei in die Dunkelheit des Zimmers, und es dauert lange, bis seine Augen wieder zu Rosa zurück wandern. Ihre Blicke treffen sich, bleiben aneinander haften und ohne ein Wort zu sagen, sitzen sie sich gegenüber, ohne zu spüren, wie die Zeit dabei vergeht.

Als Antonio am nächsten Morgen erwacht, ist ihm die Idee, daheim, in seinem Dorf ein eigenes Restaurant zu eröffnen, gar nicht mehr fremd und tagsüber auf der Baustelle kann er an nichts anderes mehr denken.

Mit den deutschen Urlaubern käme er schon zurecht. Deutsch spricht er mittlerweile ja recht gut.

Später, am Nachmittag, fällt ihm plötzlich sein Elternhaus ein. Mitten im Dorf, genau gegenüber der Kirche liegt es. Seit dem Tod des Vaters vor ein paar Jahren steht es leer. Die Mutter ist damals zum Bruder gezogen, nach Cavallino, ein paar Kilometer weiter. Nur wenn er mit seiner Familie nach Italien kommt, kehrt Leben in das Haus zurück. Dann wohnen sie dort, während der Wochen, in denen sie Urlaub haben

Das Haus ist zwar nur klein und auch sehr schlicht. Aber da gibt es noch den Garten, der würde Platz bieten für einen Anbau – ja, das würde reichen für ein attraktives, modernes Restaurant. Deutsches und auch italienisches Essen könnten sie anbieten, Wein und Bier, vielleicht sogar Bier aus Deutschland. Und während seine Vorstellungen immer genauer werden, kreist sein Blick über die Baustelle, sieht er die Männer, die hier gerade arbeiten, und dabei stellt er sich vor, wie diese in kurzen Hosen und Sandalen bei ihm, in seinem Restaurant sitzen, auf Stühlen und an Tischen, die er selbst in der Werkstatt des Onkels bauen wird, wie sie zufrieden ihr Bier trinken, die Teller mit dem vertrauten Essen vor sich, wie er Scherze mit ihnen macht und wie sie ihm auf die Schulter klopfen beim Gehen und dabei: „Bis nächstes Jahr, Toni!" zu ihm sagen.

Am Abend, als sie gegessen haben und in der Wohnung nur noch ganz leise die ruhigen Atemzüge des schlafenden Kindes durch die offen stehende Zimmertüre zu hören sind, sitzen sie wieder beisammen am Tisch und Antonio erzählt seiner Frau, was ihm tagsüber durch den Kopf gegangen ist.

„Die Idee ist wunderbar, Antonio, etwas Besseres können wir überhaupt nicht finden. Direkt am Dorfplatz, bei der Kirche, dort, wo die Deutschen immer vorbeikommen, wenn sie abends noch spazieren gehen", entgegnet ihm Rosa ganz begeistert. „Deine Mutter und deinen Bruder müssen wir aber noch fragen. Wer weiß, ob sie mit unseren Plänen einverstanden sind."

Sie erhebt sich von ihrem Stuhl, geht zu dem kleinen Schrank in der Ecke, holt ein Blatt Papier aus der Schublade und legt es auf den Tisch: „Schau, Antonio, was ich mir ausgedacht habe."

„Speisekarte" steht in großen, etwas ungelenken Buchstaben auf dem Blatt und darunter „Vorspeisen" und dann, in einer kleineren Schrift: „Spaghetti mit Ragout oder Tomatensoße", „Rindfleischsuppe" und „Gemischter Salat".

Es folgen die Hauptspeisen: „Wiener Schnitzel, Kotelett, Rumpsteak mit Zwiebeln, Deutsches Beefsteak, Gulasch, Brathähnchen" und schließlich: „Gemischte Adriafische – Spezialplatte."

Und ganz unten steht noch: „Beilagen – Pommes Frites oder Salzkartoffeln."

Lange schaut Antonio auf das Blatt, liest immer wieder die Zeilen, die seine Frau niedergeschrieben hat, blickt schließlich mit leuchtenden Augen zu Rosa auf, die neben ihm steht.

„Ja, so werden wir es machen, genau so."

In den nächsten Tagen und Wochen bleibt das Fernsehgerät, das sie erst vor kurzem angeschafft haben, am Abend meist ausgeschaltet. Stattdessen sitzen Rosa und Antonio zusammen, tauschen immer neue Ideen aus und füllen ein Blatt nach dem anderen mit Skizzen und Notizen: Grundrisspläne, Ansichten des Hauses mit dem geplanten Anbau, mit neuen Türen und großen Fenstern, die Licht in das Restaurant hereinlassen werden. Skizzen von der Einrichtung des Gastraumes, der Aufteilung der Küche und schließlich von den Möbeln, Stühlen, Tischen und Büffets, die Antonio in der Werkstatt des Onkels bauen wird und die er bald alle bis in jedes Detail aufgezeichnet hat.

Andere Blätter sind mit Zahlen übersät: Das Material, die Handwerker, Geschirr, Besteck, die Einrichtung der Küche - alles versuchen sie zu kalkulieren. Vieles werden sie selbst machen können und auch Freunde und Verwandte werden mithelfen. Das Geld, das sie hier in Deutschland gespart haben – ja, es müsste schon reichen, wenn sie sparsam sind.

Als es anfängt, in Deutschland kalt zu werden, die Luft schon den ersten Geruch von Schnee mit sich trägt, schreiben sie einen Brief an die Mutter und den Bruder in Italien. Sie werden über Weihnachten kommen, teilen sie ihnen mit und dass sie etwas Wichtiges zu besprechen hätten. Wenn alles gut ginge, vielleicht könnten sie dann wieder zurückkommen, für immer, nach Hause, in ihr Dorf.

***

Ich bin jetzt seit einem Jahr auf dem Gymnasium. Es ist eine Schule nur für Jungen. Meine beiden Brüder sind auch hier. Für Mädchen gibt es in Höchst ein anderes Gymnasium.

Unser Klassenlehrer ist ganz in Ordnung. Wir haben ihn in Englisch und Erdkunde. Bei ihm müssen wir zwar eine Menge lernen, aber er macht oft Spaß und in Erdkunde erzählt er interessante Geschichten aus fernen Ländern. Manchmal zeigt er uns Dias, die er selbst aufgenommen hat, denn er unternimmt weite Reisen. Er war schon in Afrika und in den nächsten Sommerferien will er nach Amerika fliegen.

Im Moment ist in der Schule alles etwas durcheinander. Der Beginn des Schuljahres wird in Hessen in Zukunft nicht mehr an Ostern sondern im Herbst sein. Wir werden dann vor den Sommerferien unsere Versetzungszeugnisse bekommen.

Wegen dieser Umstellung gibt es zwei Kurzschuljahre, die einige Monate kürzer sind als ein normales Jahr. Die

Lehrer scheinen allerdings nicht immer zu wissen, ob sie in der kürzeren Zeit weniger Stoff durchnehmen müssen, oder den gleichen Stoff wie sonst, nur viel schneller.

Ansonsten ist es im Gymnasium auszuhalten. Meine Noten sind weder besonders gut, noch besonders schlecht. Irgendwie reicht es so halbwegs, um am Jahresende versetzt zu werden.

Im nächsten Schuljahr bekommen wir zu Englisch noch eine weitere Fremdsprache hinzu. Wir müssen uns zwischen Französisch und Latein entscheiden. Meine Eltern wollen, dass ich Französisch lerne, so wie meine Geschwister, weil man damit richtig etwas anfangen kann. Meine beiden Brüder haben Austauschschüler in Frankreich. Jedes Jahr kommen zwei französische Jungen zu uns, wohnen in unserer Familie und gehen mit den deutschen Schülern in den Unterricht. Und jedes Jahr fahren auch die Deutschen zu ihren Austauschschülern nach Frankreich. Nach dem; was sie erzählen, wenn sie zurückkommen, muss das immer ziemlich viel Spaß machen.

Ich will aber Latein lernen, weil ich ein Geheimnis habe. Ich habe mich bisher noch nicht getraut, es irgendjemandem zu erzählen.

Ich bin seit einer Weile in unserer Kirche Messdiener. Meist Sonntags, manchmal aber auch früh, vor der Schule, gehe ich in die Kirche zu meinem Ministrantendienst.

Während der Pfarrer oder der Kaplan die Messe zelebriert, knie oder stehe ich abwechselnd nach bestimmten Regeln vor dem Altar, spreche Gebete und in bestimmten, genau festgelegten Momenten, klingele ich mit einem Glöckchen.

Die Predigt finde ich fast immer langweilig. Danach wird es aber schön, wenn der Priester geheimnisvoll und feierlich mit seinem Kelch hantiert, ihn schließlich hochhält und verkündet, dass er den Wein und das Brot in Blut und Fleisch von Jesus Christus verwandelt. Was das alles wirklich bedeuten soll, verstehe ich nicht und die Hostien, die nun das

Fleisch Jesu sind, schmecken bei der anschließenden Kommunion auch nicht anders, als die Oblaten, die daheim zum Plätzchenbacken verwendet werden. Mir gefallen aber die Feierlichkeit der Zeremonie und die geheimnisvolle Stimmung dabei.

Besonders schön finde ich es an Festtagen bei Hochämtern, wenn ganz viele von uns Ministranten dabei sind, die Orgel spielt, der Chor singt, der Priester mit dem Weihrauchfass durch die Kirche geht und alles nach aromatischem Rauch und den vielen Kerzen riecht, die dann brennen.

Einmal in der Woche treffen wir uns nachmittags zur Ministrantenstunde, die der Kaplan hält. Manchmal bekommen wir dabei etwas erklärt, was wir für unseren Dienst wissen müssen. Meistens machen wir aber Spiele oder der Kaplan erzählt eine Geschichte. Zu den Ministrantenstunden gehe ich gerne.

Mein Geheimnis, warum ich Latein lernen will, ist, dass ich gerne Priester werden möchte. Wie mir meine Eltern erzählt haben, gibt es zwei Berufe, für die man in der Schule Latein lernen muss: Arzt und Priester.

Warum ich Priester werden will, kann ich nicht genau sagen: Irgendwie reizen mich diese feierlichen Zeremonien und ein bisschen habe ich das Gefühl, dass ich dann vielleicht von den ganzen Geheimnissen, um die es dabei geht, mehr begreifen werde. Und auch die Vorstellung, selbst eine Ministrantenstunde zu halten, viele Kinder um mich herum, die mir zuhören, finde ich schön.

Außerdem ist ein Priester sehr angesehen. Bei uns in der Familie wird immer mit Hochachtung über den Pfarrer gesprochen und wenn mal wieder ein neuer, junger Kaplan in die Pfarrei kommt, wird oft richtig von ihm geschwärmt.

Trotzdem traue ich mich lange nicht, jemandem von meiner Absicht zu erzählen. Meine Eltern reden immer wieder auf mich ein, dass ich doch Französisch nehmen soll, dass ich dann mit dem Schüleraustausch nach Frankreich mitfahren kann und mir die Sprache für mein ganzes Leben nützlich sein wird. Keiner versteht es, dass ich immer wieder stur darauf bestehe, Latein lernen zu wollen. Schließlich bekomme ich meinen Willen und werde für meine Wunschsprache angemeldet.

Als ich in den Sommerferien einmal mit meinen Brüdern zusammensitze, unterhalten wir uns über alles Mögliche und ich habe das Gefühl, dass dies ein guter Moment ist, mein Geheimnis los zu werden. Ich nehme meinen Mut zusammen und erzähle es ihnen. Sie reagieren überhaupt nicht verwundert und finden es ganz o.k., dass ich Priester werden möchte. Trotzdem rede ich danach nie wieder über meine Pläne.

Ich habe noch ein Geheimnis, über das ich aber wirklich mit keinem reden kann. Nachts, wenn ich im Bett liege, spiele ich an meinem Pimmel. Das ist ein schönes Gefühl. Aber irgendwie kommt es mir vor, als wäre das etwas Verbotenes. Ich weiß nicht, warum, denn ich kann mich nicht erinnern, dass in unserer Familie jemals über so etwas gesprochen worden ist.

Ich mache das immer ganz heimlich und doch scheint meine Mutter etwas gemerkt zu haben. Als wir einmal zu zweit sind, fängt sie an, mir zu erklären, dass ich jetzt in einem Alter sei, wo Jungen öfter an ihrem Penis spielen würden, dass das aber ungesund wäre. Manchmal käme dann auch eine Flüssigkeit heraus. Das sei eine Art Nervensaft und wenn man zuviel davon verliere, könne man sehr nervös werden.

Da fällt mir ein, dass es neulich, als ich wieder an meinem Pimmel hantiert habe, plötzlich nass war im Bett. Außerdem zucke ich immer mit den Augen und alle sagen, dass dies eine nervöse Angewohnheit wäre.

Eine Weile versuche ich, nicht mehr mit meinem Penis zu spielen, aber irgendwann fange ich nachts im Bett wieder damit ab. Doch ich habe jetzt ein ungutes Gefühl dabei.

Es ist der 30. Juli 1966. Unsere Familie sitzt vollzählig versammelt vor dem Fernseher im Wohnzimmer der Großeltern. Wir sind alle sehr aufgeregt, denn gleich beginnt die Direktübertragung aus dem Londoner Wembleystadion vom Endspiel der Fußballweltmeisterschaft zwischen Deutschland und England.

Ein Jahr, nachdem ich geboren wurde, also vor zwölf Jahren, war Deutschland schon einmal Fußballweltmeister, gewann damals in der Schweiz das Endspiel gegen Ungarn. Doch das weiß ich nur aus Erzählungen. Heute werde ich selbst dabei sein und kann es direkt am Fernseher miterleben.

Der Schiedsrichter pfeift und es geht los. Es wird noch nicht lange gespielt, da geht Deutschland in Führung, doch kurz darauf gleicht England wieder aus. So bleibt es bis zur Halbzeitpause und auch noch lange während der zweiten Spielhälfte. Als der Reporter sagt, es würde wohl eine Verlängerung geben, passiert es: England schießt ein Tor. Nur noch zehn Minuten sind zu spielen. Die Zeit verrinnt und nichts geschieht. Gebannt sitzen wir alle vor dem Bildschirm, fiebern mit, doch jetzt ist die reguläre Spielzeit schon abgelaufen. Alle unsere Hoffnungen schmelzen dahin. Da geschieht das Wunder: In der Nachspielzeit fällt der Ausgleichstreffer für die deutsche Mannschaft. Wir haben es in die Verlängerung geschafft.

Kurz bevor die Hälfte der Verlängerungsspielzeit vorüber ist, zielt ein englischer Spieler auf das deutsche Tor. Der Ball trifft die Unterseite der Querlatte, prallt ab, springt nach unten auf den Boden und dann erwischt ihn endlich ein deutscher Verteidiger und köpft ihn ins Aus. Das ist noch einmal gut gegangen.

Doch was ist los, warum ist das Spiel unterbrochen? Der Schiedsrichter steht am Rand des Spielfeldes und spricht mit dem Linienrichter. Dann hebt er seine Pfeife, führt sie zum Mund und wir hören alle deutlich den schrillen Ton, als er hineinbläst: Tor für England, der Schiedsrichter hat auf

Tor für England entschieden. Das war doch nie ein Tor! Das ist doch nicht möglich!

Das Spiel geht weiter. Bedrückt sitzen wir da, hoffen, dass noch einmal ein Wunder geschieht, doch dann fällt in der letzten Minute des Spiels noch ein Tor für England.

Aus, vorbei der Traum von der Weltmeisterschaft. Wir wissen nicht, was wir sagen sollen, bis der Opa beginnt, auf den Schiedsrichter zu schimpfen.

In den nächsten Tagen gibt es kein anderes Thema. Im Fernsehen wird immer wieder die Torszene in Zeitlupe gezeigt, in der Schule diskutieren Lehrer und Schüler über das Endspiel und eigentlich sind sich alle einig, dass Deutschland zu Unrecht verloren hat. Nur der Bundespräsident Lübke sagt, dass er ein Tor für England gesehen habe, was alle ziemlich blöd von ihm finden.

Meine Eltern haben unser Haus von der Hoechst AG gekauft. Es ist Anfang des Jahrhunderts gebaut worden und früher haben wohl ziemlich reiche Leute hier gewohnt. Auf alten Plänen des Hauses steht beim Zimmer meiner Schwester „Dienstmädchen" und bei dem Zimmer, das ich jetzt bewohne „Chauffeur". Deshalb haben diese beiden Zimmer auch ein eigenes Waschbecken.

Wir Kinder fühlen uns wohl in dem großen Haus. Ich habe schon seit einigen Jahren ein eigenes Zimmer im ersten Stock, meine beiden Brüder teilen sich einen großen Raum im Erdgeschoss, der mit Kleiderschränken in der Mitte unterteilt ist.

Zum Mittag- und Abendessen sitzen wir nach wie vor mit den Großeltern zusammen im Esszimmer.

Im Garten, der das ganze Haus umgibt, sind Blumenbeete und ein gepflegter großer Rasen, der eigentlich nur zum Mähen betreten wird und mehr zum Anschauen da ist. Außerdem gibt es eine kleine Rasenfläche, auf der wir machen können, was wir wollen. Hier wird Fußball und Hockey gespielt und im Winter, wenn es ganz kalt ist, holt mein Opa den Gartenschlauch und spritzt so lange mit Wasser, bis eine Eisfläche entsteht, auf der wir dann Schlittschuh laufen.

Jetzt gehört das Haus uns und meine Eltern haben die Absicht, einiges zu verändern und zu modernisieren. Sie planen, lassen sich von Handwerkern Angebote machen und eines Tages steht plötzlich ein Bauwagen vor unserer Tür, der in den nächsten Wochen drei Maurern als Wohnung dienen soll. Die Baufirma kommt aus der Rhön. Dort gibt es wohl nicht so viel Arbeit.

Die drei Bauarbeiter sind nett. Am Wochenende fahren sie nach Hause, die Woche über wohnen sie jetzt hier in ihrem Wagen und bauen unser Haus um. Wenn ich nach den Hausaufgaben Zeit habe, schaue ich ihnen immer gerne bei der Arbeit zu und manchmal darf ich auch mithelfen.

Zuerst reiche ich ihnen nur Material zu. Doch irgendwann bekomme ich eine Maurerkelle in die Hand gedrückt, werde neben eine Schubkarre mit Mörtel gestellt und darf ein Stück einer neuen Wand verputzen. Ich werfe mit der Kelle die Masse, die aus Sand und Kalk besteht, auf die gemauerten Ziegelsteine, wie ich es bei den Arbeitern gesehen habe. Doch das Meiste davon fällt wieder herunter und ich muss es für den nächsten Versuch am Boden zusammenkratzen,. Zwischendurch gibt mir einer der Maurer Tipps, wie ich mit dem richtigen Schwung, die Kelle beim Anwerfen immer etwas nach oben ziehen muss, damit der Mörtel in einem lang gestreckten Fladen auf den Steinen kleben bleibt.

Mit der Zeit geht es immer besser und irgendwann habe ich ein Stück von der Wand fertig verputzt. Ich bin ganz stolz auf mein Werk und bekomme von meinen Eltern für meine Mithilfe einen extra Zuschuss zum Taschengeld.

Unser Alltag zu Hause ist während der Bauarbeiten ziemlich improvisiert. Das ganze Erdgeschoss ist, bis auf die Küche, eine große Baustelle. Mauern werden abgerissen, Stahlträger unter der Decke eingezogen, neue Wände hochgezogen. Schließlich ist aus dem Wohn- und dem Esszimmer ein sehr großer heller Raum geworden. Er hat ein riesiges Panoramafenster zum Garten, vor dem eine neue Terrasse entstanden ist, auf der wir uns bei schönem Wetter ins Freie setzen. Außerdem wohnen meine Brüder nun jeder in einem eigenen Zimmer.

Auf dem Fußboden des Eingangsflurs ist jetzt statt dem braunen Linoleum heller Marmor verlegt und die alten, weiß gestrichenen Holzzimmertüren sind durch moderne mit Holzfurnier ersetzt worden.

Im Dachgeschoss, wo sich die Mansarde befindet, in der die Italiener einmal gewohnt haben, wird für meine Schwester eine richtige Wohnung mit zwei Zimmern, einer Küche und einer Dusche eingebaut. Ich bekomme dafür ihr jetziges Zimmer. Das ist größer als mein altes.

Als die Bauarbeiten beendet sind und wir unsere neuen Räume beziehen, verändert sich auch unser Familienleben. Im neuen Wohn-/Essbereich, ist alles großzügig und hell. Von hier kann man direkt auf die Terrasse ins Freie gehen, wo wir im Sommer oft sitzen und abends manchmal Waldmeisterbowle trinken. Hierfür hat meine Mutter im Kaufhaus extra ein runde, bauchige Bowlenschüssel aus Glas gekauft, mit sechs dazu passenden Trinkgläsern. Viel von unserem Leben spielt sich jetzt in diesem neuen Wohnzimmer ab.

Aber es gibt noch eine andere wichtige Veränderung. In meinem alten Zimmer im ersten Stock haben meine Großeltern eine eigene Küche eingerichtet bekommen. Dort, wo das Waschbecken für den Chauffeur war, wurde eine Küchenspüle montiert und statt meines Bettes steht dort jetzt ein Esstisch mit einer Eckbank und zwei Stühlen.

Hier sitzen die Großeltern nun bei ihren Mahlzeiten und für das Essen bei uns ist von jetzt an meine Mutter alleine zuständig.

Die Stimmung hat sich verändert, wenn die verkleinerte Familie nun beim Essen zusammensitzt. Es fällt auf, dass der Opa nicht mehr dabei ist, denn der hat früher am Tisch immer laut und bestimmt den Ton angegeben. Es ist entspannter geworden, wenn nur wir Kinder mit den Eltern zusammensitzen. Dass die Oma nicht mehr dabei ist, finde ich aber schade. Mit ihr war es immer schön und außerdem gibt es jetzt einige Gerichte, die sie gekocht hat, nicht mehr auf unserem Speiseplan.

Samstags, wenn wir aus der Schule kommen, duftet es aber weiterhin nach Spaghettisoße. Das gehört zum Samstag dazu und wir freuen uns alle schon auf das Essen. Jetzt kann das Wochenende beginnen.

Am Samstag gibt es abends oft noch einmal etwas Warmes zu essen: Toast Hawaii. Ich weiß nicht, wo meine Mutter das Rezept her hat, aber einige meiner Freunde schwärmen schon lange davon. Hawaiitoast geht ganz einfach zuzubereiten und schmeckt uns allen richtig gut: Auf ein Toastbrot wird eine runde Ananasscheibe gelegt, darauf kommen Schinken und Käse und das Ganze wird im Ofen so lange gebacken, bis der Käse knusprig ist.

Mir gefällt es, in der Küche mitzuhelfen und die Toastscheiben zu belegen. Irgendwann mache ich dann die Hawaiitoasts auch ganz alleine.

Das Kochen macht mir immer mehr Spaß. Von unseren Italienurlauben her kenne ich Pizza, die dort sehr lecker geschmeckt hat. Ich denke mir, dass es doch möglich sein müsste, selbst welche zu backen.

Ich erzähle meiner Mutter von der Idee und wir überlegen, wie wir das machen könnten. Schließlich werden die Zutaten dafür eingekauft: Kleine Döschen mit Tomatenmark, eine Dose Champignons, ein großes Stück Käse zum Reiben und in Scheiben aufgeschnittene Salami.

Meine Mutter hilft mir, aus Mehl und Hefe einen Teig zu kneten. Der muss erst einmal in der Schüssel aufgehen, bis ich ihn mit dem Nudelholz platt ausrollen und auf einem Backblech verteilen kann. Das Tomatenmark kommt in eine kleine Schüssel, wird mit etwas Wasser verrührt, so dass ein roter Brei entsteht. Der wird mit Pfeffer, Salz und Oregano gewürzt und gleichmäßig auf den Teig gestrichen. Darauf lege ich die Champignons, dünne, vorher zurechtgeschnittene Zwiebelringe und Salamischeiben in einem ordentlichen Muster aus.

Zum Schluss reibe ich das Käsestück und streue den geriebenen Käse über die Pizza. Den Ofen stellen wir auf volle Hitze, schieben das Blech hinein und als der Teig am Rand braun wird, ist die Pizza fertig. Sie kommt bei den Eltern und den Geschwistern so gut an, dass sie den Hawaiitoast am Samstagabend bald ablöst.

In der Küche sieht es nach dem Pizzabacken jedes Mal schlimm aus: Mehl, Teigreste, Tomatenpampe, Zwiebelschalen - alles ist auf der Arbeitsfläche verteilt. Da ich gekocht habe, muss ich die Küche zum Glück nicht sauber machen.

Der restliche Samstagabend ist immer noch durch die Quizshows im Fernsehen ausgefüllt, auch wenn meine Geschwister uns hierbei nur noch selten Gesellschaft leisten. Auch am Sonntagmorgen, beim Kirchenbesuch, machen sich meine Brüder rar und schlafen lieber lange aus. Der Rest der Familie nimmt jetzt oft die Möglichkeit wahr, schon am Samstag vor dem Abendessen in die Messe zu gehen und manchmal fällt der Kirchenbesuch am Wochenende sogar ganz aus. Nur wenn ich als Ministrant zum Dienst eingeteilt bin, gibt es keine Wahl. Aber das fängt an, mir lästig zu werden und mein Wunsch, Priester zu werden, scheint sich von selbst zu erledigen. Irgendwann ist es mir sogar richtig peinlich, wenn ich nur daran denke.

Schließlich beende ich meine Laufbahn als Messdiener und das Einzige, was von meinem Priesterwunsch bleibt, ist das Fach Latein in der Schule, das mich immer mehr nervt und in dem meine Noten dauernd schlechter werden.

Mit meinem anderen Geheimnis, dem unter der Bettdecke, bin ich auch weiter gekommen. Im Biologieunterricht haben wir gelernt, dass es Samenflüssigkeit ist, die vorne aus dem Penis herauskommt und nichts mit den Nerven zu tun hat, wie meine Mutter mir damals erklärte. Ich bin zwar etwas beruhigt, aber ganz wohl ist mir nicht dabei, wenn ich mich nachts im Bett mit meinem Pimmel beschäftige.

Wir haben in der Schule auch erfahren, dass aus dem Samen des Mannes und dem Ei der Frau Kinder entstehen können. Ich verstehe aber nicht, wie das genau vor sich gehen soll. Wie kommt der Samen des Mannes in den Bauch der Frau? Meine Eltern zu bitten, mir das zu erklären, würde ich mich nie trauen und ich weiß auch gar nicht, ob sie mir das überhaupt richtig erklären könnten. Einen Freund oder einen meiner Brüder kann ich auch nicht fragen, die lachen mich dann nur aus, weil ich das in meinem Alter sicher schon längst alles wissen müsste.

Ich rätsele herum, ob das etwas mit Küssen zu tun haben könnte. Wenn in einem Film geküsst wird, machen die Erwachsenen manchmal komische Bemerkungen. Aber wie soll mein Samen über das Küssen zum Ei im Bauch der Frau kommen? So kann das nicht gehen.

Im Bücherschrank haben wir ein Lexikon stehen, das aus acht dicken Bänden besteht. Wenn ich etwas wissen will, finde ich hier sonst immer alles, was ich suche. Aber auch diese helfen mir nicht weiter. Auf meine Frage finde ich hier keine Antwort.

Schließlich entdecke ich im Bücherregal meines Opas ein altes, großes Buch über den Menschen und über alle möglichen Krankheiten. Ganz hinten sind zwei bunte Seiten zum Ausklappen. Auf der einen ist ein nackter Mann, auf der anderen eine nackte Frau zu sehen, und das Tolle an diesen beiden Bildern ist, dass ich sie noch weiter aufklappen kann. Darunter ist zu sehen, wie es im Innern des Körpers aussieht. Da sind die Knochen des Brustkorbs und wenn ich die wegklappe, sind die Organe zu sehen, die sich teilweise auch wieder einzeln umschlagen lassen.

Jetzt komme ich langsam dem Geheimnis auf die Spur. So ganz genau ist es bei der nackten Bilderfrau nicht zu erkennen, was sie dort an der Stelle hat, wo sich bei mir der Penis befindet. Doch dann klappe ich die erste Schicht weg. Dahinter ist, mit bunten Farben und beschriftet, genau dargestellt, wie es im Inneren von Frauen aussieht. Ich lese „Scheide, Gebärmutter, Eierstock und Eileiter", alles ist gut zu erkennen. Jetzt kann ich mir zusammenreimen, dass es bei der Frau eine Öffnung gibt, durch die der Penis in die Scheide gelangen müsste und so die Samenflüssigkeit bis zum Ei in der Gebärmutter gelangen kann.

Was ich aber anstellen muss, um das wirklich einmal mit einer Frau zusammen zu machen, das bleibt mir weiter ein unlösbares Rätsel und ist so unvorstellbar für mich, wie mit einer Rakete auf den Mond zu fliegen.

Drittes Kapitel

*in dem ich mit drei fremden Männern an einer Pfeife rauche -
und Antonio und Rosa zu Hause alle Hände voll zu tun bekommen*

1968 Ermordung Martin Luther Kings in den USA
Studentenunruhen gehen in Frankreich in einen Generalstreik über
Einmarsch von Truppen des Warschauer Paktes in die Tschechoslowakei
Italien gewinnt die Fußballeuropameisterschaft im eigenen Land
Heintje / Mama
Rita Pavone / Arrivederci Hans
Rolling Stones / Street Fighting Man
Steppenwolf / Born to be wild

1969 Der amerikanische Astronaut Neil Armstrong betritt als erster Mensch den Mond
250 000 Menschen demonstrieren in Washington gegen den Vietnam Krieg
Eine Million Menschen strömen zum Woodstock Musikfestival in den USA
Adriano Celentano / Azzuro
Roy Black / Dein schönstes Geschenk
Creedance Clearwater Revival / Proud Mary
The Who / I´m free

1970 Der Deutsche Bundeskanzler Willy Brand trifft sich in Erfurt mit dem Ministerpräsidenten der DDR Willi Stoph
Salvador Allende wird zum Präsidenten Chiles gewählt
Die Beatles trennen sich
Die Minstrels / Grüezi wohl, Frau Stirnimaa
The Beatles / Let it be
Led Zeppelin / Whole lotta love

1971 McDonalds eröffnet seine erste deutsche Filiale in München
Zwei Polizisten werden von der Roten Armee Fraktion (RAF) erschossen
Ennio Morricone / Spiel mir das Lied vom Tod
Santana / Black magic woman
Janis Joplin / Me and Bobby McGee
Rolling Stones / Brown Sugar

Unsere Sommerurlaube sind in den letzten beiden Jahren ausgefallen. Nur einmal gab es einen Kurzurlaub in der Rhön. Wir mussten sparen, denn der Hauskauf und der Umbau haben viel Geld gekostet.

Dieses Jahr ist wieder ein Italienurlaub geplant. Es soll nach Lignano an der Adria gehen, wo wir schon das letzte Mal waren, allerdings nicht mehr in die Wohnung im Hochhaus, sondern in ein Ferienhaus. Wir werden zu viert fahren: Meine Eltern, der jüngere meiner beiden Brüder und ich. Die beiden ältesten Geschwister wollen nicht mehr mit der Familie in Urlaub.

Mein Vater fährt jetzt einen Mercedes. Den hat er wie immer gebraucht gekauft, obwohl fast alle Nachbarn in unserer Straße nur neue Autos fahren. Aber mein Vater rechnet uns vor, dass der Wertverlust in den ersten Jahren riesig sei und es herausgeschmissenes Geld wäre, ein fabrikneues Auto zu kaufen. Da der Mercedes schneller fährt und die Straßen besser sind als früher, wollen wir ohne Übernachtung in einem Tag bis zu unserem Urlaubsziel durchfahren. Mein Bruder und ich haben auf der Rückbank viel Platz und können es uns bequem machen. Die Fahrt ist angenehm, jedoch dauert sie viel länger, als wir es geplant haben. Schon bevor wir bei Venedig die Adria erreichen, fängt es an, dunkel zu werden. Da hat mein Vater eine Idee.

Antonio und seine Frau sind schon vor einiger Zeit aus Frankfurt nach Italien zurückgekehrt. Sie schreiben uns manchmal und deshalb wissen wir, dass sie mit dem in Deutschland angesparten Geld in ihrem Heimatdorf tatsächlich ein Restaurant eröffnet haben. Antonio hat während seiner Zeit in Frankfurt gut Deutsch gelernt und von seinen ehemaligen Kollegen weiß er, was Deutsche im Urlaub gerne mögen. Deutsche Urlauber scheint es jetzt überall an der italienischen Adria viele zu geben.

Mein Vater meint: „Warum fahren wir nicht bei Antonio vorbei. Die werden sich bestimmt über unseren Besuch freuen und uns ein Zimmer für die Nacht besorgen können".

Den Vorschlag finden wir alle prima, denn es ist zu spät, um jetzt noch Lignano zu erreichen. Wir würden unser Ferienhaus nicht mehr übergeben bekommen und brauchen sowieso eine Bleibe für diese Nacht. Wir sind schon ganz neugierig darauf, unsere Italiener wieder zu treffen.

Die Fahrt dauert noch eine Weile, und als wir an die Küste kommen, wird der Verkehr immer dichter. Es ist schon sehr spät, als wir endlich in dem Dorf bei Cavallino eintreffen. Antonios Restaurant ist schnell gefunden, es befindet sich genau gegenüber der Kirche.

***

„Ciao Zio," ruft Antonio, als er mit seiner noch neu glänzenden Vespa am Haus des Onkels vorüberfährt. wo dieser, trotz des frühen Morgens, bereits damit beschäftigt ist, Bretter in seine Werkstatt zu tragen, aus denen im Laufe des Tages eine Tür, ein Fenster oder ein Schrank entstehen werden. Gerade noch sieht er, wie ihm der Onkel zuwinkt, dann hat er Haus und Werkstatt schon hinter sich gelassen. Er biegt auf die Straße nach Treporti ein, wo die Fischer mit ihren Booten jetzt sicher schon in den kleinen Hafen eingelaufen und damit beschäftigt sind, den Fang der heutigen Nacht an Land zu bringen.

Während er so die Landstraße entlang fährt, erinnert er sich, wie er vor mehr als zwei Jahren, bevor sie das Restaurant eröffneten, wochenlang in der Werkstatt des Onkels stand und die vielen Tische, Bänke und Stühle und auch die lange Bartheke mit den Regalen und Vitrinen für ihr neues Restaurant anfertigte. Auch der Onkel half tagelang mit, obwohl er selbst so viel zu tun hatte, damit die Eröffnung am vorgesehenen Tag tatsächlich stattfinden konnte.

Wie aus einem anderen, fast schon vergessenen Leben kommen ihm diese Wochen in der Schreinerwerkstatt jetzt vor: Die Gerüche von frisch gesägtem Holz, von Leim und Firnis, die Hobelspäne und das Sägemehl auf dem Boden, das sie abends zusammenfegten, die beiläufigen, doch so vertrauten Gespräche mit dem Onkel – so viel Zeit war schon wieder vergangen seitdem.

Die Luft ist noch kühl in der Frühe, doch Antonio spürt, wie die Strahlen der Sonne bereits an Kraft gewinnen. Es wird wie-der heiß werden heute, so heiß wie an allen Tagen in den vergangenen Wochen. Umso mehr genießt er die frische Brise, die vom Meer hereinweht, während der Verkehr um ihn herum langsam dichter zu werden beginnt. Heute ist Markt in Cavallino und die ersten Touristen haben sich bereits auf den Weg dorthin aufgemacht

Als er über die Brücke des Kanals fährt, der Treporti vom Festland trennt, kann er schon Michele sehen, der am Kai neben seinem Boot steht. Michele der Fischer - unzählige Male hat er ihn früher nach Venedig übergesetzt, damals, als er noch Schreiner war. Doch das ist lange her.

Heute wird er Fische bei Michele kaufen, so wie jeden Morgen. Immer wieder verlangen Gäste nach frischem Fisch aus dem Meer, an dem sie gerade Urlaub machen. Und den frischesten und besten, den gibt es bei Michele.

„Schau Antonio, viel Calamari habe ich heute, die mögen die Deutschen doch gerne und ein paar schöne Brassen sind auch dabei, so groß, dass sie gerade auf den Teller passen", sagt der alte Fischer, während er auf die Kisten mit den silbrig glänzenden Fischen zeigt.

„Das wird meinen Gästen gefallen", und während Antonio seine Hand auf die Schulter Micheles legt, sagt er: „Komm, ich lade dich zu einem Kaffee ein."

„Na, wie geht es bei dir denn so?", fragt Antonio, als sie, die kleinen Tassen mit Espresso vor sich, an der langen Bartheke neben den anderen Fischern stehen.

„Nicht schlecht, ich kann nicht klagen, so gut wie in der letzten Zeit habe ich meinen Fisch noch nie verkauft. Immer wieder werden neue Hotels und Restaurants bei Jesolo eröffnet und alle wollen sie frischen Fisch aus der Adria. Doch wie läuft es bei dir, was macht das Restaurant?"

„Davon könnte dir Rosa viel erzählen. Jeden Tag hat sie in der Küche mehr zu tun. Mittags kommen die ersten Deutschen schon um zwölf Uhr, das sind sie so gewohnt von zu Hause. Richtig voll wird es dann am Abend. Da stehen sie immer schon an der Tür und warten darauf, dass Plätze frei werden. Dann sind wir alle nur noch am Rennen: Rosa, mein Bruder, die Schwägerin, manchmal auch Giuseppe. Ausruhen können wir uns keinen Augenblick. Sogar Sonja, unsere älteste Tochter, hilft schon ein wenig mit.

Den Deutschen scheint es bei uns zu gefallen. Manche kommen jetzt schon im dritten Jahr. Es läuft viel besser, als wir es uns erhofft hatten.

Wir verdienen nicht schlecht, auch wenn manches teurer geworden ist, als wir es geplant hatten und immer wieder müssen wir Steuern und Gebühren bezahlen, die niemand von uns vorhergesehen hatte. Und dann noch der Schwiegervater meines Bruders, du weißt schon, der Fuhrunternehmer. Von dem haben wir uns Geld geliehen und jeden Monat will er pünktlich seine Raten. Dabei verlangt er die höchsten Zinsen weit und breit.

Aber was jammere ich. Wir können uns so viel leisten wie noch nie zuvor in unserem Leben. Die Vespa dort habe ich mir neulich erst gekauft, unsere Wohnung über dem Restaurant ist wunderbar und die Kinder haben alles, was sie brauchen." Er schaut auf die Uhr. „Oh, jetzt habe ich ganz die Zeit vergessen, Michele. Ich muss weiter, ich will noch bei Giuseppe vorbeischauen."

Die Sonne steht schon hoch am Himmel, als sie die Bar verlassen und die Menschen auf der Straße suchen bereits den Schatten der Häuser, um der Hitze des Tages zu entgehen.

Schnell schlagen sie die Fische in Papier ein und verstauen sie in der Wachstuchtasche, die Antonio vor seine Füße auf das Trittbrett der Vespa stellt.

„Bis morgen, Michele", ruft Antonio und winkt ihm noch einmal zu, als er über die Brücke zurück aufs Festland fährt.

Es ist nicht weit bis zum Bauernhof, wo der Schwager mit seiner Familie und den Eltern wohnt.

Das kleine, alte Haus der Eltern, bei dem an einzelnen Stellen schon der Putz abzublättern beginnt, findet Antonio ebenso verlassen vor, wie das weiße, größere, das Giuseppe für seine Familie neu gebaut hat. Wie immer sind alle am Arbeiten - draußen auf dem Feld oder bei den Obstbäumen.

„Ciao Giuseppe", zwischen den Weinstöcken entdeckt er den Schwager, der mit gebeugtem Rücken damit beschäftigt ist, mit einer Hacke den harten, von der Sonne ausgetrockneten Boden zwischen den Reben aufzulockern.

„Antonio! Wie schön dich zu sehen, ich habe dich gar nicht kommen hören. Wie geht's euch, was macht Rosa, was machen die Mädchen?"

„Gut geht's bei uns, viel Arbeit haben wir, aber wem sage ich das."

„Komm Antonio, lass uns zum Haus gehen, ich kann eine kleine Pause gebrauchen."

Sie setzen sich an den großen Tisch unter der schattigen, mit Wein berankten Pergola, an dem sich, so lange sie denken können, jeden Abend die Familie zum Essen versammelt. Kaum hat Antonio Platz genommen, steht auch schon ein kleines Glas mit Giuseppes selbst gemachtem Weißwein vor ihm, dessen Trauben im letzten Sommer hier neben dem Haus gereift sind.

„Salute", sie heben die Gläser, genießen den ersten Schluck und Antonio schmeckt wie immer den Hauch von Ananas, der diesen Wein zu begleiten scheint.

„Wie schön ruhig es bei dir ist, Giuseppe, mitten im Sommer, in der Hochsaison, wo es hier überall von Touristen wimmelt.

Doch ich vergesse ganz, warum ich eigentlich gekommen bin: Rosa bräuchte den Salat, die Tomaten, die Paprika und die Gurken bald. Wir haben nichts mehr und um zwölf kommen schon die ersten Gäste zum Mittagsessen."

„Schau", Giuseppe deutet auf die Ape, den dreirädrigen Kleinlaster mit der offenen, einsitzigen Fahrerkabine. „Die beiden Kisten sind schon aufgeladen, ich bringe sie gleich zu euch hinüber."

„Da wird Rosa in der Küche erleichtert sein. Doch ich habe noch eine Bitte: Heute Abend wird es sicher wieder sehr voll werden im Restaurant. Würdest du uns vielleicht wieder beim Bedienen aushelfen? Ich habe ja sonst niemanden, der genug Deutsch spricht um zu verstehen, was die Gäste haben möchten."

„Ist schon gut. Ich komme doch gerne. Das Geld, das ich bei euch verdiene, können wir ja auch gut gebrauchen", entgegnet Giuseppe, während er noch einen kleinen Schluck Wein in die Gläser füllt.

So wie jeden Tag stehen Rosa und Maria, die Frau von Antonios Bruder, auch heute schon seit dem frühen Morgen in der Küche. Vieles ist vorzubereiten für die Gäste, die sie heute erwarten.

Dampf steigt aus den großen Töpfen auf dem Herd und es duftet nach Tomaten, Gemüse, allerlei Kräutern und Gewürzen. Seit Stunden sind die beiden Frauen damit beschäftigt, Gemüse zu putzen, zu schneiden, Hackfleisch anzubraten, große Mengen Tomaten zu Soßen einzukochen und schließlich die vielen Schnitzel und Koteletts, die der Metzger ihnen geliefert hat, zu klopfen, zu würzen und zu panieren.

Eine gute Stunde noch, dann werden die ersten Gäste durch die Glastür das Restaurant betreten, wo Antonio sie begrüßen wird.

Doch wo bleibt Antonio nur? Den ganzen Vormittag ist er schon unterwegs mit seinen Erledigungen. Auch bei Giuseppe sollte er vorbeischauen, wegen der Salatzutaten, die sie jetzt so dringend benötigen.

„Es wird höchste Zeit, dass Giuseppe endlich kommt. Er ist doch sonst immer so pünktlich", meint Rosa ungeduldig, während sie nochmals die Soßen in den Töpfen abschmeckt. Giuseppes Salat lieben die Gäste. So frische, aromatische Zutaten gibt es bei ihnen in Deutschland nicht.

Da hören sie das Knattern der Zweitaktmotoren und kurz darauf stehen Giuseppe und Antonio in der Küchentür.

„Da sind wir schon", sagt Antonio beschwichtigend, der die Ungeduld im Raum spürt, während sie die vollbeladenen Holzkisten auf dem Küchentisch abstellen.

„Ich muss gleich zurück, die Erde unter den Weinstöcken hackt sich leider nicht von selbst. Wir sehen uns heute Abend", schon ist Giuseppe nach draußen entschwunden und auch das Motorengeräusch der Ape verliert sich schnell in der Ferne.

Nachdem Antonio den Fisch im Kühlschrank verstaut hat, greift er zu einem Messer und beginnt, den Frauen beim Waschen, Putzen und Schneiden der verschiedenen Salatzutaten zu helfen und noch lange bevor der erste Gast zu sehen ist, steht alles in den großen Schüsseln bereit, um auf Salatteller gefüllt oder geschmackvoll neben gebratenen Fischen, Schnitzeln und all den anderen Speisen angeordnet zu werden.

Und jetzt, da alle Vorbereitungen getroffen sind und Maria draußen im Restaurant noch ein letztes Mal überprüft, ob alle Tische ordentlich gedeckt sind, stehen sich Antonio und Rosa alleine in der Küche gegenüber und atmen tief durch, so als wollten sie Kraft sammeln für den Trubel der Gäste, die gleich das Restaurant bevölkern werden.

„Ach Rosa, was sollte ich nur ohne dich machen?" sagt Antonio, während er seine Frau in die Arme nimmt, sie auf die Stirne küsst, sie an sich drückt. „Ich bewundere dich so! Wie du das alles immer wieder hinbekommst, auch wenn es noch so hoch hergeht im Restaurant. Und es ist so schön, dir zuzuschauen, wenn du in den Töpfen rührst, aus denen es immer so verlockend duftet, wenn du die Soßen und Suppen abschmeckst und noch etwas von dem, noch etwas von jenem hinzufügst."

Völlig still ist es in der Küche, nur das leise Brodeln aus den Töpfen ist zu hören.

„Ich liebe dich, Rosa."

„Ja, ich weiß..., ich liebe dich auch, Antonio, ich liebe dich so sehr."

Mit geübter Bewegung hat Antonio auf die zuvor von ihm gesäuberten Holzflächen mit dem Pinsel den Leim aufgetragen. Wieder einmal muss er einen Stuhl reparieren, dessen Verbindung sich gelockert hat. Die Kinder wissen oft nicht, was sie machen sollen, wenn das Schnitzel, die Pommes Frites oder die Spaghetti aufgegessen sind und die Eltern noch auf ein, zwei Gläser Wein bleiben wollen. Und vor Langeweile beginnen sie dann, mit den Stühlen zu schaukeln und kippeln, hin und her, so dass sie fast das Gleichgewicht verlieren und nach hinten umzufallen drohen. Obwohl Antonio die Stühle so sorgfältig gebaut hat - irgendwann lockern sich dann doch die Beine, so dass er schließlich an einem der Nachmittage, wenn es ruhiger ist im Restaurant, den Leimtopf und die Schraubzwingen hervorholen muss.

„Antonio, kannst du mal kommen, bitte!" ruft ihn der Bruder von hinten aus dem Gastraum, wo er an einem der Tische sitzt auf dem er unzählige Blätter um sich herum ausgebreitet hat. Ach wie gut, dass der Bruder sich um den ganzen Papierkram, die Abrechnungen, die Buchhaltung, die Formulare kümmert. Er selbst kann bedienen, kann gut die Gäste unterhalten, Scherze mit ihnen machen, er kann fast alles, was im Restaurant kaputt geht, reparieren und es macht ihm auch nichts aus, in der Küche einmal mitzuhelfen, wenn die Arbeit für die Frauen zu viel wird. Aber Rechnungen prüfen, Bücher führen, Briefe an Behörden schreiben, nein, das ist nichts für ihn.

Wie froh war er damals, als sie an Weihnachten aus Deutschland kamen, um mit dem Bruder und der Mutter über ihre Pläne mit dem Restaurant zu sprechen und als der Bruder, nachdem er sich alles in Ruhe angehört hatte, ohne zu zögern sagte, dass ihm die Idee gefalle, dass sie ihm sogar so gut gefalle, dass er gerne mitmachen wolle.

Im Büro des Fuhrunternehmens seines Schwiegervaters arbeitete er damals. Doch es war nicht leicht für ihn, mit dem Vater seiner Frau zusammenzuarbeiten. Alles musste stets genauso gemacht werden, wie dieser es sagte und immer, wenn der Bruder vorsichtig versuchte, eine seiner Ideen vorzutragen, wie sie die Arbeit in der Firma besser gestalten könnten, bekam er stets zur Antwort: „Das kannst du alles machen wenn ich tot bin. So lange bestimme ich, was in meiner Firma geschieht".

So hatten sie schließlich zu viert, Antonio, Rosa, der Bruder und Maria, dessen Frau, damit begonnen, das alte, unscheinbare Häuschen, das da am Platz mitten im Dorf gegenüber der Kirche stand, zu einem modernen Restaurant umzubauen. Nicht viel mehr als die Grundmauern und die Balken des Daches waren übrig geblieben. Alles andere wurde erneuert und hinten, zum Garten hinaus, erweiterten sie das Gebäude, so dass es schließlich fast doppelt so groß war wie zuvor.

Die Arbeit teilten sie sich: Der Bruder regelte die Angelegenheiten mit den Behörden, füllte Formulare aus, holte Genehmigungen ein, ließ sich von Handwerkern Angebote machen, vergab die Aufträge und schließlich beaufsichtigte er die Arbeiten auf der Baustelle.

Antonio stand währenddessen in der Werksatt des Onkels und arbeitete an der Einrichtung, die sie für das Restaurant brauchen würden: Stühle, Bänke, Tische, Regale, Schränke, Vitrinen, die lange Theke für die Bar und auch die Möbel für die Küche - alles entstand unter seinen Händen genau so, wie er es sich schon in Deutschland ausgedacht und bis ins Detail aufgezeichnet hatte.

Während Antonio so in seine Arbeit vertieft war und es auf der Baustelle immer weiter voran ging, wurde der Stapel der Rechnungen, die sie von den Handwerkern und Lieferanten erhielten, immer höher. Genauestens war alles gemeinsam kalkuliert worden, so sicher waren sie sich gewesen, nichts dabei vergessen zu haben und doch, als die

Arbeiten voranschritten, mussten sie erkennen, dass ihnen in diesem Geschäft vieles an Erfahrung fehlte, so dass sie vieles nicht hatten vorhersehen können.

Bald wurde es unübersehbar, dass ihr in Deutschland erspartes Geld, das ihnen anfangs wie ein kleines Vermögen erschienen war, nicht reichen würde. Da sie an Sicherheiten für die Banken, außer einer Baustelle und einem großen Berg halbfertiger Möbel, nichts vorzuweisen hatten, blieb nur noch die Möglichkeit, den Schwiegervater des Bruders, den Fuhrunternehmer, um ein Darlehen zu bitten.

„Nur wegen meiner Tochter gebe ich euch das Geld", willigte er schließlich ein, und alle spürten die Genugtuung, die er empfand, als sie ihn jetzt um Hilfe bitten mussten. Die Zinsen, die er von ihnen verlangte, waren höher als bei den Banken, doch trotzdem hörten sie ihn klagen: Wie könne er denn wissen, ob er sein Geld jemals wiedersehen würde. Sehr gewagt erscheine es ihm, ein Restaurant zu eröffnen, wenn man sich auf diesem Gebiet nicht auskenne.

So mussten sie nun jeden Monat, ohne Rücksicht darauf, was sie eingenommen hatten, dem Fuhrunternehmer die Rate vorbeibringen und wie peinlich war es ihnen, als dieser eines Tages selbst erschien, um sein Geld abzuholen, nachdem sie ein einziges Mal, wegen der vielen Arbeit, nicht am ersten Tag des Monats dazu gekommen waren, es bei ihm abzuliefern.

„Gleich bin ich da", antwortet Antonio dem Bruder, „ich bringe nur schnell den Leimtopf zurück."

„Schau dir das einmal an", sagt der Bruder, als Antonio schließlich neben ihm am Tisch steht und ihm ein Blatt mit Zahlen entgegen hält. „Der Metzger! Letzten Monat hat er die Preise erhöht und als ich ihn darauf ansprach, meinte er, für ihn sei auch alles teurer geworden. Ich habe mich umgehört. In Jesolo gibt es einen Fleischer, der dort viele Restaurants beliefert und der viel günstiger wäre."

„Ja, aber unser Metzger hier im Dorf, den kennen wir schon, seit wir Kinder sind, schon unsere Eltern haben bei ihm eingekauft und was er liefert hat immer nur die beste Qualität. Noch nie gab es wegen des Fleisches Beschwerden von einem Gast, niemals hat sich jemand beklagt, dass es nicht zart sei oder nicht geschmeckt habe."

„Da hast du schon recht, Antonio, aber wir müssen auch auf unsere Kosten achten. Alles wird teurer, doch bei unseren Einnahmen, da lässt sich nicht mehr viel steigern. Jeden Abend ist es zum Bersten voll im Restaurant, für mehr Gäste haben wir keinen Platz und die Frauen - ich finde es ist ein Wunder, wie es ihnen jeden Tag gelingt, in dieser Küche so viele Essen zu bereiten.

Hast du eigentlich schon die Baustelle am Rand des Dorfes gesehen? Weißt du, was dort entsteht? Ein Restaurant soll es werden, groß und modern, direkt an der großen Durchgangsstraße, wo alle Autos vorbeifahren, mit vielen Parkplätzen vor der Tür. Und was ich noch gehört habe: Sie suchen bereits Personal – Kellner, die Deutsch sprechen, Leute, die in Deutschland waren, die die Sprache können, so wie Rosa und du, und einige sollen sich schon gemeldet haben. Ja Antonio, heute läuft hier alles noch wie im Traum, aber ich befürchte, das wird nicht so bleiben. So gut eure Idee auch war, andere werden es ebenso machen."

„Ach, warum sollen wir uns denn mit Sorgen belasten", versucht Antonio den Bruder zu beschwichtigen, „natürlich wird es immer wieder neue Restaurants geben, aber es kommen ja auch jedes Jahr mehr Touristen und unsere Gäste, die kennen uns, die mögen unser Essen und nicht das da vorne an der Straße."

Schon wieder öffnet sich die Türe, und eine Familie mit zwei Kindern betritt das Restaurant. Alle vier Augenpaare versuchen, einen freien Tisch auszuspähen. Doch ihre Suche ist vergeblich, wie meist um diese Zeit. „Bona sera, guten Abend", begrüßt sie Antonio in gewohnter Manier. „Bald wird der Tisch dort hinten frei. Trinken sie doch so lange etwas an der Bar, es wird nicht mehr lange dauern."

Wie jeden Abend sind auch heute schon alle Plätze besetzt und ohne Unterlass fragen hungrige Familien, wann wohl ein Tisch frei werden könnte. Noch Stunden wird das so weitergehen und keiner von ihnen wird in dieser Zeit auch nur einen Augenblick zur Ruhe kommen, weder Antonio und Giuseppe, die heute bedienen, noch der Bruder, der hinter der Theke steht und die Getränke einschenkt, und erst recht nicht die Frauen in der Küche. Auch Sonja, mit ihren acht Jahren, hilft heute wieder mit. Sie bringt die Getränke zu den Kindern, die Gläser mit Limonade und Cola und immer wenn Nachtisch bestellt wird, trägt sie das kleine Tablett zu den Tischen, beladen mit Eisbechern, kleinen Kuchenstückchen und anderen Leckereien.

„Zweimal gemischtes Eis mit Schlagsahne und zweimal Dessert des Hauses", erklärt sie mit ihrer zarten Kinderstimme, als sie die Schüsselchen mit der geheimnisvoll mit Kakaopulver und Schlagsahne verzierten Creme den Gästen zureicht, die an dem Tisch bei der Türe sitzen.

Auch heute kann sie sich wieder über die erstaunten Blicke der Deutschen amüsieren, ebenso wie über die ihr schon bekannte Frage: „Wo hast du denn gelernt, so gut Deutsch zu sprechen?"

„Im Kindergarten. In Frankfurt. Ich habe dort früher gewohnt", antwortet sie lächelnd und als sie leichtfüßig das leere Tablett in die Küche zurück trägt, kann sie sich sicher sein, dass auch diese Gäste, nachher, wenn der Papa ihnen die Rechnung bringen wird, eine extra Münze „für das süße kleine Mädchen, das uns den Nachtisch gebracht hat" dazulegen werden.

„Toni, noch ein Bier", ruft einer der Stammgäste, der jetzt schon im dritten Jahr hier ist, während Antonio, die Arme voll beladen mit Tellern, gerade aus der Küche eilt. Von einem anderen Tisch winkt ein Gast, der bezahlen möchte und schon wieder geht die Türe des Eingangs auf und die nächste Familie wird vergeblich nach einem freien Tisch Ausschau halten.

Doch nur ein einzelner Mann betritt den Raum, bleibt stehen, sieht sich um. Irgend etwas ist anders an seinem Blick als sonst bei den Gästen. Es ist kein freier Tisch, den er zu suchen scheint, der Mann dort... Da fällt es Antonio wie Schuppen von den Augen: Der Mann, der da steht, der sucht nichts anderes, als ihn selbst, ihn, Antonio. Den Mann dort bei der Türe, den kennt er seit vielen Jahren: Der Dottore aus Frankfurt ist es, der sich suchend umschaut und der ihn jetzt, in diesem Moment, auch zu erkennen scheint.

„Nimm", sagt er zu Giuseppe, der gerade mit zügigen Schritten an ihm vorbei, Richtung Küche geht, „nimm, für Tisch sieben", drückt die Teller dem Schwager in die Hand und läuft mit weit geöffneten Armen zur Tür: „Dottore! Dottore, sind Sie es wirklich, wie kommen Sie denn hier her?" seine Hände ergreifen die des Deutschen, schütteln sie, scheinen sie gar nicht mehr loslassen zu wollen. „Wo ist die Familie, wo ist Ihre Frau, wo sind die Kinder?"

„Draußen, draußen im Auto sitzen sie", hört er die vertraute Stimme antworten und sieht wie der Dottore dabei staunend seinen Blick durch das Restaurant schweifen lässt, über die vielen Menschen, die an den Tischen sitzen, die essen, trinken und sich dabei angeregt unterhalten.

Ohne ein weiteres Wort zu verlieren, gehen beide nach draußen und als sie vor dem Restaurant stehen, erkennt Antonio sogleich das große, dunkle Auto mit dem Frankfurter Kennzeichen und dem Stern auf der Kühlerhaube. Vorne auf dem Beifahrersitz sitzt die Signora, hinten auf der Rückbank die beiden müden Jungen.

„Kommt doch herein", fordert Antonio sie auf und geleitet die Familie durch die Eingangstüre, hinein in den Trubel des Restaurants. „Giuseppe, hast du schon gesehen, wer da ist? Schau, der Dottore und seine Familie, hier sind sie. Dort drüben, der Tisch, die Leute wollen gerade bezahlen. Schell, geh hin, mach ihnen die Rechnung und halte den Tisch frei für unsere Gäste aus Frankfurt."

Und schon führt er seine vier Gäste weiter, quer durch das Restaurant, vorbei an den voll besetzten Tischen, führt sie zur Küche, wo Rosa und Maria ohne Unterlass aus ihren Töpfen, Pfannen und Schüsseln beschäftigt sind, Teller um Teller mit Suppen, Nudeln, Soße, Schnitzeln, Steaks, gebratenem Fisch, mit Pommes Frites, Salzkartoffeln und den verschiedensten Salaten befüllen.

„Rosa, sieh her, wer gekommen ist!" Und als Rosa sich umdreht, erkennt sie die Frau des Dottore, die direkt vor ihr steht und ohne einen Augenblick zu zögern, nimmt sie die Signora aus Deutschland in ihre Arme, umarmt auch die beiden Jungen und schüttelt lange die Hand des Dottore.

„Ich kann es nicht glauben. Wie schön das ist, euch hier zu sehen", und noch ehe die Besucher viel entgegnen können, sitzen sie an dem Tisch neben der Küche, den Giuseppe bereits für sie gedeckt hat. Schon sind die Gläser mit Wein für die Erwachsenen und Limonade für die Kinder gefüllt. Giuseppe und Antonio stehen bei ihnen, Rosa und Maria und auch der Bruder haben für einen Moment ihre Arbeit unterbrochen und natürlich ist die kleine Sonja mit dabei. "Salut", Antonio hebt sein Glas, „auf unsere Frankfurter Freunde, auf unsere Frankfurter Familie", und alle stoßen an mit ihren Gläsern, stoßen an auf ein Stück ihres Lebens, das so unvermittelt zu ihnen zurückgekehrt ist.

„Jetzt esst erst einmal in Ruhe, ihr werdet hungrig sein von der langen Reise und wir müssen noch etwas arbeiten. Ihr seht ja, die ganzen Leute hier, die dürfen wir nicht verhungern lassen. Aber bald wird es ruhiger sein, dann haben wir Zeit uns zu unterhalten."

Und kaum hat sich Antonio wieder in das Getümmel des Restaurants gestürzt, stehen vor den vier Ankömmlingen Platten mit knusprig in Olivenöl gebratenen Fischen, die Michele, der alte Fischer, heute früh im Meer vor Venedig gefangen hat.

„Und, schmeckt es euch?" fragt Antonio im Vorübergehen, einen Stapel schmutzigen Geschirrs auf seinen Armen zur Küche balancierend.

„Wunderbar! Noch nie im Leben haben wir so köstlichen Fisch gegessen", lobt der Dottore und auch die beiden Jungen, die satt und müde auf er Bank sitzen, nicken zustimmend. „Und der Nachtisch, diese Creme mit dem Kakao oben darauf, die ein wenig nach Kaffee schmeckt, wie macht ihr die nur?"

„Das ist Rosas Geheimnis, das hat sie nicht einmal mir verraten. Aber wo ist die Signora, wo ist ihre Frau, Dottore?"

„Sie ist zur Toilette gegangen, aber das ist schon eine Weile her. Ich weiß auch nicht, wo sie bleibt."

Als Antonio die Küche betritt, sieht er die Frau des Dottore bei Rosa stehen. Die beiden scheinen sich angeregt zu unterhalten, während Rosa am Herd mit der Pfanne hantiert.

„Die großen Kinder wollen nicht mehr mitkommen in den Urlaub. Die Tochter ist ja auch schon verlobt seit letztem Jahr, im Herbst wird sie heiraten und der älteste Sohn, der hat gerade das Abitur gemacht und wird bald mit dem Studium beginnen. Vielleicht wird er in eine andere Stadt ziehen. Und bei dir Rosa, was machen die Kinder, wie geht es euch?"

„Gut geht es uns, Signora, wie sollte es anders sein. So schön es auch war bei euch in Deutschland, hier sind wir nun einmal zu Hause. Unsere Eltern, Geschwister, unsere Onkel und Tanten, alle wohnen hier. Wir können sie besuchen, wann immer wir wollen, und so viele von ihnen haben uns geholfen, damit unser Restaurant so werden konnte, wie ihr es jetzt hier seht. Schauen Sie sich nur Giuseppe an. Fast jeden Abend bedient er bei uns.

Und die Kinder, die beiden Mädchen. Sonja hat euch ja schon begrüßt. Die beiden fühlen sich so wohl hier. Wenn ich arbeite, sind sie bei meiner Mutter, spielen mit ihren

Cousins und Cousinen, gehen an den Strand und baden im Meer. Ich glaube, für sie könnte es nicht schöner sein.

Und das Restaurant. Alles läuft noch viel besser, als wir uns das gedacht hatten. Sie sehen ja, wie voll es ist und so ist es jeden Abend hier. Viel Arbeit haben wir schon. Immer ist es lange nach Mitternacht, bis wir ins Bett kommen und ausschlafen am Morgen, das können wir eigentlich nie. Aufräumen, Putzen, Einkaufen, das Essen vorbereiten - mittags ab zwölf kommen ja schon die ersten Gäste. Aber was soll ich mich beklagen, wir sind glücklich dass wir so viel Arbeit haben, dass wir wieder hier leben und genug Geld zum Leben verdienen."

Rosa schiebt die Pfanne zur Seite, während Giuseppe gerade zwei Teller mit Rumpsteaks und Salat aus der Küche trägt. „So, das waren jetzt die letzten Essen für heute", stellt sie zufrieden fest, „jetzt wird es ruhiger. Maria wird alleine weitermachen können. Kommen Sie, Signora, gehen wir zu den Männern, setzen wir uns ein wenig zu ihnen."

Antonio hat bereits am Tisch neben dem Dottore Platz genommen und füllt gerade die Gläser nach: „Den Wein hat Giuseppe selbst gemacht, Dottore, wie finden Sie ihn? Leider hat er immer nur wenig davon, nur ein paar Flaschen bekommen wir jedes Jahr, zum Trinken für uns selbst. Und dabei wäre es ein so perfekter Wein, um ihn im Restaurant auszuschenken.

Wie geht es denn in Deutschland bei Ihnen? Was macht die Familie, was gibt es von Ihrer Arbeit bei den Farbwerken zu berichten? Einen Mercedes haben sie jetzt, so wie der Bundeskanzler. Wie schnell fährt er denn? 160, 170 kmh ? Das muss schön sein, mit solch einem großen Auto in Urlaub zu fahren.

Schauen Sie, ich habe auch ein Auto, da draußen steht es. Ach, jetzt ist es dunkel, da kann man nichts sehen. Egal, es ist ja auch nur ein Lieferwagen. Den brauchen wir für die Einkäufe. Eine Vespa habe ich mir neulich erst gekauft, ganz neu. Die glänzt und strahlt noch, als hätte ich sie gerade aus dem Laden geholt.

Ach, Dottore, wie gut es uns hier jetzt geht. Wenn ich noch daran denke, als wir das erste Mal zusammen Wein getrunken haben, damals, dort drüben im Haus meiner Cousine, bei der ihr das Ferienzimmer hattet. Wie verzweifelt ich damals war. Doch heute, da bin ich ein gemachter Mann und im Dorf wundern sich die Leute, wie uns dies alles hier so gut gelungen ist.

Ohne Sie, Dottore, wer weiß, was ohne Sie, Ihre Frau, den Opa und die Oma in Frankfurt, was ohne euch alle aus uns geworden wäre.

Jetzt sind wir wieder zu hause, bei unseren Verwandten und Freunden, dort wo wir hingehören. Manchmal, Dottore, da habe ich allerdings das Gefühl, dass es noch ein anderes Zuhause für mich gibt: Im Norden, bei euch, in Frankfurt - wie oft muss ich an unsere Zeit dort denken.

Letzte Woche habe ich erst mit meinem alten Vorarbeiter hier an diesem Tisch gesessen und Wein getrunken. Jedes Jahr war er hier bei uns, seit wir das Restaurant eröffnet haben."

In diesem Moment kommt Giuseppe an ihren Tisch: „Die Zimmer sind jetzt fertig, ich habe alles mit der Cousine so geregelt, wie du es mir aufgetragen hast, Antonio. Wenn die Familie des Dottore müde ist, können sie dort schlafen gehen."

***

Ganz neu sieht das Gebäude aus und hell erleuchtet ist es. Mein Vater geht als erster hinein. Es dauert nicht lange, dann kommt er wieder zur Tür heraus. Neben ihm ist ein Mann. Es muss Antonio sein, der mit schwarzer Hose und weißem Hemd viel vornehmer aussieht, als ich ihn in Erinnerung habe. Er führt uns in das Restaurant und wir werden von allen begrüßt.

Mein Hunger ist riesengroß. Im Auto habe ich schon die ganze Zeit über von einer großen Portion original italienischer Spaghetti geträumt. Doch bevor wir Wünsche äußern können, sitzen wir an einem Tisch und vor uns stehen große Platten mit knusprig gebratenen Fischen, Krabben, Muscheln und Tintenfischringen. Dazu gibt es Salat und Pommes Frites. Schon nach dem ersten Bissen schmeckt alles so toll, dass die Spaghetti vergessen sind.

Doch bald nach dem Essen spüren wir alle, wie erschöpft wir von der langen Reise sind und sehnen uns nur noch nach einem Bett. Ohne, dass wir es merkten, hat Antonio bereits Zimmer bei seiner Cousine für uns organisieren lassen, die nur ein paar Häuser weiter wohnt. Todmüde fallen wir in die Betten und schlafen gleich ein.

Am nächsten Morgen werden wir, nachdem alle ausgeschlafen haben, herzlichst von unserer Zimmerwirtin begrüßt. „Wie groß ihr geworden seid, schon richtige Männer", sagt sie zu uns Jungen und während wir noch einen Kaffee bei ihr trinken, will sie hören, was es alles Neues gibt bei uns in Frankfurt. Dann ziehen wir weiter zu Antonio, der in seinem Restaurant schon auf uns wartet.

Als wir dort ankommen, sind Antonio und seine Helfer offensichtlich schon lange damit beschäftigt, zu putzen und alles für die Gäste vorzubereiten, die zum Mittagessen kommen werden.

Für uns ist ein Tisch zum Frühstücken gedeckt. Antonio setzt sich zu uns und erzählt, dass er nach seiner Rückkehr gemeinsam mit seinem Bruder das Haus für das Restaurant gebaut habe, in dem sich auch ihre Wohnung befindet. Vieles beim Bauen hätten sie selbst gemacht, vor allem die ganzen Holzarbeiten, da er ja Schreiner ist. Das Restaurant würde sehr gut laufen, aber sie hätten auch viel Arbeit damit. Jeden Tag bis spät in die Nacht.

Als wir gegen Mittag weiterfahren, wollen wir bei unserer Zimmerwirtin für die Übernachtung bezahlen. Doch sie sagt uns, das habe Antonio schon alles erledigt.

Nach einem herzlichen Abschied fahren wir weiter. Antonio und Rosa haben es tatsächlich geschafft, sich ihren Traum, für den sie die vielen Jahre in Deutschland gearbeitet haben, zu erfüllen.

Wir fahren weiter zu unserem Urlaubsziel nach Lignano, zu dem es jetzt nicht mehr weit ist. Unser Ferienhäuschen ist ein kleines Gebäude mit flachem Dach, einer Terrasse und einem überdachten Abstellplatz für das Auto. Auf dem ganzen Gelände stehen nur solche Häuschen, die alle gleich aussehen und leicht zu verwechseln sind.

Es ist hier sehr ruhig. Man hört keine Autos und auch von den Nachbarhäusern bekommen wir wenig mit. Mein Bruder und ich haben zusammen ein eigenes Zimmer. Doch trotz der Ruhe und dem vielen Platz, der uns hier geboten wird, hat es mir das letzte Mal, in der engen Wohnung im Hochhaus, an der lauten Straße, besser gefallen. Irgendwie ist hier nichts los und zu viert finde ich es langweiliger als früher in den Urlauben mit der ganzen Familie. Der Höhepunkt dieser Reise ist mit dem Besuch bei Antonio eigentlich schon vorüber.

Die Sommerferien sind zu Ende und das nächste Schuljahr hat begonnen.

Wir haben in unserem neuen Wohnzimmer jetzt auch einen eigenen Fernseher stehen und die Großeltern sitzen nun abends alleine vor ihrem alten Gerät.

In den Nachrichten wird immer wieder von Demonstrationen berichtet. Im letzten Jahr ist in Berlin ein Demonstrant von einem Polizisten erschossen worden. In Frankreich kommt es bei Studentenunruhen zu Straßenkämpfen und schließlich zu einem Generalstreik, der das ganze Land lahm legt.

Meine Eltern haben kein Verständnis für das alles. Ich denke, dass sie da wohl recht haben, aber irgendwie bewundere ich diese Leute auch, ohne dass ich sagen könnte, warum.

Da kommt eine Meldung, die uns alle schockiert: In der Tschechoslowakei sind sowjetische Truppen mit Panzern einmarschiert, nachdem seit einigen Monaten die neue Regierung von Alexander Dubcek versucht, mehr Demokratie einzuführen.

Ich habe vor einiger Zeit ein Jugendbuch gelesen, welches davon handelte, wie Jugendliche 1954 in Ungarn gegen die Sowjetische Armee kämpften und viele von ihnen dabei starben. Das sehe ich jetzt alles vor mir und frage mich, ob nicht die Bundeswehr oder die amerikanische Armee den Tschechoslowaken zu Hilfe kommen können.

Als ich das meinen Eltern sage, meinen sie, das ginge nicht, das würde zu einem neuen Weltkrieg führen. Auch sie scheinen sehr bedrückt zu sein. Die Tschechoslowakei ist nicht weit weg, sie grenzt in Bayern, wo wir schon Urlaub gemacht haben, direkt an die Bundesrepublik.

Am nächsten Tag soll es in Frankfurt eine Demonstration gegen den Einmarsch geben und ich beschließe, dorthin zu gehen, auch weil ich neugierig darauf bin, einmal so etwas mitzuerleben. Rechtzeitig fahre ich mit der Straßenbahn in die Innenstadt, wo ich noch nicht oft alleine war. Alles ist hier viel größer und unüberschaubarer als in Höchst, doch ich habe mir daheim schon auf dem Stadtplan angeschaut, wo der Demonstrationszug beginnen wird und mir den Weg dorthin eingeprägt. Ich laufe mit den vielen Tausend anderen Menschen bis zum Römer, dem Frankfurter Rathaus, wo sich alle zu einer großen Kundgebung versammeln. Es werden viele Reden gehalten und meistens geht es darum, dass die Sowjetunion die anderen Staaten des Warschauer Paktes und die Menschen, dir dort leben, unterdrückt, genauso, wie im eigenen Land und dass es dort nirgends Freiheit gebe.

Alles verläuft friedlich und als die Redner anfangen, mich zu langweilen, fahre ich wieder nach Hause.

Zu Beginn des zehnten Schuljahres unternehmen wir die erste Klassenfahrt in meinem Leben. Unsere Klasse ist von

Anfang an, seit über fünf Jahren jetzt, im Gymnasium zusammen. Im nächsten Schuljahr wird sich alles verändern. Da müssen wir uns für den mathematischen oder den sprachlichen Zweig entscheiden und dann werden die Klassen ganz neu eingeteilt. Dies ist jetzt unsere Abschlussfahrt.

In ein paar Wochen habe ich Geburtstag, dann werde ich fünfzehn. Wegen der beiden Kurzschuljahre, die wir in Hessen hatten, sind wir für Zehntklässler noch ziemlich jung.

Es geht in eine Jugendherberge im Pfälzer Wald. Unser Klassenlehrer, den wir nun schon seit fast sechs Jahren haben, macht dort mit uns fast jeden Tag eine mehr oder weniger lange Wanderung. Wenn wir rechtzeitig zurück sind, schwärmen wir in den Ort aus. Dort gibt es ein Lebensmittelgeschäft, wo wir Süßigkeiten kaufen und eine Eisdiele, wo diejenigen, die viel Taschengeld dabei haben, herumsitzen und Bananensplit essen.

Außer uns ist noch eine weitere Schulklasse in der Jugendherberge, die Klasse eines Frankfurter Mädchengymnasiums.

Ein paar von uns Jungen, die schon älter sind, versuchen immer mal wieder, ein Mädchen anzusprechen. Wir anderen schauen zu und machen uns darüber lustig. Ich habe mit den Mädchen eigentlich nichts im Sinn, aber wenn eines von ihnen auftaucht, werde ich unsicher und weiß nicht recht, was ich sagen soll.

Die Idee taucht auf, abends zusammen eine Party zu feiern. Ich kann mir darunter nicht viel vorstellen, doch es wird alles dafür organisiert und am vorletzten Abend unseres Aufenthaltes finden wir uns alle im Speiseraum der Jugendherberge ein. Die Tische sind an die beiden Längswände geschoben, davor stehen sich die Stühle in zwei langen Reihen gegenüber. Es gibt Limonade und Musik aus einem Kassettenrecorder.

Auf der einen Stuhlreihe sitzen wir und gegenüber von uns, die Mädchen. Die Musik schallt durch den Raum und eigentlich soll jetzt getanzt werden, aber keiner traut sich anzufangen. Nachdem alle nun schon eine ganze Weile auf ihren Stühlen sitzen und die Mädchen anfangen zu kichern, kommt der Vorschlag, dass doch die Klassensprecher mit dem Tanzen beginnen sollen.

Ich bin der zweite Klassensprecher bei uns. Unser Erster, der älter ist als ich, steht auf und geht wie selbstverständlich auf seine Kollegin von der Mädchenklasse zu. Kurz darauf erhebt sich ein Mädchen mit kurzen blonden Haaren, einem bunten Ringelpulli und engen Kordjeans von ihrem Stuhl. Sie ist die Zweite der Mädchenklasse. In der Mitte des Raumes treffen wir uns, sagen „Hallo" und beginnen, uns irgendwie im Rhythmus der Musik zu bewegen. Nachdem wir unsere Vornamen ausgetauscht haben, fällt uns erst einmal nichts mehr ein, worüber wir uns unterhalten könnten. Die Tanzfläche beginnt sich jetzt immer mehr zu füllen, alles bewegt sich und die Musik ist laut genug, um nicht viel reden zu müssen.

Wir tanzen so eine ganze Weile miteinander, dann kommt ein sehr ruhiges Musikstück, ein Blues. Alle rücken näher zusammen und beginnen, sich langsam im Rhythmus der Musik drehend zu tanzen, je nach Mut eng umschlungen oder vorsichtig, die Hände mit fast ausgestreckten Armen auf die Schultern der Partnerin gelegt.

Anfangs tanzen wir beide auch mit ziemlich weitem Abstand, doch dann rücken wir immer näher zusammen. Es ist ein ungewohntes, aber ziemlich aufregendes Gefühl. Nach dem Blues gibt es eine Pause. Wir setzen uns wieder hin, doch später, als es mit der Musik weitergeht, fordere ich das Mädchen mit den kurzen blonden Haaren wieder auf und wir tanzen noch ziemlich lange miteinander. Dann ist die Party zu Ende und wir Jungen ziehen mit lautem Gejohle in den Schlafsaal.

Am nächsten Morgen reist die Mädchenklasse ab. Wir sehen uns kurz beim Frühstück, sagen Hallo und dann sind die Mädchen damit beschäftigt, ihr Gepäck zum Bus zu bringen, der vor der Jugendherberge auf sie wartet.

Ein paar von uns gehen zu ihrer Tanzpartnerin von gestern Abend, reden noch etwas mit ihr, legen manchmal sogar kurz den Arm um ihre Schulter. Den meisten geht es aber wie mir. Ich schaue aus einer sicheren Distanz zu, sage im Vorbeigehen nur kurz „Tschüss" und dann fährt der Bus mit den Mädchen ab.

Einen Tag später reisen auch wir mit dem Zug zurück, wobei wir mehrmals umsteigen müssen, bis wir in Höchst ankommen. Die ganze Fahrt über gibt es nur ein Thema: Die Mädchenklasse. Die meisten von uns haben das erste Mal in ihrem Leben mit einem Mädchen getanzt. Vor der Klassenfahrt hätte uns das nicht sonderlich interessiert, aber jetzt reden wir dauernd darüber. Als wir wieder zu Hause sind, denke ich immer wieder an meine Tanzpartnerin mit den blonden Haaren und dem Ringelpulli. Ich würde sie so gerne wiedersehen, doch ich habe keine Anschrift und auch keine Telefonnummer von ihr.

Ein paar aus unserer Klasse haben ihre Adresse mit einem der Mädchen ausgetauscht. So schreibe ich einen Brief und gebe ihn einem Klassenkameraden, der ihn weiterleitet. Ein paar Tage später liegt die Antwort für mich im Briefkasten. Aufgeregt öffne ich den Umschlag: Sie schreibt, dass sie mich zwar nett finden würde, aber nur, weil wir einmal miteinander getanzt hätten, wolle sie nicht gleich mit mir gehen und wiedersehen wolle sie mich eigentlich auch nicht.

Bei mir ist das völlig anders. Mir hat das Tanzen gereicht, um sie wieder treffen zu wollen. Ich kann an fast nichts anderes mehr denken. Ich bin total enttäuscht nach diesem Brief, fühle mich traurig und es dauert ziemlich lange, bis ich einsehe, dass das Ganze vorbei ist.

Anderen von uns Jungen geht es ähnlich wie mir. Da erfahren wir, dass in einem großen Kellerraum in unserer Schule Partys gefeiert werden dürfen. Dazu können wir eine Klasse des Höchster Mädchengymnasiums einladen. Ein Lehrer wird als Aufpasser benötigt und für den Hausmeister müssen zehn Mark gesammelt werden, die er dafür bekommt, dass er abends auf- und auch wieder zuschließt.

Gemeinsam mit unserem ersten Klassensprecher mache ich mich auf den fünfzehnminütigen Fußweg zur Mädchenschule. Es ist üblich, etwas jüngere Mädchen einzuladen. Wir sind die 10a, also suchen wir das Zimmer der 9a, klopfen an die Tür und gehen hinein.

Wir platzen mitten in den Unterricht, aber niemand ist erstaunt über unser Kommen. Ich habe das Gefühl, als wären wir erwartet worden.

Alles ist schnell geregelt. Unsere Einladung wird angenommen, Tag und Uhrzeit festgelegt und dann geht's wieder zurück. In unserer Klasse werden wir schon erwartet und müssen berichten, ob alles geklappt hat, wie die Mädchen reagiert haben und ob sie gut aussehen.

Dann wird organisiert: Einen Lehrer überreden, die Aufsicht zu führen, Geld einsammeln für den Hausmeister, Limo und Cola, Knabberzeug und eine Flasche Wein für den Lehrer einkaufen, den Keller in der Schule mit buntem Papier dekorieren und klären, wer die beste und lauteste Musikanlage von zuhause mitbringen kann.

Schließlich ist alles geschafft. Alle meine Mitschüler stehen gespannt im dekorierten Partykeller, der Lehrer ist zu einem Platz in einer Ecke gelotst worden, von wo er den Raum nicht sehr gut übersehen kann, die Beleuchtung ist mit buntem Papier abgedunkelt und alle warten auf die Ankunft der Mädchen.

Ich habe meine enge Feincordjeans und die hochgeschnürten Wildlederboots angezogen. Beides habe ich mir extra neu gekauft. Meine Haare versuche ich irgendwie so zu kämmen, dass sie aussehen, als wären sie länger, aber das gelingt mir nicht sehr gut.

Pünktlich, zur vereinbarten Uhrzeit, betreten die ersten Mädchen grüppchenweise den Raum, der sich ziemlich schnell füllt. Die Musik läuft schon. Ein paar von uns Jungen nehmen ihren Mut zusammen und fordern Mädchen zum

Tanzen auf. Jetzt trauen sich auch die anderen und bald stehen nur noch wenige alleine neben der Tanzfläche herum.

Auch ich habe ein Mädchen aufgefordert und tanze mit ihr. Nach einer Weile gibt es eine Pause, die Jungen gehen zu den Jungen, die Mädchen zu den Mädchen, dann fordere ich eine andere auf und so geht es immer weiter an diesem Abend. Später, als mehr langsame Musikstücke gespielt werden, zu denen wir Blues tanzen, werden die Mädchen wählerischer und nehmen nicht mehr jede Aufforderung an. Diejenige, die mir am besten gefällt, ist schon mit einem anderen Jungen auf der Tanzfläche. Auf die hatten es fast alle aus unserer Klasse abgesehen. Ich weiß auch nicht, ob ich mich wirklich getraut hätte, sie aufzufordern.

Ich frage eine andere. Sie folgt mir zu den tanzenden Paaren. Gerade jetzt wird eine neue Platte aufgelegt: „A whiter shade of pale" von Procol Harum. Wir legen die Arme umeinander und beginnen, uns zu bewegen, drehen uns im Rhythmus der langsamen, unter die Haut gehenden Musik und kommen uns immer näher dabei. Ich nehme ihren Körper wahr, ihren Duft, unsere Wangen berühren sich, ich kann ihre zarte, weiche Haut spüren. Immer enger schmiegen wir uns aneinander. Langsam, fast unmerklich langsam, wandert mein Mund zu ihrem, berühren sich vorsichtig unsere Lippen, legen sich sanft aufeinander und für einen Moment verharren wir so.

Der Song ist vorbei, die Musik wird wieder schneller. Wir lösen uns voneinander und tanzen mit dem üblichen Abstand weiter, bis plötzlich alle Lampen angehen und den Raum in helles Neonlicht tauchen. Der Hausmeister ist gekommen um abzusperren. Die Party ist vorbei. Alle gehen nach Hause und am nächsten Tag räumen wir nach dem Unterricht den Partyraum auf.

Ein paar Wochen später laden die Mädchen uns in ihre Schule ein und so finden nun immer wieder Klassenpartys statt. Manchmal bringt jemand etwas Alkoholisches zu trinken mit. Die Flasche wird irgendwo draußen versteckt und wir gehen heimlich zum Trinken zwischendurch hinaus. Wenn Mädchen dabei mitkommen, macht es am meisten Spaß. Manche Pärchen bleiben dann noch etwas länger draußen und knutschen miteinander. Wir dürfen uns aber nicht von einem Lehrer erwischen lassen, weder mit der Flasche noch beim Knutschen, sonst gibt es Ärger.

Wenn die Party auf das Ende zugeht, versuche ich, mit einem Mädchen zu tanzen, das mir besonders gut gefällt, denn vielleicht lässt sie sich dann von mir auf ihrem Heimweg begleiten. So etwas ist ganz toll, denn dann gehen wir eng umschlungen miteinander den Weg, bis wir fast bei ihr zuhause sind. Kurz bevor uns ihre Eltern sehen können, bleiben wir stehen, denn wenn es gut läuft, knutschen wir zum Abschied noch eine Weile miteinander herum.

Aus so einem gemeinsamen Heimgehen nach einer Party kann sich auch etwas Festeres ergeben. Manche gehen jetzt schon richtig mit einem Mädchen. Das würde mir auch gefallen, aber es hat bisher noch nicht geklappt. Es gibt zwar Mädchen, von denen ich den Eindruck habe, dass sie gerne mit mir zusammensein würden, aber die interessieren mich nicht. Und mit denjenigen, die mir gefallen, klappt es irgendwie nie so richtig.

Das mit den Mädchen beschäftigt mich sehr. Meine Gefühle sind oft ziemlich durcheinander dabei und ich habe kaum noch einen Sinn für irgendetwas anderes.

Vor allem ist mir überhaupt nicht mehr danach, viel für die Schule zu lernen. Als wir die Halbjahreszeugnisse bekommen, habe ich in Erdkunde und Mathe eine Fünf. In Latein hätte es eigentlich eine sechs sein müssen, denn da verstehe ich, wie die meisten in unserer Klasse, seit längerer Zeit überhaupt nichts mehr. Nur, weil unser Lateinlehrer bei den Schulaufgaben nie so genau hinschaut, können die Wenigen, die in Latein noch mitkommen die Anderen abschreiben lassen. Darin sind wir so gut, dass wir es fast alle noch auf eine vier geschafft haben. Ich ärgere mich riesig über die blöde Entscheidung, damals Latein statt Französisch genommen zu haben.

Das Halbjahreszeugnis ist ein Schock und so fange ich nun doch an, wieder etwas mehr für die Schule zu tun. Das reicht dann gerade so, dass ich zum Schuljahresende in die elfte Klasse versetzt werde.

In den Sommerferien fahren wir diesmal nicht in Urlaub. Stattdessen gehe ich drei Wochen in einer Fabrik arbeiten, wo Tischdecken aus Wachstuch hergestellt werden. Ich stehe den ganzen Tag an einer Maschine, durch die lange Stoffbahnen laufen und muss einen weißen Brei, der nach Lösungsmitteln und Kunststoff riecht, in die Maschine kippen, die den Brei dann gleichmäßig auf dem Stoff verteilt. Weil das Zeug so stinkt, bekommen alle, die hier arbeiten, jeden Tag einen Liter Milch umsonst.

Von dem Geld, das ich in dieser Zeit verdient habe, kaufe ich mir eine eigene Stereoanlage mit Radio, Plattenspieler und zwei Lautsprecherboxen.

Als ich während der Ferien einmal in die Stadt gehe, treffe ich in einem Geschäft in Höchst ein Mädchen, mit dem ich auf den Partys schon öfters getanzt habe und die mir ziemlich gut gefällt. Sie hat hier einen Ferienjob und ab jetzt besuche ich sie fast jeden Tag in dem Laden. Am Samstag schließt das Geschäft um zwei Uhr und ich beschließe, sie abzuholen.

Wie zufällig stehe ich vor dem Eingang, als sie herauskommt. Sie scheint sich zu freuen, als sie mich sieht. Sie wohnt in einem anderen Stadtteil und fährt normalerweise mit dem Bus nach Hause. Doch als wir zur Bushaltestelle kommen, gehen wir einfach weiter. Ich lege den Arm um ihre Schulter, sie ihren um meine Hüfte. So gehen wir durch die Straßen, unterhalten uns und spüren gar nicht, wie die Zeit dabei vergeht.

Der Weg führt über den Main. Mitten auf der Brücke halten wir für einen Augeblick an, nehmen uns in die Arme, küssen uns auf den Mund, gehen weiter und als wir die andere Flussseite erreicht haben, sagt sie, dass es jetzt nicht mehr weit sei und sie den restlichen Weg alleine gehen werde.

Doch sie bleibt stehen. Wir schauen uns in die Augen, halten uns fest in den Armen und als ich sie auf den Mund küsse, öffnet sie ein wenig ihre Lippen. Unsere Zungenspitzen berühren sich, ganz vorsichtig zuerst, doch dann wird der Spalt ihrer Lippen weiter, ich spüre ihre Zunge in meinem Mund, die meine in ihrem, spüre wie unsere Zungen sich miteinander bewegen und wie sich unsere Körper dabei immer fester aneinander schmiegen. Jedes Gefühl für Zeit scheint mir abhanden zu kommen und als sie sich langsam von mir zu lösen beginnt, könnte ich nicht sagen, ob eine halbe Minute oder eine halbe Stunde vergangen ist, seit wir das Ende der Brücke erreicht haben. „Ich muss jetzt nach Hause", sagt sie, lacht mich dabei an, küsst mich auf den Mund, ruft „Tschüss", dreht sich um und ich schaue ihr nach, bis sie um die nächste Ecke verschwunden ist.

Als auch ich mich auf den Heimweg mache, fühle ich mich so leicht, dass ich am liebsten nach Hause fliegen würde und in meinem Bauch ist ein Kribbeln, das gar nicht mehr aufhören will.

Am nächsten Tag telefonieren wir miteinander. Sie erzählt, dass sie morgen mit ihren Eltern bis zum Ende der Ferien in Urlaub fahren wird. Ich bin traurig, dass sie fort ist und denke in den nächsten Wochen viel an sie. Doch als das neue Schuljahr beginnt, sehen wir uns nicht mehr wieder.

Im der elften Klasse hat sich vieles verändert: Wir sitzen in einem anderen Raum, die Klassen sind neu eingeteilt, ich kenne nur noch wenige von den anderen Schülern, die Lehrer haben gewechselt und reden uns jetzt mit „Sie" an.

Unser neuer Lateinlehrer hat gleich gemerkt, dass ich überhaupt nichts kann. Aber auch in einigen anderen Fächern fängt es für mich nicht gut an.

Neben mir sitzt ein Junge, der älter ist als ich. Er heißt Mike und wiederholt die elfte Klasse. Manchmal wird im Unterricht über aktuelle politische Themen diskutiert. Dann ist er oft anderer Meinung als die Lehrer. Als wir einmal über den Vietnamkrieg sprechen, entwickelt sich ein richtiger Streit.

Mike sagt, dass die Amerikaner abziehen und die Vietnamesen selbst entscheiden sollen, ob sie lieber eine kommunistische Regierung haben möchten, worüber sich der Lehrer ziemlich aufregt, da es dann keine Freiheit gäbe. Mike meint, dass sei doch Blödsinn, denn im Kommunismus würden die Fabriken dem Volk und keinen einzelnen Kapitalisten gehören, da könnten die Arbeiter selbst alles entscheiden.

Die Diskussion verwirrt mich, denn so lange ich denken kann, habe ich immer nur gehört, dass ein kommunistisches Gesellschaftssystem etwas ganz Schlimmes sei. Doch ich habe nie weiter darüber nachgedacht. So wie Mike das aber jetzt erklärt, ist es vielleicht ganz anders damit. Es kommt immer wieder vor, dass Mike über Dinge redet, die neu für mich sind und die sich sehr interessant anhören.

Kurz nach meinem sechzehnten Geburtstag im Oktober mache ich den Mopedführerschein. Ich kaufe einem Freund für hundert Mark ein Mokick der Marke Zündapp ab. Es ist schon ziemlich alt, aber es fährt noch gut und sieht aus wie ein kleines Motorrad. Offiziell darf es vierzig Stundenkilometer schnell fahren, aber es schafft fast sechzig.

Obwohl die Herbsttage schon recht kalt sind, fahre ich oft damit in der Gegend herum. Es wäre schön, einmal ein Mädchen hinter mir auf der Sitzbank mitzunehmen, aber da ist nichts in Sicht. Die Klassenpartys sind in der neuen Klasse weniger geworden und im Moment gibt es kaum Gelegenheiten, ein Mädchen kennenzulernen. Mit meiner alten Zündapp lässt sich auch kein großer Eindruck machen.

Mike erzählt, dass er auf eine Demonstration gegen den Vietnamkrieg gehen will, die am Samstag in der Frankfurter Innenstadt angekündigt ist.

Ich finde es auch nicht mehr in Ordnung, was die Amerikaner in diesem Land machen und außerdem reizt es mich sehr, einmal selbst mit dabei zu sein. Das kenne ich sonst nur aus den Fernsehnachrichten.

Wir fahren mit meiner Zündapp in die Stadt, wo sich schon eine große Menschenmenge versammelt hat. Fast alle Leute sind ein paar Jahre älter als wir. Einige haben Transparente dabei, auf denen die Amerikaner aufgefordert werden, aus Vietnam abzuziehen. In den Seitenstraßen sehen wir Mannschaftswagen und Wasserwerfer der Polizei stehen. Ein paar Demonstranten haben Megaphone dabei und machen Durchsagen. Irgendetwas scheint nicht genehmigt zu sein.

Ich reihe mich mit Mike ziemlich weit vorne in den Demonstrationszug ein. Aus den Megaphonen tönt es: „Amis raus aus Vietnam" oder „USA-SA-SS". Immer mehr fangen an, die Parolen mitzurufen und dann stimmen wir auch mit ein, erst noch zaghaft, doch dann mit immer lauterer Stimme. Das Mitschreien überdeckt die Angst, die langsam in mir aufkommt, denn um uns herum tauchen mehr und mehr Polizisten auf.

Irgendwann bleiben alle stehen. Etwa fünfzig Meter vor uns ist die Straße von Polizisten vollkommen abgeriegelt.

Aus der Richtung der Polizei hören wir eine Lautsprecherdurchsage, die nicht genau zu verstehen ist, aber ich glaube, sie sagen, dass sich die Demonstration auflösen und alle nach Hause gehen sollen.

Wir stehen einige Minuten lang herum, ohne dass irgendetwas geschieht. Außer vereinzelten Sprechchören, die noch zu hören sind, ist es merkwürdig still geworden. Einige Demonstranten versuchen, sich nach hinten zu verziehen.

Dann geht alles plötzlich sehr schnell. Die Leute um uns herum fangen an zu rennen, in alle Richtungen, nur nicht nach vorne, denn von dort stürmen die Polizisten mit erhobenen Gummiknüppeln auf uns zu. Auch Mike und ich rennen, voller Panik, so schnell wir können, versuchen nach hinten zu kommen, aber die Polizisten scheinen jetzt überall zu sein. Ohne nachzudenken laufe ich auf eine kleine Seitenstraße zu, als direkt neben mir ein Mensch in grüner Uniform auftaucht und schon klatscht der Knüppel auf meine Schulter. Noch ehe ich den Schmerz dieses Schlages richtig spüre, erwischt mich ein zweiter Polizist am Rücken.

Nur noch rennen, rennen, so schnell ich kann, ohne Ziel, ohne Richtung, in irgendwelche Lücken zwischen die vielen Menschen hinein, versuchen, weg zu kommen. Irgendwo sehe ich einen Wasserstrahl, bekomme ein paar Spritzer davon ab, renne immer weiter, bis es schließlich ruhiger zu werden scheint und ich für einen Moment innehalte. Wo ich mich befinde, weiß ich nicht. In dem Straßengewirr um die Innenstadt herum kenne ich mich nicht aus. Überall stehen versprengte Demonstranten, die von misstrauischen Passanten neugierig beäugt werden. Polizisten sind keine zu sehen, doch die Lautsprecherdurchsagen und das Gewirr aus Rufen und anderem Lärm, das ich höre, scheint nicht weit entfernt zu sein.

Als ich mich umschaue, entdecke ich Mike, der nur ein paar Meter neben mir steht. Er hält die Hand an seinen Kopf, der Knüppel eines Polizisten muss ihn dort getroffen haben.

Ein Passant sagt im Vorbeigehen: „Das geschieht ihm recht, einsperren müsste man euch alle."

„Halt´s Maul du Faschist", sagt Mike, doch der Mann ist schon weiter gegangen.

Wir haben Angst, wieder in das ganze Kampfgetümmel hineinzugeraten und machen uns in einem weiten Bogen auf den Weg zu meiner Zündapp.

Auf der Heimfahrt nach Höchst beginnen wir, uns langsam besser zu fühlen, lösen sich Anspannung und Angst und allmählich kommt so etwas wie Stolz auf, Stolz dabei gewesen zu sein, und auch der Schmerz an den Stellen, wo die Polizeiknüppel uns getroffen haben, fühlt sich jetzt anders an.

Abends berichtet das Fernsehen in der Tagesschau über unsere Demonstration. Der Reporter meint, lauter Chaoten seien dort gewesen, von denen einige damit begonnen hätten, die Polizei anzugreifen. Und die Amerikaner, gegen die wir demonstriert haben, seien schließlich die Schutzmacht der Deutschen gegen die Bedrohung durch die Russen und den Kommunismus. Nur den Amerikanern hätten wir zu verdanken, dass wir hier in Freiheit leben können.

Am Montag berichten wir in der Schule von unserem Erlebnis und versäumen auch nicht, dabei unsere blauen Flecken vorzuführen.

Unsere Deutschlehrerin hat uns aufgefordert, regelmäßig Tageszeitungen zu lesen. Immer wieder wird darin berichtet, dass mehr und mehr Jugendliche in Deutschland Haschisch oder Marihuana ausprobieren würden. Das scheint von der Hippiebewegung aus Amerika zu kommen.

Soweit ich es aus dem Fernsehen und den Zeitungen erfahren habe, sind Hippies Leute mit langen Haaren und bunten Klamotten, die oft in Kommunen zusammen wohnen, gegen den Vietnamkrieg sind und sich überhaupt eine ganz andere Existenz vorstellen, bei der alle Menschen in Frieden zusammen leben und das tun können, was sie wirklich wollen.

Ich finde, das klingt alles gar nicht schlecht, auch wenn die Erwachsenen immer über diese Typen schimpfen, die nur zu faul wären, richtig zu arbeiten.

In Amerika gab es im Sommer ein riesiges Musikfestival in einem Ort namens Woodstock, das mehrere Tage gedauert hat und bei dem lauter bekannte Rockgruppen aufgetreten sind. Es muss eine irre Stimmung dort gewesen sein und es wurde wohl auch sehr viel Marihuana dabei geraucht.

Gerade ist eine Ausgabe des Spiegel erschienen, in dem viel über Haschisch berichtet wird. Da erzählen Leute davon, was sie erleben wenn sie Shit oder Pot, wie sie es nennen, geraucht haben. Es gibt eine Anleitung, wie man aus drei Zigarettenpapieren, Tabak und zerbröseltem Haschisch einen Joint, also eine Haschischzigarette, dreht und es wird darüber geschrieben, dass dieser Stoff nicht süchtig macht und Alkohol wahrscheinlich eine weit gefährlichere Droge sei.

Ich unterhalte mich oft mit Mike über dieses Thema und irgendwie würden wir das auch gerne einmal ausprobieren.

Es ist ein kalter, trüber Herbstnachmittag. Wir haben heute kaum Hausaufgaben auf und schon bald nach dem Mittagessen mache ich mich auf den Weg zur Straßenbahn. Ich will in die Bockenheimer Anlage, einen kleinen Park am Rande der Frankfurter Innenstadt. Aus Zeitungsberichten weiß ich, dass hier mit Haschisch gehandelt wird.

Von der Straßenbahnhaltestelle aus sind es nur ein paar Minuten. Ich gehe an der ausgebombten Ruine der alten Oper vorbei. In meinem Geldbeutel sind zwanzig Mark. Von der Hälfte des Geldes will ich Haschisch kaufen.

Als ich in den Park komme, sind fast keine Menschen zu sehen, außer einer Gruppe von drei etwa zwanzigjährigen Typen, die am Rande eines Weges herumstehen. Sie sind ganz bieder angezogen und sehen überhaupt nicht wie Hippies aus. Doch einer von ihnen hat eine Pfeife in der Hand, zieht daran und gibt sie an seinen Nebenmann weiter. Die Pfeife wandert im Kreis herum. Ist das wirklich Haschisch, was die da rauchen?

Ich schaue aus sicherer Entfernung zu, überlege hin und her, nehme schließlich meinen ganzen Mut zusammen, gehe auf die Drei zu und sage den Satz, den ich mir schon die ganze Zeit zurechtgelegt habe: „Habt ihr Pot zu verkaufen?"

„Ja, schon", sagt einer, ein anderer kichert und der, der gerade die Pfeife hat, hält sie mir hin.

„Da - kannst mal versuchen."

Ich nehme die Pfeife in die Hand, führe sie langsam an meine Lippen und mache einen vorsichtigen Zug. Es schmeckt irgendwie süßlich und der Geruch ist aromatisch, erinnert mich ein wenig an den Weihrauch in der Kirche. Obwohl ich den Rauch nur leicht einziehe, beginnt es gleich in der Lunge zu kratzen und ich muss husten.

„Wie viel willst du?

„Für zehn Mark"

„Also zwei Gramm"

Derjenige, der gefragt hat, zieht eine winzig kleine Briefwaage aus seiner Manteltasche, nimmt aus einer Tabakspackung ein Klümpchen, das aussieht, als würde es aus schwarzem Teer bestehen, und befestigt es mit einer Klemme unten an der Waage.

„Das sind fast dreieinhalb Gramm, sagen wir fünfzehn Mark".

So viel wollte ich eigentlich nicht ausgeben, aber ich traue mich nicht, zu fragen, ob er ein kleineres Stück hat. Ich hole die fünfzehn Mark aus meinem Geldbeutel, gebe sie ihm und bekomme das schwarze Klümpchen in die Hand gedrückt.

„Tschüss", und schon habe ich mich umgedreht und gehe mit eiligen Schritten zur Straßenbahnhaltestelle zurück.

Von der Wirkung des Pfeiferauchens merke ich nichts, aber das Herz klopft mir vor Aufregung bis zum Hals. In der Hand, die in meiner Jackentasche steckt, halte ich die ganze Zeit das schwarze Klümpchen fest umschlossen. An der Hauptwache gehe ich hinunter in den neuen U-Bahnhof und schließe mich in einem Kloabteil der Herrentoilette ein. Endlich fühle ich mich unbeobachtet. Doch ich habe trotzdem keine Ruhe, um mir das schwarze Klümpchen lange und genau anzuschauen. Ich wickle es in das Silberpapier aus einer Zigarettenschachtel und verstaue es in meiner Tasche.

Die ganze Zeit auf dem Heimweg habe ich Angst, dass ich beobachtet werden könnte. Jeder in Frankfurt weiß, dass in der Bockenheimer Anlage Drogen verkauft werden. Vielleicht hat mich ja ein Zivilpolizist gesehen. Erst als ich zu Hause bin und die Türe meines Zimmers hinter mir geschlossen habe, fühle ich mich sicherer.

Fünfzehn Mark. So viel Geld für so ein kleines schwarzes Ding. Ich befühle es, schnuppere daran und dann pule ich ein winziges Stück davon ab, stopfe es vorne in eine Zigarette zwischen den Tabak, zünde die Zigarette an und mache einen tiefen Zug.

Es schmeckt nicht anders als aus der Pfeife heute Nachmittag. Wieder kratzt es und wieder scheine ich nichts von einer Wirkung zu spüren. Vielleicht bin ich ja übers Ohr gehauen worden und die Drei haben mir irgendein schwarzes Zeug verkauft, das mit Haschisch gar nichts zu tun hat.

Ich lege eine Schallplatte auf: „Let it bleed" von den Rolling Stones, lege mich aufs Bett und schaue nach oben zur Zimmerdecke.

Die Musik scheint sich anders anzuhören, intensiver als sonst. Ich kann jedes einzelne Instrument richtig gut heraushören und während ich mich immer mehr diesem neuen Musikerlebnis hingebe, vergesse ich ganz die Zeit, bis mich irgendwann einer meiner Brüder zum Abendessen ruft.

Am nächsten Morgen erzähle ich Mike in der Schule von meiner Aktion. Er kann es gar nicht erwarten und wir verabreden uns für den Nachmittag bei ihm zu hause.

Als ich zu ihm komme, ist er alleine in der Wohnung, seine Eltern arbeiten. Ich packe das Haschisch aus und wir drehen, genau so, wie es im Spiegel beschrieben war, aus drei Zigarettenpapieren einen Joint. Ich halte den schwarzen Klumpen an die Flamme einer Kerze und zerbrösele eine ordentliche Portion davon in den Tabak des Joints hinein. Dieses Mal will ich es wissen, ob man von dem Zeug auch richtig etwas spüren kann.

Mike legt eine Platte von Pink Floyd auf. Dann zünden wir den Joint an und rauchen abwechselnd, bis nur noch das Papröhrchen, das wir als Mundstück verwendet haben, übrig ist.

Ich fühle mich etwas schwindlig und lege mich der Länge nach auf Mikes altes Sofa. Die Musik hört sich ganz verändert an und scheint durch meinem ganzen Körper zu dringen. Immer wieder schießen Gedanken wahllos durch meinen Kopf, ohne dass ich dies irgendwie beeinflussen könnte. Dann tauchen vor meinen geschlossenen Augen bunte Farbmuster auf, die sich im Rhythmus der Musik zu bewegen scheinen.

Ich weiß nicht, wie lange ich so dagelegen habe, als mich Mike am Arm rüttelt und ich ganz benommen, wie aus einem Traum, erwache. Seine Eltern werden gleich kommen und es wird Zeit für mich zu gehen.

Draußen auf der Straße ist es kalt und die Leute, die dort herumlaufen, machen mich nervös. Die Lichter, der Lärm der Autos, alles wirkt viel greller als sonst. Ich habe Angst, dass mir die Leute meinen Haschischrausch anmerken könnten. Doch niemand beachtet mich und langsam lässt die Wirkung in der kühlen Luft immer mehr nach. Als ich zu hause ankomme, fühle ich mich schon fast wieder nüchtern.

Wir treffen uns noch ein paar Mal nachmittags bei Mike. Bisweilen kommt noch ein anderer Bekannter mit dazu und schließlich ist mein schwarzer Klumpen aufgebraucht.

Immer wieder reden Leute von der Hippiekommune, die es seit ein paar Monaten in Höchst geben soll. Ich kenne das Haus, das nicht weit von unserer Schule entfernt ist, von außen. Es ist alt, hat drei Stockwerke, wohl eben so viele Wohnungen und sieht ziemlich heruntergekommen aus.

An einem Samstag bin ich auf eine Party eingeladen, aber ich habe keine große Lust dort hinzugehen. Einige Leute, die kommen sollen, kann ich überhaupt nicht leiden. Trotzdem mache ich mich am späten Nachmittag auf den Weg dorthin. Dabei komme ich an dem Haus vorbei, in dem die Hippies wohnen sollen.

Ich bleibe davor stehen und schaue neugierig zu den Fenstern hinauf. Im ersten Moment habe ich den Eindruck, dass in den Wohnungen alles dunkel ist, doch dann kann ich einen schwachen Lichtschein hinter den Fenstern erkennen, die offensichtlich von innen mit Tüchern verhängt sind. Als ich genau lausche, höre ich Musik, die aus dem Haus zu kommen scheint.

Unentschlossen stehe ich auf dem Gehsteig herum. Wie wird es da drinnen wohl aussehen, was werden das für Leute sein, die dort wohnen? Aus Neugierde gehe ich ein paar Schritte auf die Haustür zu und drücke vorsichtig dagegen. Sie ist nur angelehnt und plötzlich stehe ich im Treppenhaus. Ein muffiger Geruch schlägt mir entgegen. Überall stehen Kartons herum und gegenüber, auf der anderen Seite des Flures, sehe ich die Tür zu einer Wohnung.

Langsam gehe ich darauf zu, zögere, doch schließlich berührt mein Finger tatsächlich den Klingelknopf. Es dauert nicht lange, und die Tür wird geöffnet. Vor mir steht ein Typ mit dunklen, langen Haaren, die ihm bis auf die Schultern reichen. Er trägt ein blaues T-Shirt mit Batikmustern, eine dunkelrote, weite Samthose und scheint um die zwanzig Jahre alt zu sein.

„Was gibt's?"

„Hm, hallo, ich wollte fragen, hm, ob ich bei euch vielleicht ein Stück Shit kaufen könnte?"

Anstatt zu antworten, mustert er mich von oben bis unten, schaut mir ins Gesicht: „Wie kommst du denn da drauf?" Als von mir nicht gleich eine Antwort kommt und seine Augen weiter auf mir ruhen, als wollten sie tief in mich hinein schauen, meint er: „Na, dann komm halt rein".

Er führt mich in ein großes Zimmer, das nur schwach von brennenden Kerzen erhellt ist. Auf dem Boden sind einige Matratzen, auf denen drei, vier Menschen mit langen Haaren sitzen oder liegen. Ich kann sie nicht genau erkennen, dazu ist es zu dunkel im Raum. An der Wand steht auf einem niedrigen Regal eine Stereoanlage mit großen Lautsprecherboxen, aus denen Musik zu hören ist, die ich nicht kenne.

Zusammen mit meinem Begleiter lasse ich mich auf eine der Matratzen nieder.

„Wie kommst du auf die Idee, dass wir hier Shit zu verkaufen haben?" fragt er mich.

Ich fange an zu erzählen: von meinem Erlebnis in der Bockenheimer Anlage, dass ich keine Lust habe, da noch einmal hinzugehen, von meinen Freunden, mit denen ich zusammen Joints rauche und dass uns jetzt der Stoff ausgegangen sei.

Er hört mir aufmerksam zu, fragt, was ich eigentlich sonst so mache und ich erzähle weiter: von der Schule, die mir eben überhaupt keinen Spaß mehr macht, von zu hause, wo mich keiner richtig zu verstehen scheint und während wir so reden, kommt immer wieder ein Joint bei uns vorbei, von dem ich jedes Mal ein paar kräftige Züge nehme. Unsere Unterhaltung wird entspannter. Ein paar Mal muss ich zwischendurch einfach loskichern, ohne dass mir richtig klar ist, warum eigentlich und während sich die mir schon bekannte Wirkung einstellt und auch meine Wahrnehmung der Musik wieder viel eindringlicher wird, erhalte ich von meinem Gegenüber ein großes Stück Shit in die Hand gedrückt, ohne dass er es vorher abgewogen hätte: „Gib mir zehn Mark dafür", meint er, bevor er einen Zug von dem Joint nimmt, der gerade wieder bei uns angekommen ist.

Im Februar bekommen wir Halbjahreszeugnisse. Mit der Sechs in Latein hatte ich gerechnet, aber es sind noch zwei Fünfer hinzugekommen. Mit der Schule sieht es ganz beschissen aus und ich habe keine Ahnung, wie ich das noch schaffen soll. Doch im letzten Jahr hat es zum Schluss ja auch noch geklappt und ich hoffe darauf, dass es diesmal, wie durch ein Wunder, auch so kommen wird. Ich habe überhaupt keine Lust mehr zum Lernen. Die Lehrer nerven mich und weder im Unterricht noch bei den Hausaufgaben kann ich mich richtig auf den Stoff konzentrieren.

Als ich eines Morgens auf dem Weg zur Schule bin, habe ich das Gefühl, dass dieser Tag nur Probleme bringen wird.

Ich habe keine Hausaufgaben gemacht und es ist sehr wahrscheinlich, dass man mich heute abfragen wird, was nur mit einer Fünf oder Sechs enden kann. Und dazu dann noch das blöde Gefühl, vor der ganzen Klasse zu stehen, nichts zu wissen, herumzustottern, während einige vielleicht schon anfangen, zu kichern.

Da biege ich, ohne mir noch weiter Gedanken zu machen, von dem gewohnten Weg ab und gehe in Richtung der Straßenbahnhaltestelle. Es ist noch früh, als ich in der Frankfurter Innenstadt ankomme. Über dem Eingang eines Kinos steht in großen Buchstaben: „Easyrider".

Alle Freunde reden von dem Film und aus dem Kinoprogramm in der Zeitung weiß ich, dass es bereits vormittags eine Vorstellung in diesem Kino gibt. Bis dahin ist noch etwas Zeit, die ich mir in einem Kaufhaus in der Schallplattenabteilung vertreibe. Rechtzeitig bin ich wieder an der Kinokasse, kaufe die billigste Karte und gehe zu meinen Platz, ganz vorne in der zweiten Reihe.

Ich bin der einzige Mensch in dem großen Saal und so bleibt es auch, als die Werbung beginnt. Nach einer Weile schleiche ich vorsichtig ein paar Reihen weiter nach hinten, zu einem besseren Sitz. Doch wie auf ein Signal hin, taucht aus dem Dunkel ein Mann auf, will meine Karte sehen und schickt mich wieder vor in die zweite Reihe. So ein Arschloch. Obwohl dass ganze Kino völlig leer ist, muss ich jetzt hier direkt vor der Leinwand sitzen.

Als der Film anfängt, ist mein ganzer Ärger bald vergessen. Fasziniert schaue ich zu, wie Dennis Hopper und Peter Fonda auf ihren Harleys über die Highways gleiten, abends am Lagerfeuer Joints rauchen und ganz unterschiedliche Leute dabei kennen lernen. Gegen Ende ihrer Reise nehmen sie zusammen einen LSD-Trip, bei dem sie ganz seltsame Erlebnisse haben. Und immer wieder werden die Szenen von ganz irrer Musik begleitet: Steppenwolf, Jimmy Hendrix, Byrds... Ach wäre das toll, wenn man so leben könnte, wie die zwei. Durch die Weite des Landes fahren, jeden Tag einfach tun zu können, wozu man gerade Lust hat. So scheint sich echte Freiheit anzufühlen.

Doch dann bekommt meine Hochstimmung zum Schluss einen gewaltigen Dämpfer. Beide werden von so einem amerikanischen Spießertypen umgebracht. Richtig frei scheint man einfach nicht leben zu können. Der Film ist zu Ende und als ich aus dem dunklen Kino hinaus auf die Straße komme, wirkt alles um mich herum bedrohlich: Die vielen Menschen, die alle rastlos durcheinander laufen, der Lärm der Autos, die übergroßen Reklametafeln und dann beginnt es auch noch zu regnen an diesem kalten Tag. Als ich schließlich wieder in der Straßenbahn sitze und die Stadt hinter dem Regenschleier an mir vorbeizieht, bedrückt mich auch noch mein schlechtes Gewissen, weil ich heute die Schule geschwänzt habe und die Ungewissheit, welche Strafe mich hierfür erwarten wird.

Anfang März kommt die Gruppe Pink Floyd zu einem Konzert nach Offenbach in die Stadthalle. Ich habe mit Mike beschlossen, auf gut Glück hinzufahren. Karten haben wir keine, dafür reicht unser Geld nicht.

Die Fahrt durch Frankfurt bis nach Offenbach auf meiner Zündapp dauert lange und als wir schließlich an der Stadthalle ankommen, ist dort schon alles voller Menschen, die herumstehen und auch keine Karten zu haben scheinen.

Ich ziehe mit Mike um das Gebäude herum, in der Hoffnung, irgend ein unbewachtes Schlupfloch zu finden.

Plötzlich öffnet sich vor uns eine Tür, die so unscheinbar ist, dass wir sie fast übersehen hätten. Ein Kopf schaut heraus und sagt: „Schnell, schnell".

Noch ehe wir richtig verstehen, was geschieht, sind wir drinnen in der Halle, mischen uns unter die vielen Leute und lassen uns direkt vor der Bühne auf dem Boden nieder. Ich packe Tabak, Zigarettenpapiere und ein Stück Shit aus und fange an, einen Joint zu drehen. Das gehört zur Musik von Pink Floyd einfach dazu.

Während ich in meine Tätigkeit vertieft bin, kommt ein Mann auf uns zu und spricht uns auf Englisch an. Mike redet mit ihm, sagt „Yes" und „O.K." und scheint immer aufgeregter dabei zu werden. Dann zieht er mich am Arm: „Auf, komm, die wollen was zu rauchen haben".

Wir folgen dem Typen zu einer Tür neben der Bühne, vor der einige breit gebaute Ordner stehen.

Wie durch ein Wunder öffnet sich diese Türe durch einen Wink unseres Begleiters. Er schiebt uns vor sich her, an den Ordnern vorbei, durch einen Flur und plötzlich stehen wir in einem von Neonlicht erleuchteten Raum mit kahlen weißen Wänden. Eine Menge Leute hängen hier herum, die alle durcheinander reden und dann sehen wir plötzlich, dass die Musiker von Pink Floyd dabei sind. Direkt vor uns sitzen sie, so nah, dass wir ihnen auf die Schulter klopfen könnten.

Unser Begleiter gibt uns zu verstehen, dass wir uns beeilen sollen und so setze ich mich auf einen freien Stuhl, baue in Windeseile einen Joint, zünde ihn an, reiche ihn weiter, mache noch einen und auch der wandert in die Runde.

Mike versucht, sich mit einem der Leute von Pink Floyd auf Englisch zu unterhalten, doch da sollen wir schon wieder gehen. Die Gruppe muss jetzt auf die Bühne.

In der Halle ist es noch voller geworden, doch wir finden wieder einen Fleck auf dem Boden vor der Bühne, wo wir uns niederlassen können. Dann geht es los. Die Musiker, mit denen wir gerade noch zusammen in der Garderobe einen Joint geraucht haben, kommen auf die Bühne und als sie anfangen zu spielen, ist die Musik einfach nur noch wahnsinnig und das bleibt sie auch, als die Wirkung der Joints schon lange nachgelassen hat.

Die Nacht ist kalt geworden und bei der Heimfahrt auf dem Mokick frieren wir wie die Schneider. Doch das ist uns jetzt ziemlich egal.

Es ist Frühling. Oft sind die Tage schon sonnig und warm. Klaus, ein Freund von mir, hat mich zu seiner Geburtstagsparty eingeladen. Die meisten seiner Gäste kenne ich von der Schule oder von anderen Partys her.

Ein Mädchen habe ich allerdings noch nie vorher gesehen. Sie ist etwas kleiner als ich, ihr Gesicht wird von langen, gelockten, braunen Haaren eingerahmt. Sie trägt einen eng anliegenden, schwarzen Pulli und blaue Cordjeans, die unten in hohen Wildlederstiefeln stecken. Immer wieder muss ich zu ihr hinschauen. Ich finde sie wunderschön.

„Wer ist denn das Mädchen da, die hab ich noch nie gesehen?" frage ich Klaus und er erzählt mir, dass sie im Haus nebenan wohne und er sie schon ewig kenne. Sie heißt Corinna.

Immer wieder suche ich, möglichst ohne dabei aufzufallen, die Nähe zu ihr und dann sitzen wir auf einmal tatsächlich nebeneinander auf dem Sofa. Wir unterhalten uns über Musik, sie erzählt, dass sie auf das Höchster Mädchengymnasium in die zehnte Klasse geht. Immer wieder schaue ich dabei in ihre braunen Augen und je länger wir beieinander sitzen, desto mehr steigt ein warmes, kribbelndes Gefühl in mir auf.

Ich frage, ob sie den Film Easy Rider kennt. Ja, gehört habe sie schon viel darüber, aber sie hat ihn noch nicht gesehen.

„Ich war schon drin", sage ich etwas angeberisch, „neulich in Frankfurt. Der Film ist super", und ich beginne, ihr vorzuschwärmen: von den Bildern, wie die beiden Hauptdarsteller auf ihren Motorrädern durch tolle Landschaften fahren, abends am Lagerfeuer Haschisch rauchen, sich mit allen möglichen Leuten treffen, von der tollen Musik des Films.

Corinna sitzt neben mir, hört zu, manchmal fragt sie, will etwas genauer wissen, schaut mich an dabei und ich erzähle weiter, erzähle, dass ich auch schon Haschisch probiert habe: „...Ja, daheim, da habe ich sogar noch ein Stück davon liegen".

In den nächsten Tagen denke ich dauernd an Corinna. Ich sehe sie vor mir, glaube, noch ihren Duft zu spüren. Wie gerne würde ich sie wiedersehen, doch es ergibt sich einfach keine Gelegenheit dazu.

Schließlich frage ich Klaus, der sie ja schon so lange kennt. Er hätte den Eindruck, dass ich ihr auch ganz gut gefallen würde, meint er. Hat sie ihm wohl irgendetwas über mich erzählt?

In ein paar Tagen ist am Mädchengymnasium großer Faschingsball. Ich träume davon, mit Corinna zusammen dort hinzugehen. aber ich habe keine Ahnung, wie ich das anfangen soll.

„Ruf sie doch einfach an und frag sie", rät mir Klaus und schreibt Corinnas Telefonnummer auf einen Zettel. Das wäre nicht notwendig gewesen, denn ich habe die Nummer schon längst aus dem Telefonbuch herausgesucht.

Zwei Tage lang drücke ich mich daheim um das Telefon herum, aber nie ist die Gelegenheit günstig. Entweder will gerade einer meiner Geschwister telefonieren, oder es ist jemand in der Nähe, so dass ich nicht in Ruhe sprechen kann, und manchmal bin ich auch einfach nicht in der richtigen Stimmung dazu.

Schließlich ergibt sich doch ein Moment, wo alles passt. Niemand außer mir ist zu hause. Aufgeregt, mit leicht zitternder Hand, wähle ich die Nummer. „Tuut" klingt es aus dem Hörer, dann wird auf der anderen Seite der Leitung abgenommen. Corinna meldet sich, sie ist selbst am Telefon.

„Hallo", ich sage meinen Namen, will weiterreden, denke, ich müsste ihr erklären, wer ich bin. Doch sie erkennt mich sofort.

„Hallo, das ist ja eine Überraschung. Wie geht's dir denn so?"

„Gut..., ja gut. Ich muss nur noch so Unmengen Hausaufgaben heute machen. Das stinkt mir total. Und, wie geht's dir?"

Was stottere ich da nur für einen Blödsinn daher, denke ich im gleichen Moment. Warum erzähle ich ihr das dumme Zeug mit den Hausaufgaben!

„Mir geht's auch gut, ich bin schon fertig mit den Hausaufgaben."

„Du hast´s gut. Und was machst du heute noch so?"

„Vielleicht besuche ich eine Freundin, mal schauen",

Eine kurze Pause, dann sage ich: „Mhm, du, ich, ich wollte dich etwas fragen?"

„Ja, was denn?"

„Ja also, der Faschingsball ist doch jetzt bald."

„Ja?"

„Mhm, ja, würdest du vielleicht mit mir da hingehen?"

Wieder Pause. Sie scheint zu überlegen.

„Ja, ich wollte zum Faschingsball gehen."

„Ja, mhm, mhm, ... würdest du mit mir da hingehen"

„O.k. dann gehe ich mit dir hin"

Ich könnte in die Luft springen vor Freude, aber am Telefon versuche ich ganz ruhig zu bleiben.

„Prima, also dann..., dann sehen wir uns ja dort.

„Ja?"

„Weißt du schon, als was du dich verkleiden willst?"

„Nee, keine Ahnung."

Plötzlich weiß ich nicht mehr, was ich noch weiter reden soll. Ich möchte jetzt bei ihr sein, sie in meine Arme nehmen, sie ganz fest halten, sie küssen. Doch ich denke, das darf ich mir jetzt nicht anmerken lassen, hier am Telefon fällt mir kein einziges vernünftiges Wort mehr ein, das ich jetzt noch zu ihr sagen könnte.

„Also dann, mhm, dann sehn wir uns ja bald. Mach´s gut, bis dann, Tschüss."

„Ja, Tschüss, machs auch gut."

Ich lege den Hörer auf. Sie hat ja gesagt! Ich werde mit Corinna zum Faschingsball gehen! Ich werde mit einem Mädchen zum Faschingsball kommen und mit was für einem tollen.

Trotzdem fühle ich mich nicht richtig gut. Alles kam mir so verkrampft vor am Telefon und ich habe das Gefühl, als hätte ich die ganze Zeit nur Blödsinn geredet. Ach, wie gerne würde ich in solch einer Situation einfach locker drauf losquatschen können, aber das gelingt mir einfach nicht. Hoffentlich läuft es auf dem Faschingsball besser.

Ich verkleide mich als Che Guevara. Von meinem Opa bekomme ich eine alte Baskenmütze, ein Freund hat eine grüne Armeejacke, die er mir leiht und einen roten Stern zum Anstecken bastele ich mir selbst aus einer alten Blechdose.

Ich bin einer der Ersten, die in der Aula des Mädchengymnasiums auftauchen. Alles ist mit buntem Papier und Luftschlangen geschmückt. Immer wieder wandert mein Blick in die Richtung des Eingangs, während sich der Raum mehr und mehr füllt. Ich warte. Ein Freund spricht mich an, aber ich habe überhaupt keinen Sinn für das, was er mir erzählen will.

Und dann, als ich das Gefühl habe, schon eine Ewigkeit so herumzustehen, sehe ich sie plötzlich kommen. Sie trägt ihren langen, bis auf die Knöchel reichenden Mantel, darunter schaut eine Art Clownkostüm hervor und ihr Gesicht ist über und über mit aufgemalten Sommersprossen bedeckt. Sie sieht so süß aus damit.

Während mein Herz immer heftiger schlägt, gehe ich auf sie zu und versuche, obwohl ich total aufgeregt bin, möglichst lässig zu wirken. Sie ist da, sie ist tatsächlich gekommen, so wie ich es mir seit Tagen erträumt habe.

„Hallo"

„Hallo, bist du schon lange da?

„Es geht so"

„Meine Eltern haben mich jetzt erst fahren können."

„Ach so. Wollen wir uns setzen?"

Neben uns stehen Tische, die an die Wand gerückt sind. Auf einem davon lassen wir uns nieder, sitzen so eng beieinander, dass sich unsere Schultern berühren und schauen auf das ganze Treiben, das sich da vor uns abspielt.

„Und, wie geht's dir so?"

„Ach, ganz gut."

„Magst du was zu trinken?"

„Mhm, ne Cola wär nicht schlecht."

Ich ziehe los und komme mit zwei Flaschen Cola zurück. Ich setze mich wieder neben sie und während sich die Colaflaschen Schluck für Schluck leeren, frage ich: „Hast du Lust zu tanzen?"

„Ja, gerne."

Auf der Tanzfläche ist es voll. Dauernd muss man aufpassen, nicht mit jemandem zusammenzustoßen. Nach ein paar Musikstücken machen wir eine Pause. Corinna verschwindet auf die Toilette.

Ich warte, doch ich kann sie nicht mehr sehen, Corinna ist wie vom Erdboden verschluckt. Erst nach einer Ewigkeit entdecke ich sie bei einer Gruppe anderer Mädchen. Sie scheinen sich angeregt miteinander zu unterhalten.

Ich weiß nicht, was ich machen soll. Warum ist sie nicht einfach wieder zu mir gekommen? Nach einer Weile gehe ich langsam in ihre Richtung und stelle mich bei den Mädchen mit dazu.

Mich interessiert es nicht sonderlich, was die da miteinander zu quatschen haben, ich möchte wieder mit Corinna zusammen sein. Hier neben den Mädchen einfach so herumzustehen, da komme ich mir ziemlich blöd dabei vor.

Schließlich gebe ich mir einen Ruck und frage Corinna, ob sie wieder mit mir tanzen möchte. Ohne ein Wort zu sagen, nimmt sie meine Hand und zieht mich zur Tanzfläche. Das erste Stück ist gleich ein Blues.

Ich lege meine Arme um sie und kaum hat die Musik begonnen, sind wir so eng aneinander geschmiegt, dass nicht einmal ein Blatt Papier mehr zwischen uns passen würde. Ich spüre ihren Körper an meinem, ihren Kopf an meiner Schulter, ihre Brüste, ihre Arme, ihre Hände auf meinem Rücken, überall fühle ich nur noch Corinna.

Langsam beginne ich meinen Kopf leicht zu drehen, merke dabei, wie auch ihr Gesicht sich mehr und mehr zu mir hin wendet. Ihre Augen sind geschlossen, unsere Lippen kommen sich näher, berühren, öffnen sich, ich spüre ihre Zunge auf meiner, wie sie sich bewegt, wie sie neugierig alles zu erkunden scheint und ich möchte mit dem Küssen gar nicht mehr aufhören, auch als der Blues zu Ende ist und wieder laute, rockige Musik aus den Lautsprechern dröhnt.

Schließlich gehen wir, die Arme eng umeinander geschlungen, zum Rand des Raumes, wo wir uns setzen können, wo es nicht so hell ist und wo niemand auf uns achtet.

Wir sitzen da, umarmen, spüren, küssen uns, brauchen keine Worte und erst als Corinna irgendwann auf die Uhr schaut, merken wir, wie viel Zeit verstrichen ist. Sie muss gehen, ihre Eltern holen sie jetzt ab.

Ich komme mit ihr zum Ausgang, immer wieder halten wir auf dem Weg dorthin an und küssen uns. Dann geht sie durch die Tür und verschwindet in der Dunkelheit der Nacht.

Am nächsten Morgen sitze ich in der Schule und kann mich auf nichts mehr konzentrieren. In meinem Kopf ist nur noch Platz für Corinna, für die Erinnerung an unseren gestrigen Abend. In meinem Bauch kribbelt es so, als würde er einen ganzen Ameisenhaufen beherbergen. Ich habe überhaupt keinen Hunger mehr, bin ohne Frühstück aus dem Haus gegangen und jetzt sitze ich hier im Klassenzimmer und fühle mich so leicht wie eine Feder.

Die sechste, die letzte Stunde, schwänze ich. Zusammen mit ein paar anderen Jungen gehe ich zum Mädchengymnasium, das eine Viertelstunde entfernt ist. Als wir dort ankommen, müssen wir noch warten, bis es endlich ein Uhr ist, wir die Klingel hören und die Mädchen durch die große Eingangstüre herauskommen.

Corinna ist eine der Ersten. Sie lacht mich schon von weitem an, als hätte sie geahnt, dass ich sie abholen werde.

Wir fallen uns in die Arme, kurz berühren sich unsere Lippen und eng umeinander geschlungen gehen wir zur Bushaltestelle.

„Was machst du denn heute noch so", fragt sie.

„Weiß ich noch nicht."

„Ich wollte heute Nachmittag Klaus besuchen. Wenn du Lust hast, kannst du ja auch hinkommen."

Nichts lieber als das! Natürlich komme ich.

Da hält auch schon der Bus. Wir geben uns noch einen Kuss, dann fährt sie davon.

Daheim beim Mittagessen bleibt das Wenige, was ich mir auf den Teller gelegt habe, fast unberührt liegen.

Ob es mir nicht gut gehe, fragt mich meine Mutter.

„Nee, nee, alles in Ordnung, mir geht's prima", beruhige ich sie.

Unangetastet bleiben heute auch die Hausaufgaben. Eine Weile sitze ich an meinem Schreibtisch vor den Heften, aber ich kann mich auf nichts konzentrieren, gebe den Kampf auf, noch bevor ich ihn richtig begonnen habe und schwinge mich auf meine Zündapp.

Obwohl ich viel zu früh bei Klaus eintreffe, wartet Corinna schon auf dem Sofa, auf dem wir neulich schon einmal nebeneinander gesessen haben.

Wieder lacht sie mich so fröhlich an. Wir geben uns einen Kuss, dann greift sie neben sich und holt die Hülle einer Schallplatte hervor.

„Schau mal, was ich mir gekauft habe."

In großen Buchstaben lese ich „Easy Rider". Es ist die Musik aus dem Film.

Wir legen die Platte gleich auf und während Steppenwolf für uns zu spielen beginnt, greife ich in meine Jackentasche. Ich habe auch eine Überraschung dabei.

„Wisst ihr, was ich hier habe?"

In meiner Hand liegt eine Kugel aus zusammengeknülltem Silberpapier. Noch ehe ich eine Antwort bekomme, wickle ich das Papier auf. Ein schwarzes Klümpchen kommt zum Vorschein.

„Ist das Haschisch?" Corinna schaut neugierig auf das kleine, schwarze Etwas.

„Na klar. Ich hab dir doch erzählt, dass ich welches habe. Hast du Lust, zur Easy Rider Platte mal was davon zu probieren?"

Klaus sagt gleich: „Macht was ihr wollt, aber ohne mich." Auch Corinna zögert: „Mhm, weiß nicht", aber dann meint sie: „Na ja, vielleicht, warum eigentlich nicht?"

Ich lege Zigarettenpapiere und Tabak vor mich auf den Tisch und beginne, mit geübten Bewegungen, daraus einen Joint zu bauen.

Kurz darauf füllt sich das Zimmer mit dem würzigen Geruch des Haschischs. Ich zeige Corinna, wie sie den Rauch durch die hohlen Hände, zusammen mit etwas Luft einziehen soll. Beim ersten Zug muss sie heftig husten, doch dann klappt es besser und bald haben wir zusammen den ganzen Joint aufgeraucht.

Kuschelnd liegen wir zusammen auf dem Sofa, hören die Musik aus Easy Rider und alles fühlt sich noch viel schöner und aufregender an als letzte Nacht auf dem Schulfest. Die ganze Welt scheint in Ordnung zu sein, einfach so, wie sie gerade ist. Wir spüren uns, sind beieinander und alles andere um uns herum existiert in diesem Moment für uns nicht mehr.

In der nächsten Zeit gibt es für mich nur noch Corinna. Immer wieder schwänze ich die letzte Stunde, um sie von der Schule abzuholen und so oft es geht treffen wir uns nachmittags oder am Wochenende, meist zusammen mit anderen Freunden. So geht es Woche um Woche. Die Langeweile, die mich früher so oft geplagt hat, ist verschwunden und ein Leben ohne Corinna kann ich mir überhaupt nicht mehr vorstellen.

Immer wieder treffen wir uns bei Klaus, dessen Eltern arbeiten und nachmittags nicht daheim sind. Meist rauchen wir dann einen kleinen Joint und später liege ich mit Corinna auf dem Sofa. Wir schmusen und irgendwann rutscht meine Hand dabei unter Corinnas Pulli, unter ihr T-Shirt, ich spüre die nackte Haut ihres Oberkörpers, die Wölbung ihrer kleinen, festen Brüste und meine Hand wandert weiter, zu ihrem Rücken, findet den Verschluss ihres BHs und beginnt, sich damit zu beschäftigen. Wie das mit dem Verschluss richtig funktionieren soll, weiß ich nicht, irgendetwas mit Häkchen sei da, hat mir ein anderer Junge erzählt. Es dauert ewig, bis es mir endlich gelingt, den BH zu öffnen und ich ihre nackten Brüste in meiner Hand spüre. Corinna liegt die ganze Zeit neben mir, streichelt meinen Rücken und lässt alles geschehen, bis meine Hand die Richtung ändert, sich weiter nach unten, in Richtung des Hosenbundes vorarbeitet, Daumen und Zeigefinger den Knopf ihrer Jeans umfassen.

„Jetzt ist´s gut", höre ich sie sagen, während sie sich aufrichtet, „ich glaube, es wird Zeit für mich, nach Hause zu gehen." Mit einem Griff zum Rücken hat sie ihren BH wieder geschlossen, zieht ihren Pullover zurecht und mit einem „Tschüss, macht´s gut" ist sie aus der Wohnung entschwunden, ohne mir noch einen Abschiedskuss gegeben zu haben.

Irgendwann, als wir einmal zu zweit sind, fällt uns überhaupt nichts ein, was wir jetzt machen könnten. Corinna hat, im Gegensatz zu mir, heute keine rechte Lust zum Schmusen und so sitzen wir da und ich spüre das erste mal seit langer Zeit wieder so etwas wie Langeweile. Doch lange hält dieser Zustand nicht an. Wir rauchen einen kleinen Joint und schon fühle ich mich besser.

Später treffen wir uns noch mit Freunden. Als wir mit ihnen zusammensitzen, taucht die Idee auf, am Wochenende für eine Nacht miteinander Zelten zu gehen. Einer von uns kennt eine Wiese im Taunus, direkt an einem kleinen Bach. Das soll ein toller Platz sein. Wir überlegen hin und her: Zelte, Schlafsäcke lassen sich organisieren, der große Bruder eines Freundes fährt uns bestimmt die Sachen mit dem Auto dort hin und wir Jungen bekommen das Campen sicher auch erlaubt.

Nur die Mädchen haben Bedenken, wegen ihrer Eltern. Doch dann überlegen sie sich Ausreden. Sie könnten ja sagen, dass sie bei einer Freundin übernachten.

In den nächsten Tagen werden Essen, Getränke und Zigaretten organisiert und am Freitag nach der Schule geht es los. Die Sonne scheint, alles ist ideal für unser Vorhaben. Nur bei einigen Mädchen hat es nicht geklappt und sie dürfen nicht mit. Corinna aber ist es gelungen und das ist die Hauptsache.

Es ist ein richtig schöner Platz. Eine kleine Wiese, direkt an einem klaren Bach, nicht weit weg von der Straße, aber so eingewachsen, dass uns niemand sehen kann. An den Resten einer Feuerstelle lässt sich erkennen, dass hier schon öfters Leute gezeltet haben.

Als es dunkel wird, sitzen wir alle um das Lagerfeuer herum. Auf der einen Seite haben wir im Halbkreis die Zelte aufgebaut, von der anderen dringt das Rauschen des Baches zu uns. Ein Kassettenrekorder sorgt für Musik, wir trinken aus einer großen Flasche Lambrusco, essen Brötchen und Schokolade, alles ist perfekt.

Corinna sitzt neben mir. Ich beginne einen Joint zu drehen, mache ein paar tiefe Züge, reiche ihn an Corinna weiter. Sie lehnt sich an mich, streckt sich dann aus und legt ihren Kopf in meinen Schoß.

Ich unterhalte mich mit den anderen. Wir albern herum, machen Blödsinn, schließlich bekommen wir alle einen schrecklichen Lachanfall.

Nur Corinna ist immer stiller geworden. Irgendwann, es muss schon seit Stunden dunkel sein, sagt sie, dass sie müde sei und als ich nicht darauf reagiere, steht sie nach einer Weile langsam auf.

„Ich geh schon mal ins Zelt."
„O.K."

Sie schaut mich an, schaut mir in die Augen und etwas Fragendes liegt in ihrem Blick. Als ich nicht reagiere, dreht sie sich um und geht auf die Zelte zu.

Ich bleibe sitzen, doch irgendwie spüre ich, dass etwas nicht mehr passt. Eigentlich würde ich jetzt gerne zu Corinna ins Zelt gehen. Ja, ich habe das Gefühl, dass ich das Ganze mit dem Zelten im Grunde nur wegen dieses Momentes gemacht habe. Doch ich bleibe am Feuer sitzen, albere weiter mit den anderen herum, rauche Zigaretten und trinke immer mehr Lambrusco.

Schließlich stehe ich auf. Doch vor lauter Lambrusco und Haschisch wird mir schwindlig dabei. Mit einem ganz merkwürdigen Gefühl im Bauch und mit Beinen, die sich wie Pudding anfühlen, gehe ich auf das Zelt zu. Im Inneren ist es völlig dunkel und ich kann nichts erkennen.

„Hallo."

Ein gehauchtes, kaum wahrnehmbares „Hallo" antwortet mir.

Umständlich krieche ich ins Zelt, stoße dabei an Corinna, die ausgestreckt daliegt, nur leicht mit ihrem Schlafsack zugedeckt. Ich höre ihren Atem, er scheint schneller zu gehen als sonst. Von draußen dringen gedämpft die Stimmen vom Lagerfeuer zu uns.

Ohne ein Wort zu sagen, strecke ich mich neben Corinna aus, lege meinen Arm um sie, ziehe sie an mich heran.

Ich spüre, wie sich ihre Hand auf meinen Rücken legt, aber es fühlt sich nicht so an wie sonst: zaghafter, unsicherer kommt mir alles vor, so als wüsste diese Hand nicht so recht, was sie da auf diesem Rücken eigentlich will.

Und auch mir geht es nicht anders. Meine Arme, meine Hände - wie Fremdkörper fühlen sie sich an, die langsam über den Menschen neben mir gleiten, sich wie mechanisch immer weiter nach unten vorarbeiten, bis sie schließlich die feinen Rippen des Cordstoffes der Hose spüren.

Corinnas Hand auf meinem Rücken scheint sich nicht mehr zu bewegen, doch ich registriere es kaum. Zu sehr bin ich damit beschäftigt, den Knopf an ihrem Hosenbund, den

Reißverschluss zu öffnen und, als mir dies schließlich gelungen ist, zu versuchen, ihre Hose nach unten zu streifen. Doch ich komme nicht damit zurecht. Irgendwie ist alles so umständlich. Schließlich, nach endlosem, vergeblichem Gefummel meiner Hände, zieht Corinna selbst ihre Hose aus und auch ich tue es ihr gleich.

Wieder rücken wir zusammen. Unsere Oberkörper sind immer noch durch die T-Shirts getrennt, doch unsere Beine berühren sich. Ich spüre die glatte, weiche Haut ihrer Oberschenkel und dann merke ich, wie mein Penis beginnt, sich aufzurichten.

Der Alkohol, das Haschisch, die warme Luft hier im Zelt - völlig benommen fühle ich mich. Corinnas nackte Haut auf der meinen, die Warzen ihrer Brüste, die ich unter dem T-Shirt spüren kann. Langsam drehe ich mich zu ihr, immer weiter, bis ich schließlich auf ihr liege und, ohne dass ich noch irgend einen Gedanken fasse, damit beginne, mich langsam auf und ab zu bewegen.

Die Luft hier im Zelt, Corinnas Körper unter mir – eine Erregung erfasst mich, die immer stärker wird, bis ich sie kaum noch ertragen kann. Immer schneller sind meine Bewegungen. Alles scheint nur noch von selbst zu geschehen, ohne dass ich irgendetwas davon beeinflussen kann. Vor meinen geschlossenen Augen verschwimmen Bilder zu einem Gewusel aus Farben und dann spüre ich, wie die Anspannung plötzlich nachlässt, ich den muffigen Geruch des Zeltes, die albernden Stimmen von draußen, die unscharfen Konturen der Dunkelheit vor meinen Augen - wie ich dies alles plötzlich wieder wahrnehme.

Still ist es, ganz still. Nur unsere Atemzüge und ein paar wenige, leise gewordene Stimmen vom Lagerfeuer her sind zu hören.

Bewegungslos liege ich da, Corinna unter mir. Ich öffne meine Augen, schaue sie an. Sie hat den Kopf zur Seite gedreht, ihre Augen sind geschlossen, die Arme neben sich, der Länge nach ausgestreckt.

Stille.

Ich drehe mich zur Seite, liege neben ihr, den Blick nach oben gerichtet, nur die dunkle Zeltbahn ist vor meinen Augen.

Ich spüre, wie mir übel wird: Übel vom Alkohol, den ganzen Joints, übel von allem.

Die Luft ist unerträglich heiß, als ich aufwache. Die Sonne scheint schon hoch am Himmel zu stehen und brennt auf den Außenstoff des Zeltes. Entsetzliche Schmerzen wühlen in meinem Kopf. Als ich versuche aufzustehen, beginnt sich alles um mich herum zu drehen und ich glaube, mich gleich übergeben zu müssen. Ich bin alleine im Zelt. Verlassen liegt Corinnas Schlafsack neben mir.

Als ich den Kopf durch die Eingangsöffnung stecke, blenden mich die Sonnenstrahlen, die direkt auf mein Gesicht fallen. Die anderen sitzen um das Lagerfeuer, das immer noch brennt.

Schwerfällig krieche ich nach draußen, bringe gerade noch ein kurzes „Guten Morgen" hervor, gehe zum Feuer und hocke mich in die Runde dazu. Neben mir sitzt Corinna.

Ich werfe ihr einen kurzen Blick zu, sage „Hallo". Leise, kaum wahrnehmbar, höre ich ein „Hallo" als Antwort, aber sie schaut mich nicht dabei an. Ich versuche, näher zu ihr hin zu rücken, doch sie bleibt unbeweglich sitzen und als ich meinen Arm um sie zu legen will, wie ich es in den letzten Wochen so oft getan habe, wendet sie sich ab.

Einige beginnen damit, die Zelte abzubauen, das Auto wird bald kommen, um die Sachen abzuholen.

Die ganze Leichtigkeit der vergangenen Wochen scheint plötzlich wie weggeblasen zu sein. In den nächsten Tagen wird alles immer verwirrender für mich und ich fühle immer stärker eine Schwere auf mir lasten, die ich zuvor nie gekannt habe.

Wenn ich Corinna von der Schule abhole, wissen wir nicht, was wir miteinander reden sollen. Lege ich meinen Arm um ihre Schulter, ist ihr Körper steif. Sie schmiegt sich nicht mehr weich und warm an mich. Versuche ich, ihr einen Kuss zu geben, bleiben ihre Lippen geschlossen und schnell lenkt sie mit irgendetwas ab. Sie hat immer weniger Zeit, um sich nachmittags mit mir zu treffen, immer kommen Ausreden, immer hat sie etwas anderes vor.

Ich traue mich nicht, zu fragen, was eigentlich los ist, denn ich habe Angst vor ihrer Antwort. Doch es wird für mich immer unerträglicher, von Tag zu Tag.

Als ich sie wieder einmal anrufe und vergeblich versuche, mich mit ihr zu verabreden, kann ich nicht mehr anders und es platzt aus mir heraus: „Willst du eigentlich lieber Schluss machen?"

„Na ja, ich glaube schon."

Ich habe das Gefühl, als wäre der Boden unter meinen Füßen von einem Augenblick auf den anderen einfach verschwunden, als hätte sich eine unendliche Tiefe aufgetan, in die ich gleich hineinfallen werde.

„Ah, ja."

Eine Weile schweigen wir, dann höre ich Corinnas Stimme im Hörer, die so klingt, als käme sie von sehr weit her: „Also, dann mach`s gut, ich weiß auch nicht, was ich jetzt noch sagen soll."

„Ja, mach`s gut."

„Also Tschüss ", dann hat sie den Hörer aufgelegt.

Die Sommerferien sind zu Ende, das neue Schuljahr beginnt und wieder bin ich in einer elften Klasse. Sitzen geblieben. Außer einem Jungen, der mit mir zusammen wiederholen muss kenne ich niemanden in der neuen Klasse. Alle sind jünger als ich.

Nachmittags treffe ich mich jetzt meist mit einer Clique, von denen immer irgend jemand ein Stück Shit dabei hat. Wir rauchen einen Joint, hören Musik, hängen herum. Es sind auch Mädchen dabei und manchmal knutsche ich mit einer herum, aber nach einer festen Beziehung ist mir nicht.

Eines Tages geht uns der Stoff aus, niemand hat mehr etwas. Da erinnere ich mich an die Kommune in Höchst, bei der ich schon lange nicht mehr war.

Alles wirkt verändert, als ich die Wohnung betrete, kahler und leerer ist es geworden. Die bunten Tücher, die bunten Hippieklamotten sind verschwunden und es scheinen auch nur noch wenige Leute hier zu wohnen.

Diesmal zögert keiner, als ich nach Haschisch frage. Es kommt mir vor, als hätten sie einen riesigen Vorrat davon, als würden sie jetzt richtigen Handel damit treiben. Wie aus alter Gewohnheit geht ein Joint im Kreis herum, aber keiner scheint ihn so recht zu beachten.

Ich höre Ausdrücke wie „Drücken" und „Eetsch". „Eetsch", damit ist Heroin gemeint, das weiß ich. Über Heroin wird viel geschrieben in den Zeitungen, dass es süchtig mache, man schon nach dem ersten Versuch nicht mehr davon loskomme, dass schon viele an einer Überdosis gestorben seien.

Trotzdem fasziniert mich etwas an diesem Zeug. „Heroin hält das, was Haschisch verspricht", diesen Spruch habe ich irgendwann einmal gehört. Vom Haschischrauchen bekomme ich überhaupt keine gute Stimmung mehr wie früher. Meist merke ich gar nicht mehr viel von der Wirkung. Ein Stoff, bei dem man sich garantiert gut fühlt, wenn man ihn nimmt, das wäre nicht schlecht.

Neben mir sitzt der Typ mit den langen, über die Schulter fallenden Haaren, der mir damals bei meinem ersten Besuch in der Kommune die Tür geöffnet hat. Auch er hat sich verändert. Statt der bunten weiten Hippieklamotten trägt er eine abgewetzte, lange Lederhose, sein Gesicht erscheint grau und er wirkt trauriger auf mich, als ich ihn in Erinnerung habe. Ich freue mich, ihn wiederzusehen. Er ist der Einzige hier, den ich kenne. Irgendwie finde ich ihn ziemlich sympathisch und ich glaube, er kennt sich mit Drogen sehr gut aus.

Wir reden ein wenig miteinander und dann frage ich ihn, ob er schon einmal Heroin ausprobiert habe?

Er nickt leicht mit dem Kopf und sagt, so leise, dass ich ihn kaum verstehen kann: „Ja, hab ich."

Einen Moment lang schweigen wir, dann meine ich: „Mit dem Shit, irgendwie wirkt das bei mir gar nicht mehr so richtig. Ich habe mir überlegt, ob ich es auch einmal mit Eetsch versuche, das soll ja richtig irre wirken."

„Hm, ich würde das nicht machen an deiner Stelle", bekomme ich zur Antwort, „so toll, wie es immer erzählt wird, ist das Zeug gar nicht, da kann man sich manchmal auch ganz schön beschissen dabei fühlen."

Eigentlich wollte ich fragen, ob er etwas für mich hätte, ob ich es hier in der Wohnung vielleicht einmal ausprobieren könne. Aber seine Worte machen mich nachdenklich. Der Typ kennt sich doch aus mit all dem Zeug. So ungefährlich scheint dieser Stoff ja wirklich nicht zu sein und wenn man sich dann auch noch schlecht fühlt dabei, wenn das gar nicht stimmt mit der supertollen Wirkung. Irgendwie will er mich wohl vor unangenehmen Erfahrungen bewahren, die er selbst gemacht hat und die er vielleicht immer noch macht.

Wir unterhalten uns noch eine Weile, dann greift er in ein kleines Kästchen, das neben ihm steht, und holt eine runde, rosa Pille hervor.

„Da, versuch das lieber mal, das ist besser als Drücken." Zusammen mit dem Stück Haschisch, das ich gekauft habe, legt er mir das rosa Kügelchen in die Hand.

„Ist das ein Trip?" frage ich.

„Ja, Acid, LSD. Nimm es in einer guten Situation, wenn du Zeit hast und dich keiner stört."

In der Nacht sitze ich in meinem Zimmer. Es ist völlig still geworden im Haus, die anderen scheinen alle zu schlafen. Auf dem Tisch vor mir liegt das kleine rosa Kügelchen. Ich betrachte es lange, drehe es zwischen Daumen und Zeigefinger. Hart fühlt es sich an. Ich lege eine Platte von Pink Floyd auf, stülpe die Kopfhörer über die Ohren, damit niemand im Haus von der Musik geweckt wird und nehme das rosa Ding wieder in meine Hand. Und noch ehe ich mir selbst richtig darüber klar werde, was ich nun damit machen soll, stecke ich die Pille in meinem Mund, ein kurzes Kratzen im Hals und schon ist sie heruntergeschluckt.

Ich sitze da, warte darauf, was jetzt passieren wird, lege mich schließlich aufs Bett - doch nichts geschieht. Allmählich steigt der Verdacht in mir auf, dass es überhaupt kein echter Trip war, was ich da genommen habe. Doch bevor ich diesen Gedanken richtig weiterspinnen kann, spüre ich einen merkwürdig trockenen Geschmack im Mund, mein Herz scheint immer schneller zu schlagen und die Musik aus dem Kopfhörer, die ich schon tausendmal gehört habe, klingt auf einmal merkwürdig fremd, auf eine Art, die mir unbekannt ist, die meine Ohren noch nie so wahrgenommen haben.

Gleichzeitig beginnen Farben vor meinen geschlossenen Augen hin und her zu tanzen. Sie formen sich zu Ornamenten, die sich bewegen, ineinander verschwimmen, nur um sich sofort wieder neu zu bilden. Musik, Farben, Bewegungen, alles scheint nach einem mir geheimen, perfekt aufeinander abgestimmten System völlig exakt miteinander verzahnt zu sein.

Ich öffne die Augen und auch auf der Bettdecke vor mir sehe ich die Farben, die bunten Ornamente dahinfließen. So echt sehen sie aus, als ob ich sie mit meinen Händen greifen könnte. Ich versuche, meine Hand danach auszustrecken, doch ich kann sie nicht bewegen, die Befehle meines Gehirns scheinen meine Hand nicht mehr zu erreichen und auch der Rest meines Körpers bleibt völlig unbeweglich auf dem Bett liegen, obwohl ich mich aufrichten will. Als ich an mir hinunterschaue, sehe ich, wie die Farben, die fließenden Muster meine Beine, meine Arme, meinen ganzen Körper erfassen. Wie mein Körper, wie ich selbst darin aufgehe, wie mich das alles aufsaugt. Alle meine Wahrnehmungen gehen in ein mir völlig fremdes Gefühl über, das beginnt, immer bedrohlicher zu werden. Nichts ist mehr so, wie ich es kenne. Mein Körper scheint verschwunden zu sein, aufgelöst in Ornamente, die sich überall herumschlängeln und deren Farben immer düsterer werden. Eine gewaltige Angst erfasst mich, die immer quälender wird. Ich kann diesen Zustand nicht mehr ertragen, halte es nicht mehr aus, will schreien, um Hilfe rufen. Doch das geht nicht. Meine Eltern, meine Geschwister, die dürfen mich nicht sehen, wie ich hier völlig hilflos liege, die dürfen nichts erfahren von dem Trip, von dem ganzen Rauschgift, das ich nehme.

Ich weiß nicht, wie lange ich so dagelegen habe, als ich die Stimme meiner Mutter höre. Sie steht in der geöffneten Zimmertür. Es ist Morgen. Sie will mich wecken. Es sei höchste Zeit aufzustehen, mich für die Schule fertig zu machen, sagt sie, doch ihre Stimme dringt wie aus weiter Ferne zu mir und ihr Gesicht ist dunkel und grau dabei.

Dann herrscht wieder Ruhe im Zimmer. Meine Mutter ist gegangen, wartet wohl unten darauf, dass ich zum Frühstück erscheine.

Völlig erschöpft fühle ich mich. Das Zimmer hat sich verändert an diesem Morgen, alles sieht fremd aus und so fühlt sich auch das Bett an, in dem ich liege. Ganz langsam steigen die Erinnerungen der Nacht in mir auf.

Die Farben und Ornamente – vorsichtig drehe ich den Kopf, lasse meinen Blick durchs Zimmer wandern. Düster ist es überall, obwohl die Lampe an der Decke hell brennt. Das Zimmer scheint alle Helligkeit aufzusaugen heute früh. Doch dann atme ich erleichtert durch. Nein, die leuchtend bunten Farben der Nacht, die Ornamente - alles scheint verschwunden zu sein.

Beruhigt lasse ich meine Augen auf der Bettdecke vor mir ruhen. Doch plötzlich sind die Ornamente wieder da. Sie bewegen sich, nicht bunt, sondern grau sind sie, so wie alles hier im Zimmer an diesem Morgen, grau wie das Gesicht meiner Mutter, wie meine eigenen Arme und Beine, grau fließen sie auf der Bettdecke vor mir dahin, genau so, wie ich sie in der Nacht erlebt habe, nur die Farben sind verschwunden, haben sich in unterschiedliche Grautöne verwandelt. Überall im Zimmer kann ich sie jetzt sehen und als ich in den Spiegel schaue, ist auch mein Gesicht über und über mit grauen Mustern bedeckt.

Irgendwie muss ich mich jetzt fertig machen, aus dem Haus gehen, sonst verwickelt mich meine Mutter noch in ein Gespräch und merkt, was mit mir los ist.

Leise schleiche ich am Esszimmer vorbei zur Haustüre hinaus, schlage den Weg zum Stadtpark ein. Da ist um diese Zeit niemand, höchstens der eine oder andere Rentner geht spazieren, da werde ich niemandem auffallen.

Es ist November. Die Luft ist kalt an diesem Morgen, doch hier draußen fühle ich mich besser und auch die Welt scheint in dieser frischen Kühle wieder normaler auszusehen.

Im Park setze ich mich auf eine Bank, ruhe mich aus, lasse den Blick erleichtert auf dem feinen Schotter des Wegs vor mir ruhen. Doch da sind sie schon wieder, die Ornamente, fließen über den Weg, überall im Park entlang, soweit meine Augen reichen.

Den ganzen Vormittag verbringe ich so. Als für die anderen die Schule zu Ende ist, gehe auch ich nach Hause. Zum Glück ist keiner meiner Geschwister da heute Mittag und ich sitze mit meiner Mutter alleine am Esstisch.

Sie will wissen, ob irgendetwas los sei mit mir, ob es vielleicht Ärger in der Schule gegeben habe. „Nein, Nein", meine Antworten bleiben kurzsilbig und ich verziehe mich schnell auf mein Zimmer, lege mich aufs Bett und es gelingt mir, ein Wenig zu schlafen.

Irgendwann wache ich auf, fühle mich etwas besser, doch als ich Musik anmache und mich an meinen Schreibtisch setzen will, bewegt sich wieder alles vor mir auf der Tischplatte. So geht es weiter, den Rest des Tages über und auch in der Nacht finde ich keine Ruhe.

Am nächsten Morgen wiederhole ich die gleiche Prozedur wie am Tag zuvor. Früh in den Stadtpark gehen, kurzes Mittagessen mit meiner Mutter und den Rest der Zeit irgendwie in meinem Zimmer herumbringen. Doch meine Sinneswahrnehmungen bleiben unverändert. Die Ornamente sind überall, sobald ich mit meinem Blick auf einer Stelle verweile, alles um mich herum ist düster dabei, fremd und bedrohlich. Irgendetwas in meinem Gehirn scheint kaputt gegangen zu sein und ich bin nicht in der Lage, es zu reparieren.

Am dritten Tag bleibe ich früh im Bett liegen. Als meine Mutter auf mich einredet, ich müsse sofort los, es sei schon viel zu spät, sage ich, dass es mir nicht gut gehe. Ich könne heute nicht in die Schule gehen. Zu einem Arzt möchte ich, zu einem Nervenarzt, einem Psychiater.

Ich habe Angst, dass sie jetzt mit Fragen auf mich einstürmt. Doch erstaunlicherweise bleibt sie ganz ruhig. Ich habe den Eindruck, als hätte sie schon lange auf diese Worte von mir gewartet.

Sie sagt, sie würde sich darum kümmern. Wenn es mir besser gehe, könne ich nachher runterkommen zum Frühstücken. Sie lasse die Sachen so lange auf dem Tisch stehen.

Ich bleibe noch eine Weile im Bett liegen. Jetzt ist es heraus, das Versteckspielen hat ein Ende. Mir geht es alles andere als gut, aber leichter, etwas leichter fühle ich mich.

4. Kapitel

*in dem mir eine ehemalige KZ-Insassin
in Italien Unterkunft gewährt -
und Rosa und Antonio unverhofft nach vielen
Jahren wieder nach Deutschland fahren*

1972   Radikalenerlass – Alle Mitarbeiter des öffentlichen Dienstes müssen auf die Treue zur FDGO (Freiheitlich demokratische Grundordnung) überprüft werden
Die Mitglieder der Roten Armee Fraktion, Andreas Bader und Ulrike Meinhof werden verhaftet
Olympische Sommerspiele in München – Bei einer Geiselnahme sterben elf israelische Athleten, ein Polizist und fünf Geiselnehmer
Absturz einer DC8 der Allitalia bei Palermo - 115 Menschen kommen ums Leben
Neal Young / Heart of Gold
Don McLean / American Pie
Juliane Werding / Am Tag als Conny Kramer starb

1973   Rückzug der US-Armee aus Vietnam
Militärputsch in Chile - Tausende Chilenen, darunter der demokratische Präsident Salvador Allende, sterben
Erstes Sonntagsfahrverbot für Autos in der BRD wegen der Ölkrise
In Italien entführen die Roten Brigaden den Personalchef von Fiat
Crocodile Rock / Elton John
Money / Pink Floyd
Roberta Flack / Killing me softly
Les Humphries Singers / Mama Loo

1974 Der Bundestag setzt das Alter für Volljährigkeit von 21 auf 18 Jahre herab
US-Präsident Nixon muss wegen der Watergateaffäre zurücktreten
In der italienischen Regierung häufen sich Korruptionsfälle
Eric Clapton / I shot the sheriff
Abba / Waterloo
Vicky Leandros / Theo, wir fahr'n nach Lodz

1975 Der Vietnamkrieg endet durch den Sieg der kommunistischen Streitkräfte
In Spanien stirbt General Franco nach 36-jähriger Diktatur
Bill Gates und Paul Allen gründen die Firma Microsoft
Die Magirus-Deutz-AG wird in die italienische IVECO-Gruppe eingegeliedert
Rod Stewart / Sailing
Kraftwerk / Autobahn
Udo Jürgens / Ein ehrenwertes Haus

1976 Mao Ze Dong stirbt. Zur Trauerfeier in Peking kommen ca. 1,5 Millionen Menschen
Der Liedermacher Wolf Biermann darf nach einem Konzert in Köln nicht mehr in die DDR zurück und wird dort ausgebürgert.
Erdbeben im italienischen Friaul – 1000 Menschen sterben
Bob Dylan / Hurricane
Bonny M. / Daddy Cool
Abba / Mamma mia
Gianna Nannini / Debutitel

Ich sitze in einem Wartezimmer. Alles sieht aus wie in einer ganz normalen Arztpraxis. Dann wird mein Name aufgerufen und ich betrete das Zimmer, in dem ein Mann, etwa fünfzig Jahre alt, in einem weißen Kittel hinter seinem Schreibtisch sitzt. „Facharzt für Nervenheilkunde und Psychiatrie" stand auf dem Schild am Eingang.

Er begrüßt mich freundlich. Ich erzähle ihm von dem LSD-Trip, dass die Wirkung einfach nicht mehr aufhören will und ich immer wieder diese Ornamente sehe. Während ich versuche, ihm meine Situation zu schildern, habe ich Angst, dass er mir gar nicht helfen kann und gleich sagen wird: „Das sieht ganz schlecht aus, da kann man wenig machen".

Doch er hört zu, stellt ein paar Zwischenfragen und macht dabei den Eindruck, als wäre ihm das alles nicht neu, als hätte er sich solche Schilderungen schon öfter angehört.

„Das bekommen wir schon wieder hin", meint er schließlich und schreibt ein Rezept aus. Das Medikament soll ich regelmäßig einnehmen. Einen neuen Termin gibt er mir auch noch. Da hätte er dann mehr Zeit für mich.

Das Medikament ist ein starkes Beruhigungsmittel und schon, als ich die erste Tablette genommen habe, fühle ich mich besser und meine Augen fangen an, die Dinge wieder so wahrzunehmen, wie ich es von früher her gewohnt bin.

Beim nächsten Treffen öffnet er mir selbst die Türe. Er steht in Cordhosen und Rollkragenpullover vor mir. In der Praxis ist niemand außer uns. Wir gehen in einen Raum, der mehr an ein Wohnzimmer als an einen Behandlungsraum erinnert, setzen uns in bequeme Sessel gegenüber, zwischen uns ein kleiner Tisch. Ich soll von mir erzählen, von meinen Problemen und was mich alles so beschäftigt.

Ich zögere. Ich kenne diesen Mann ja überhaupt nicht. Schließlich beginne ich doch zu reden, nicht flüssig, aber ich berichte ihm von meinem Leben in den letzten Monaten, von den Drogen, meinen Problemen in der Schule - von all dem erzähle ich ihm ein wenig.

Genau eine Stunde sitzen wir so zusammen. Ich soll nächste Woche um die gleiche Zeit wiederkommen und nicht vergessen, das Medikament regelmäßig zu nehmen. Und wenn ich mich beim Aufwachen an einen Traum erinnere, dann könnte ich den ja aufschreiben und meine Aufzeichnungen mitbringen, damit wir dann gemeinsam darüber reden. In die Schule muss ich erst einmal nicht mehr gehen, dafür hat er mir ein Attest geschrieben.

Daheim langweile ich mich jetzt oft. Vormittags sitzen alle meine Bekannten in der Schule, nur ich nicht. Das ist ein merkwürdiges Gefühl. Nachmittags weiß ich aber auch nicht, mit wem ich mich treffen soll. In den letzten Monaten war ich immer nur zum Haschischrauchen mit Leuten zusammen. Das kommt mir jetzt alles wie aus einem anderen, vergangenen Leben vor.

Völlig unerwartet bekomme ich eines Nachmittags Besuch. Mike, den ich schon lange nicht mehr gesehen habe, steht mit seiner Freundin vor der Tür. Er ist jetzt in der zwölften Klasse und wird nächstes Jahr Abitur machen.

Ich freue mich über den Besuch, obwohl ich mich anfangs etwas unsicher fühle. Unser Leben ist in den letzten Monaten so unterschiedlich verlaufen. Mike hatte mit dem Haschisch nach unseren ersten Versuchen bald wieder aufgehört. Er meinte, es würde ihm nichts bringen.

Doch es dauert nicht lange, da verstehen wir uns wieder so gut wie früher. Ich erzähle von meinen Gedanken, die mir in den letzten Wochen, seit ich hier alleine herumhänge, so gekommen sind.

Immer wieder frage ich mich, warum es uns Menschen überhaupt gibt. Oder, warum alle Leute jeden Tag zu irgend einer Arbeit gehen, wenn sie sich dauernd doch nur über diese beklagen.

Er habe Bücher von Sartre gelesen, sagt Mike und beginnt, mir etwas vom Existenzialismus zu erklären. Doch ich verstehe fast nichts davon, was er mir sagen will und Antworten auf meine Fragen kann er mir damit erst recht nicht geben.

Seine Freundin erzählt mir etwas von Transzendentaler Meditation, die sie praktizieren würde. Als sie mich das nächste Mal besucht, probieren wir es einmal gemeinsam aus.

Wir setzen uns im Schneidersitz auf mein Bett, schließen die Augen und ich soll immer wieder still für mich ein bestimmtes Wort, ein Mantra, aufsagen.

Unzählige Male wiederhole ich es in meinem Kopf, doch immer wieder kommen Gedanken auf und ich vergesse dabei völlig das Mantra. Doch ich beginne dann immer wieder aufs Neue damit und allmählich werden die Gedanken in meinem Kopf ruhiger. Ich bekomme ein Gefühl von unendlicher Weite und auf irgendeine Weise scheint mir die Wahrnehmung für die Zeit abhanden zu kommen.

Als Mikes Freundin mich anspricht und mich wieder aus der Versenkung herausholt, könnte ich nicht sagen, wie lange ich so dagesessen habe. Ich fühle mich angenehm entspannt. Ein ganz klein wenig hat mich dies alles an die Wirkung von Haschisch erinnert, nur dass ich mich jetzt viel besser fühle, als wenn ich Drogen genommen hätte.

Mein Psychiater ermuntert mich, ich solle doch einmal versuchen, etwas zu malen. Das kann ich eigentlich überhaupt nicht. Eines Vormittags jedoch weiß ich mit meiner Langeweile wieder einmal nichts anzufangen und so hole ich den alten Malkasten aus der Schule hervor und beginne mit dem Pinsel Farben auf das Papier zu verteilen. Ich male nichts Gegenständliches, nur bunte Striche und Flächen, die in irgendeiner Weise zu meiner Stimmung passen. Es fängt an, mir Spaß zu machen, auch wenn das, was dabei herauskommt, nicht so aussieht, als tauge es dazu herumgezeigt zu werden.

So vergeht ein Tag nach dem anderen und meine Stimmung ist immer wieder am Schwanken. Manchmal sehe ich nirgends mehr einen Sinn, hänge nur noch untätig auf meinem Bett herum, dann bekomme ich irgendeine Idee, probiere etwas Neues aus und fühle mich wieder recht wohl dabei.

Von dem Medikament nehme ich immer weniger, aber zum Psychiater gehe ich immer noch jede Woche und wir reden dann über alles, was eben so bei mir los ist.

Für den Rest des Schuljahres hat er mich krank geschrieben. Das haben wir gemeinsam mit meinen Eltern so abgesprochen und auch, dass ich ab Herbst auf eine andere Schule gehen soll - zum dritten Mal in die elfte Klasse. Normalerweise kann man ein Schuljahr nur einmal wiederholen. Aber wegen meiner Krankheit habe ich eine Sondergenehmigung erhalten.

Meine Eltern wollen, dass ich mich in der Zwischenzeit irgendwie sinnvoll beschäftige. Ich soll mir einen Job suchen. Große Lust habe ich keine dazu, aber immer wieder reden sie auf mich ein. Schließlich beginne ich in einem Supermarkt zu arbeiten, in dem ich mir früher schon manchmal nach der Schule ein paar Mark verdient habe. Ich muss Regale einräumen. Doch nach drei Tagen wird mir der Job zu eintönig und ich schmeiße ihn wieder hin.

Weil ich notgedrungen viel an meinem alten Mokick herumbastele, meint mein Vater, dass mich eine Autowerkstatt vielleicht interessieren könnte und besorgt mir eine Arbeit bei der Firma, wo er seinen Wagen sonst reparieren lässt. Interessant ist es da schon, denn ich lerne eine Menge über Autos. Doch mir fällt immer nichts rechtes ein, worüber ich mich mit den Mechanikern dort unterhalten könnte und der Chef weiß oft überhaupt nicht, was er mit mir anfangen soll.

Als ich eines morgens untätig in einer Ecke herumstehe, schmeißt er mich raus und so endet auch dieser Job nach drei Wochen. Aber immerhin habe ich so viel dabei gelernt, dass ich jetzt einiges an den Autos meiner Brüder und deren Freunde reparieren kann.

Ich sitze zu hause im Wohnzimmer und langweile mich. Ich schaue in die Fernsehzeitschrift, aber auf keinem der drei Programme läuft etwas, das mir gefallen würde. Da fällt mein Blick auf die Tageszeitung, die vor mir auf dem Tisch liegt. „Schon wieder ein Drogentoter in Frankfurt" lautet die Überschrift eines Artikels. Darunter ist auf einem Foto ein junger Mann mit langen Haaren und Lederjacke zu sehen, der leicht gekrümmt auf dem Fußboden einer öffentlichen Toilette liegt. Ohne dass ich es will, bleibt mein Blick an dem Bild haften. Irgendetwas daran kommt mir bekannt vor und dann erkenne ich den Menschen, dort auf dem gekachelten Boden. Es ist mein Bekannter aus der Höchster Kommune, der mir vor einigen Monaten erst erzählt hat, dass das mit dem Drücken gar nicht so toll wäre und mich dadurch davon abgehalten hat, es selbst einmal auszuprobieren. Ich bekomme ein schrecklich flaues Gefühl im Magen. Hätte er mir damals statt seines Ratschlags eine Spritze angeboten – vielleicht wäre ich jetzt auf dem Foto zu sehen.

In der Familie hat sich vieles verändert. Meine Schwester ist seit einigen Jahren verheiratet, hat zwei Kinder und lebt mit ihrer Familie außerhalb Frankfurts. Mein ältester Bruder arbeitet und hat eine eigene Wohnung. Der andere Bruder studiert und ist tagsüber selten daheim.
Früher war immer viel Leben am Esstisch. Meist saß mittags die ganze Familie dort zusammen und alle redeten durcheinander. Jetzt sitze ich mit meiner Mutter mittags oft alleine da, oder wir lassen das Mittagessen gleich ganz ausfallen.
Nur am Samstag ist alles immer noch so wie früher: Zwischen zwölf und eins stehen zwei große Schüsseln auf dem Tisch: Eine mit Spaghetti, eine mit Tomatenhackfleischsoße und dazu geriebener Parmesankäse. Auch die Stühle um den Tisch herum sind dann fast alle besetzt. Unsere Familie ist samstags meist vollständig versammelt, selbst mein ältester Bruder taucht pünktlich jedes Wochenende wieder auf. Oft sitzt auch noch ein Freund von uns Jungen mit da-

bei. Die Spaghetti am Samstag haben sich herumgesprochen und sind sehr beliebt in unserem Freundeskreis.

Nach dem Essen leert sich das Haus allmählich wieder und es gibt auch schon lange keine Pizza mehr am Samstag Abend. Die gehe ich jetzt zusammen mit Freunden bei Enzo, dem Italiener, essen. Der hat vor einiger Zeit in der Nähe eine kleine Pizzeria eröffnet und so gut wie bei Enzo schmeckt die Pizza nirgends.

Die Sommerferien rücken näher. Eigentlich hat das für mich keine große Bedeutung, da ich ja sowieso nicht in die Schule gehe. Doch wie alle anderen fange auch ich jetzt an, Urlaubspläne zu schmieden. Meine Eltern schlagen vor, ich solle nach England fahren, um meine Sprachkenntnisse dort aufzubessern. So stehe ich eines Tages an der Autobahn und trampe Richtung Belgien, nach Oostende, wo ich schon am Nachmittag eintreffe.

Mit der Nachtfähre geht es nach England. Doch als ich mich am Morgen in Dover an die Straße stelle, um weiterzutrampen, hält kein einziges Auto und so bleibt mir nichts anderes übrig, als mir eine Fahrkarte für den Zug nach London zu kaufen.

Dort bleibe ich ein paar Nächte in der Jugendherberge, ziehe tagsüber durch die Stadt, langweile mich oft und lerne außer ein paar Deutschen, die in der gleichen Unterkunft wie ich wohnen, niemanden kennen. Am letzten Abend besuchen wir abends gemeinsam ein Rockkonzert, bei dem als Höhepunkt Uriah Heep auftreten soll. Doch als die Musiker nach den Vorgruppen endlich auf die Bühne kommen, müssen wir gehen. Die Jugendherberge macht gleich zu.

Am nächsten Tag fahre ich mit der Fähre wieder zurück. Von England habe ich genug. In Belgien klappt es wieder recht gut mit dem Trampen und so fahre ich weiter nach Amsterdam. Ein Freund hat mir erzählt, dass man dort im Vondelpark übernachten könne und tatsächlich ist hier abends alles voll junger Leute mit Schlafsäcken. Niemand scheint sich an ihnen zu stören. Fast alle rauchen Haschisch, was hier wohl nicht verboten ist, so lange man keine größere Menge davon besitzt. Ich probiere auch mal wieder einen Zug davon, doch es bekommt mir nicht. Ich fühle mich schlecht, leichte Panik steigt in mir auf und so lasse ich es wieder sein.

An einem Abend sehe ich eine größere Gruppe Jugendlicher im Park zusammen sitzen, wie sie gemeinsam Musik machen. Ich setze mich dazu und lerne eine paar Holländer kennen, die hier in Amsterdam wohnen. Sie nehmen mich mit in ein Jugendzentrum, wo es sehr locker zugeht. Es gibt Livemusik von den unterschiedlichsten Gruppen: Rock, Folk, auch ein paar orange gekleidete Harekrishna Anhänger treten auf und singen zu exotisch aussehenden Instrumenten.

Spät in der Nacht bringen mich meine neuen Freunde wieder zurück zu meinem Schlafplatz im Vondelpark.

Heute ist der erste Schultag an meiner neuen Schule.

Ich bin mit dem Zug von Höchst nach Hofheim gefahren. Alle Schüler der Oberstufe haben sich in der Aula versammelt. Zwei, drei kenne ich flüchtig, sie waren früher auch in Höchst auf dem Gymnasium. Alle anderen sind mir fremd, genauso wie dieser Raum hier, der Schulhof, die Gebäude und die Lehrer.

Schule ist kein gutes Gefühl für mich und schon gar nicht hier in dieser unbekannten Umgebung.

Vorne steht der Direktor und versucht, uns allerhand organisatorische Dinge für das kommende Schuljahr zu erklären. Für die elften Klassen wird es einen speziellen Lateinförderkurs geben, für so Leute wie mich, die keine Ahnung von der Sprache haben.

Ich sitze alleine auf einem Stuhl ganz am Rand des Geschehens und fange an, mich mehr und mehr fehl am Platz zu fühlen.

Dann werden alle Schüler der elften Klasse aufgefordert, sich in einem bestimmten Fach zu entscheiden, welchen Schwerpunkt sie nehmen möchten. Ich verstehe nicht so recht, um was es geht, vielleicht habe ich auch einen Moment nicht aufgepasst. Vorne erläutern einige Lehrer kurz, welchen Schwerpunkt sie unterrichten. Dann sollen wir uns einen von ihnen aussuchen und uns zu ihm stellen.

Alle stehen auf und gehen nach vorne. Sie scheinen die Lehrer zu kennen und haben ihre Wahl schon längst getroffen. Für die ist das alles selbstverständlich.

Ich sitze weiter auf meinem Stuhl und kämpfe mit mir. Soll ich mich jetzt irgendwo da vorne mit dazu gesellen? Ich kenne die doch alle gar nicht! Wie soll ich mich denn da auf irgendetwas festlegen?

Scheiße! Mir wird das Ganze langsam zu blöd hier. Ich gehöre da einfach nicht dazu. Einen Moment bleibe ich noch sitzen, dann stehe auch ich auf. Doch ich gehe nicht wie alle anderen vor zu einem der Lehrer. Ich schlage die Richtung nach hinten, zum Ausgang ein, raus aus dem Saal und raus aus der Schule. Den ganzen Weg zum Bahnhof renne ich, will das alles hinter mir lassen und fahre nach Hause.

Meine Mutter empfängt mich mit ungläubigem Blick: „Ist die Schule schon aus?"

In kurzen Sätzen berichte ich, was los war. Sie versteht es ja sowieso nicht, die ist jetzt nur sauer auf mich.

Zum Mittagessen kommt mein Vater von der Arbeit, auch einer meiner Brüder ist da. Die Stimmung ist angespannt, doch richtig geschimpft wird nicht.

Ich soll noch einmal erzählen, wie das heute in der Schule war. Also fange ich von neuem an. Mein Vater unterbricht mich: „War das denn wirklich so schlimm? Hättest du dich denn nicht einfach mit dazustellen können?" fragt er. Natürlich war das so schlimm, sonst wäre ich ja nicht abgehauen!

Allmählich lässt die Spannung etwas nach, dann wird sogar irgendwann das Thema gewechselt. Nach dem Essen telefoniert mein Vater.

„Also, du bist für die Klasse 11c eingeteilt. Ich habe es mit dem Direktor eben so besprochen. Du sollst da morgen einfach hinkommen.

Am nächsten Morgen fahre ich wieder mit dem Zug nach Hofheim. Ich suche das Klassenzimmer und setze mich auf einen freien Stuhl. Besonders toll fühle ich mich hier zwar wieder nicht, aber irgendwie schaffe ich es, wenigstens da zu bleiben.

Im Laufe des Vormittags bekomme ich mit, dass in der Klasse noch mehr Schüler neu sind, die auch von einer fremden Schule kommen, weil sie da irgendwelche Probleme hatten. Die meisten von ihnen haben lange Haare, so wie ich.

Noch etwas ist neu für mich. Anders als auf meinem früheren Jungengymnasium gibt es hier Mädchen, und zwar eine ganze Menge. Das ist nicht schlecht.

In den nächsten Tagen lerne ich den einen oder anderen Klassenkameraden etwas kennen, und auch ein paar Lehrer scheinen gar nicht so schlecht zu sein.

Im Oktober werde ich achtzehn, und ein paar Tage nach meinem Geburtstag mache ich den Autoführerschein. Ein Auto habe ich schon. Einen dreizehn Jahre alten Fiat 600. Ich habe ihn vor ein paar Monaten für dreihundert Mark gekauft und schon viel daran herumgebastelt.

Meine Eltern zahlen, wie auch schon früher bei meinen Brüdern, Steuern und Versicherung. Für Benzin und Reparaturen muss ich selbst aufkommen.

Ein eigenes Auto. An meiner Schule besitzen nicht viele eines. Die Meisten sind ja auch noch gar nicht alt genug dazu. Und die, die eins haben, fahren fast alle so alte Rüben wie ich und müssen selbst daran herumschrauben, wenn etwas kaputt ist.

Das Auto bringt eine Menge Veränderungen in mein Leben, wenn es denn fährt und nicht daheim herumsteht, weil es gerade kaputt ist, oder weil ich nicht einmal mehr fünf Mark habe, um zehn Liter Benzin zu tanken.

In Freistunden wird der Fiat bis zur Grenze seines Fassungsvermögens voller Leute geladen und wir fahren in ein

Cafe. Auch auf dem Schulweg gibt es immer jemanden, den ich ein Stück mitnehmen kann. Manchmal sind auch gut aussehende Mädchen dabei.

Richtig toll wird es mit dem Auto aber am Wochenende. Ich kann Freunde besuchen, nach Frankfurt zu Veranstaltungen fahren, wie es mir gerade passt, und wenn wir mitten in der Nacht Lust bekommen, mit einem Kasten Bier nach Königstein zu fahren und in der Dunkelheit auf die Burg zu steigen, dann machen wir das jetzt einfach.

Mit der Schule habe ich aber schon wieder ziemlich viele Probleme. In der Klasse sitzen, aufpassen, sich konzentrieren, nachmittags die Hausaufgaben - manchmal hocke ich ewig darüber und habe trotzdem das Gefühl, überhaupt nichts zu kapieren.

Immer noch habe ich regelmäßig meine Treffen mit dem Psychiater, auch wenn sie seltener geworden sind. Wenn mich die Schule wieder einmal richtig runtergezogen hat, dann baut er mich meist so weit wieder auf, dass ich irgendwie weitermache.

In Latein bin ich in diesem Blödelkurs. Der Lehrer hat uns in der ersten Stunde gleich gesagt, dass vier die beste Note sei, die wir bekommen können.

In den anderen Fächern läuft es zwar besser als bei meinen letzten beiden Anläufen zur elften Klasse, aber es gibt noch lange keine Entwarnung.

Im Halbjahreszeugnis hab ich in Physik eine Fünf, in Latein steht „Ohne Leistung", was nur ein anderer Ausdruck für Fünf ist und ein paar Vierer sind recht knapp ausgefallen.

Ich habe ein Mädchen in der Schule kennengelernt, Christina, Chris. Sie kommt mit, als wir wieder einmal in einer Freistunde ins Cafe fahren: „Heute Nachmittag muss ich endlich mal bei meinem Auto die Bremsen reparieren", erzähle ich.

„Das kannst du doch gar nicht", will Chris mich aufziehen.

„Na dann komm mich doch besuchen und schau dir`s an", gebe ich zurück.

Nachmittags hocke ich neben meinem aufgebockten Fiat vor unserer Garage in Höchst. Die Bremsbeläge sind ausgetauscht und ich schraube gerade die Bremstrommeln wieder fest, als ich plötzlich eine Stimme hinter mir höre: „Na so was, du kannst das wohl tatsächlich."

Direkt hinter mir steht Chris mit ihren langen, blonden Haaren, dem selbstgestrickten bunten Pullover mit dem schönen Muster und den unten an den Beinen ausgestellten Jeans.

„Was hast du denn gedacht", sage ich nach hinten und fahre mit meiner Arbeit fort.

Chris schaut zu, wie ich die Räder wieder montiere und schließlich den Wagenheber ablasse.

„So, fertig. Und, was machen wir jetzt?"

Wir gehen ins Haus, hinauf in mein Zimmer. Ich lege eine Platte von Santana auf. Wir setzen uns auf mein Bett. Während aus den Lautsprecherboxen „Black Magic Women" von Santana zu hören ist, rücken wir immer näher zusammen. Ich lege meinen Arm um Chris, wir küssen uns, schauen uns lange in die Augen und dann liegen wir schmusend auf meinem Bett und alles ist so wunderschön, dass ich gar nicht mehr damit aufhören möchte.

Irgendwann, eine Ewigkeit scheint vergangen zu sein, meint Chris, dass sie Hunger habe. So gehen wir zum Auto und fahren zu Enzo Pizza essen.

Später bringe ich sie mit meinem Fiat nach Hofheim, wo sie wohnt. Es wird schon dunkel als wir dort ankommen.

„Ich hätte Lust, noch einen kleinen Spaziergang zu machen", schlage ich vor.

„Dann machen wir es doch einfach", Chris gefällt der Vorschlag und so halte ich am Rand des Waldes, der bis in den Ort hineinreicht.

Der Geruch von Moos, Rinde und Harz, das abnehmende Licht der Dämmerung, in dem sich die Bäume nur noch als

Schatten abzuzeichnen beginnen – niemand außer uns ist unterwegs.

Wir gehen Hand in Hand, haben plötzlich Lust loszulaufen, nur um wieder stehenzubleiben und uns in die Arme zu fallen.

Schließlich wird es Zeit für Chris, sonst könnte es Ärger mit ihrem Vater geben. So fahren wir zu ihr nach Hause, doch als sie aussteigt, zeigt sie auf ein Fenster unten im Erdgeschoss, direkt neben der Gartentüre.

„Da, das ist mein Zimmer. In einer Stunde kannst du dort hin kommen. Dann sitzen meine Eltern oben vorm Fernseher und können uns nicht mehr stören."

Ich parke das Auto ein paar Ecken weiter und gehe eine mir ewig erscheinende Stunde durch die fremden Straßen. Pünktlich stehe ich an dem Fenster, das schon ein wenig geöffnet ist.

„Komm! Komm herein", höre ich Chris flüstern und schon bin ich in ihrem Zimmer. Sie steht neben mir, legt mir ihren Zeigefinger auf den Mund, ihre Lippen berühren kurz meine Wange.

„Da bist du ja", ihre Augen lachen mich an. „Wir müssen leise sein."

Sie nimmt meine Hand, zieht mich hinüber zu ihrem Bett, küsst mich, wir umarmen uns, ihre Hand wandert zu den Knöpfen meines Hemdes, öffnet einen, den nächsten, und während wir uns streicheln fällt ein Kleidungsstück nach dem anderen zu Boden. Wir sind nackt. Vorsichtig berühren wir uns, schmiegen uns aneinander, immer fester halte ich Chris in meinen Armen. Chris – überall spüre ich sie, ihren Körper, ihre samtige Haut. Wir haben Zeit, die ganze Nacht liegt vor uns. Nur leise müssen wir sein.

Immer wieder küssen wir uns, hören nicht auf, uns zu streicheln. Ihre Hände gleiten über meine Haut. Ich vergesse die Welt um mich herum, spüre Christinas schöne, kleine Brüste, ihren Bauch, ihre Schenkel. Und dann, als im Haus schon lange kein Geräusch mehr zu hören ist, verschmelzen unsere Körper. Eng umschlungen schlafen wir ein.

Als ich aufwache, liegt Chris mit geöffneten Augen neben mir.

„Hallo, guten Morgen", flüstert sie mir ins Ohr, während sie mir einen Kuss auf den Mund gibt.

Wir müssen uns jetzt nicht mehr vor ihren Eltern verstecken. Ihr Vater ist fort und ihre Mutter stört es nicht, dass ich hier bin.

Einfach liegen bleiben und weiter kuscheln - das wäre jetzt schön. Doch wir müssen aufstehen und uns anziehen. Als wir dann nebeneinander im Auto sitzen und in die Schule fahren, schaue ich immer wieder zu ihr hinüber, so als müßte ich mich vergewissern, dass sie wirklich dort neben mir sitzt.

Das Schuljahr ist fast zu Ende. Heute ist der Tag der Zeugniskonferenz. In den letzten Monaten hab ich sehr viel gelernt. Doch es ist unklar, ob es für mich reichen wird, um versetzt zu werden.

Nach der Schule fahre ich mit Chris zum Baden an den Baggersee, doch ich kann einfach keine Ruhe finden. Immer wieder geht mir die Lehrerkonferenz durch den Kopf. So ziehen wir uns schon am frühen Nachmittag wieder an, steigen ins Auto und fahren zur Schule zurück.

Kein Mensch ist mehr zu sehen, als wir dort ankommen. Schließlich entdecken wir den Direktor vor der Hausmeisterwohnung auf einer Bank in der Sonne sitzen. Ich habe fast den Eindruck, als würde er dort extra auf mich warten.

„Alles in Ordnung", begrüßt er mich, als ich mit Chris auf ihn zugehe.

Ich schaue ihn ungläubig an. Habe ich das jetzt richtig verstanden?

„Heißt das...?"

„Ja, Sie haben es geschafft! Sie sind versetzt! Ihr könnt jetzt feiern."

Im Laufe des nächsten Schuljahres, als ich abends wieder einmal mit Freunden zusammen sitze und wir schon einige

Flaschen Bier geleert haben, reden wir darüber, dass es toll sein müsste, nicht mehr zu hause bei den Eltern zu wohnen. In einer eigenen Wohnung, vielleicht mit anderen zusammen – wir malen uns aus, wie das wäre: Niemand würde uns mehr sagen, was wir zu tun und zu lassen haben, von früh bis spät könnten wir selbst entscheiden, was wir gerade tun möchten und Freundinnen könnten über Nacht da bleiben, so oft es uns gefällt.

Mit den nächsten Bieren entwickeln wir Pläne und als wir lange nach Mitternacht mit einem gehörigen Alkoholpegel im Blut auseinandergehen, scheint unser Entschluss festzustehen: Wir werden uns gemeinsam eine Wohnung suchen. Die Frage, wie das alles finanziert werden soll, haben wir erst einmal ausgeklammert, das wird sich schon irgendwie ergeben.

Als wir uns am Montag früh in der Schule wiedersehen, reden wir kaum noch über das Thema. Die nächtlichen Pläne scheinen sich für die anderen in Luft aufgelöst zu haben. Doch mich lässt dieser Gedanke in der nächsten Zeit nicht mehr los.

Wenn ich allerdings einen Freund auf das Thema anspreche, geschieht immer das Gleiche, wie schon beim ersten Mal: abends nach ein paar Bieren sind alle Feuer und Flamme, alle reden davon, was sie Tolles in einer eigenen Wohnung machen würden, ein paar Tage später jedoch, scheint alles vergessen zu sein.

Eigentlich ist es ja auch eine Schnapsidee. Woher sollen wir denn das Geld nehmen, um eine Wohnung zu bezahlen?

Eines Tages kommt ein Junge aus meiner Klasse auf mich zu, mit dem ich sonst nicht viel zu tun habe. Ich weiß nur, dass er in Frankfurt in einer Wohngemeinschaft zusammen mit Studenten lebt, seit sich seine Eltern vor einiger Zeit getrennt haben.

Er hätte eine Wohnung an der Hand, vier Zimmer, hier in Hofheim, und zwei Freunde, die mit ihm da einziehen würden. Das Geld bekämen sie von ihren Eltern, das sei schon geklärt. Sie suchen noch jemanden für das vierte Zimmer.

Er scheint keine Phantasiegeschichte zu erzählen. Alles klingt glaubhaft. Ich habe den Eindruck, dass er genau weiß, von was er redet. Immerhin lebt er ja schon in einer Wohngemeinschaft.

Plötzlich hat sich aus der Idee in meinem Kopf eine ganz realistische Möglichkeit entwickelt und ich muss mich jetzt entscheiden, ob ich diese ergreifen will.

Wir treffen uns zu viert und schauen uns dabei gleich die Wohnung an. Noch ein Junge aus unserer Klasse ist mit dabei und der vierte wird gerade in Frankfurt mit der Schule fertig. Die drei sind anders drauf als meine sonstigen Freunde. Immer wieder quatschen sie darüber, wie sie sich gerade fühlen und diskutieren bei anstehenden Entscheidungen ewig hin und her. Meist ist mir das zu kompliziert. In meiner alten Clique bin ich schnellere Entscheidungen gewohnt, auch wenn diese meist nur von denjenigen getroffen werden, die in der Gruppe den Ton angeben.

Doch mit meinen alten Freunden habe ich jetzt schon so oft Auszugspläne gefasst und nichts ist geschehen. Die Drei jedoch, mit denen ich gerade die Wohnung besichtige, werden tatsächlich gemeinsam hier einziehen.

Vier Zimmer gibt es, ein Bad, Zentralheizung. Die Küche ist gerade groß genug, dass auch ein Tisch hineinpasst und zur Schule sind es nur ein paar Minuten.

Ich bin hin und her gerissen. Ob das mit den Dreien, die ich kaum kenne, gutgehen kann? Und dann habe ich auch keine Ahnung, wie ich das alles finanzieren soll.

In den nächsten Tagen steht wieder ein Termin bei meinem Psychiater an, zu dem ich nur noch in unregelmäßigen, größeren Abständen gehe.

Die Sache mit der Wohnung habe ich innerlich schon fast abgehakt. Die drei Typen sind so völlig anders als ich und ich habe das Gefühl, dass dies alles nicht richtig für mich passt. Trotzdem erzähle ich meinem Therapeuten davon.

Ob es nicht vielleicht doch etwas für mich wäre? Ich sollte doch einmal ernsthaft darüber nachdenken, mal mit meinen Eltern reden.

Am nächsten Tag erzähle ich meiner Mutter davon. Sie ist überhaupt nicht begeistert und auch mein Vater will beim Abendessen nichts davon wissen.

Zwei Tage später jedoch meinen sie, dass sie sich alles noch einmal gut überlegt hätten. Also, fünfhundert Mark im Monat, das könnten sie mir geben.

Fünfhundert Mark, das reicht. Ein Viertel der Miete sind hundertfünfundzwanzig Mark. Fünfundzwanzig Mark für Heizung und die anderen Nebenkosten kommen noch dazu und von den restlichen dreihundertfünfzig Mark werde ich locker Essen, Klamotten, Benzin, Kneipe gehen und was ich sonst noch so brauche bezahlen können.

Am Ende der Sommerferien, kurz bevor die dreizehnte Klasse, mein letztes Schuljahr, beginnt, ziehen wir in die neue Wohnung ein.

Ich habe das größte Zimmer ergattert, dafür muss ich es auch für die Einzugsfete zur Verfügung stellen. Doch es kommen so viele Gäste, um die Gründung unserer Schülerwohngemeinschaft zu feiern, dass es in der ganzen Wohnung keinen Fleck mehr gibt, wo sich nicht irgendwelche Leute zusammendrängen.

In meinem Zimmer läuft die Musik. Anfangs werden Platten von Genesis und Emerson, Lake and Palmer aufgelegt, später tanzen alle ganz wild zu „Strange Days" und „When the Music is over" von den Doors.

Nach dem Fest beginnt der Alltag: Vormittags sind wir in der Schule, abends kocht meist einer von uns und wir essen zusammen. Meine Spezialität sind natürlich Spaghetti, Anfang des Monats als Bolognese mit Hackfleisch und später, wenn sich die Haushaltskasse leert, nur noch mit Tomatensoße.

Geputzt wird die Wohnung in gemeinsamen Aktionen, aber erst, wenn es wirklich nicht mehr anders geht.

Ich verstehe mich mit meinen Mitbewohnern besser, als ich es erwartet hatte, auch wenn es immer wieder einmal Ärger gibt, wenn einer zum Beispiel vergessen hat einzukaufen oder erst mit dem Kochen beginnt, wenn die anderen schon fast verhungert sind.

Aber dann gehen wir zusammen ein Bier trinken oder es entwickelt sich am Wochenende spontan eine kleine Fete in der Wohnung und alles ist erst einmal wieder vergessen.

Abends und vor allem am Wochenende kommen meist Leute zu uns. Unsere Wohngemeinschaft ist eine echte Attraktion in Hofheim. Manchmal besuchen uns auch die Studenten, mit denen mein einer Mitbewohner früher in Frankfurt zusammengewohnt hat. Die sind alle politisch aktiv. Sie bezeichnen sich als Spontis. Frankfurt ist das Zentrum der Spontibewegung. Dazu gehören Leute wie Daniel Cohn Bendit und Joschka Fischer, die manchmal in Frankfurt bei Veranstaltungen reden und die einem auch zufällig in der Karl-Marx-Buchhandlung über den Weg laufen können.

Was die Spontibewegung aber eigentlich ist, was die für politische Ziele haben, ist mir nicht so recht klar. Irgendwie soll es dabei um spontane Aktionen der Massen gehen. Weil sich hier aber alle als Spontis bezeichnen, habe ich das Gefühl, da wohl auch dazu zu gehören.

Bei uns in der Wohnung ist aber mehr unsere eigene Spontaneität das Thema. Von den anderen bekomme ich immer wieder vorgehalten, dass ich mich zu cool geben würde, meine Gefühle nicht rauslassen wolle, nicht spontan sei.

Ein Buch taucht in der Wohnung auf, über das alle ganz fasziniert reden: „Lernziel Solidarität", in dem der Psychologe Horst Eberhard Richter beschreibt, dass der Mensch sich erst durch gemeinsames, solidarisches Handeln weiterentwickeln, zu seiner wahren Erfüllung finden könne.

Bisher war ich der Meinung, dass ich alles alleine, aus meiner eigenen Kraft heraus schaffen muss und habe die anderen, mit ihrem Gefasel von Gruppendynamik immer etwas mitleidig belächelt. Doch das Buch ist richtig gut geschrieben und ich beginne, mir unsicher zu werden, ob ich mit meiner Einstellung richtig liege.

Mädchen kommen auch oft in die Wohngemeinschaft und ab und zu entwickelt sich ein kleiner Flirt daraus. Darüber kommt es immer wieder zum Streit mit Cris. Überhaupt hat sich unser Verhältnis, seit ich hier wohne, etwas abgekühlt. Manchmal hören wir viele Tage überhaupt nichts voneinander.

Es gibt so viel Neues für mich: der Alltag, die Menschen, meine Gedanken – alles hat sich im Vergleich zu der Zeit, als ich noch zu hause wohnte, so sehr verändert. Bei diesen vielen Erfahrungen und Eindrücken bleibt nicht mehr viel Platz für Chris.

Eine Sache in meinem Leben ist allerdings nach wie vor so wie immer: Fast jeden Samstag sitze ich mittags in unserem Haus in Höchst am Esstisch, zusammen mit dem Rest der Familie, und wir essen Spaghetti. Dabei liefere ich immer gleich meine schmutzige Wäsche ab und nehme die frische, die meine Mutter im Laufe der vergangenen Woche gewaschen hat, wieder mit.

Als ich eines Tages im Frühling wieder in den Bachstelzenweg komme, steht das Auto meines Vaters draußen auf der Straße. Das ist ungewohnt. Sonst fährt er es immer gleich in die Garage.

An der Haustüre kommt mir schon einer meiner Brüder entgegen. „Es ist etwas Schreckliches passiert", empfängt er mich und als ich ihn erstaunt anschaue, fährt er fort: „Der Papa hat einen Herzinfarkt. Er liegt im Krankenhaus. Es ist sehr ernst. Wir sollen mit dem Schlimmsten rechnen, haben die Ärzte gesagt."

Ich höre die Worte, aber es dauert lange, bis ich beginne zu begreifen, was ich da gerade gesagt bekomme.

Wir setzen uns ins Wohnzimmer, wo auch mein anderer Bruder schon wartet. Gestern Abend, auf einer Familienfeier, sei es geschehen. Da wir in der Wohngemeinschaft kein Telefon haben, konnte mir noch niemand Bescheid geben.

Mein Vater... Mir kommt es vor, als hätte ich ihn in den letzten Jahren überhaupt nicht mehr richtig wahrgenommen. Klar, wenn irgendetwas zu tun war, dann hat er das immer gemacht. Er ist unzählige Male wegen mir in die Schule gegangen, um mit Lehrern und Direktoren zu reden, hat mir damals den Job in der Autowerkstatt beschafft, hat versucht, mir beim Instandsetzen meines Autos zu helfen, wenn ich nicht mehr weitergekommen bin und überhaupt konnte man immer zu ihm kommen, wenn irgend etwas kaputt war und in Ordnung gebracht werden mußte.

Aber ich kann mich nicht erinnern, dass ich jemals zu ihm gegangen wäre, um etwas von mir zu erzählen oder gar Trost und Rat bei ihm zu suchen, wenn ich traurig war. Eher gab es schon einmal Streit zwischen uns, weil ihm vieles von dem, was ich in den letzten Jahren machte, nicht gefiel. Erst vor ein paar Tagen hatten wir uns wegen irgendeiner Nebensächlichkeit in den Haaren gehabt.

Früher, als ich noch ein kleines Kind war, stand ich immer bei ihm, wenn er am Wochenende im Garten oder im Haus bastelte oder etwas reparierte, bin mit ihm losgefahren, wenn er etwas besorgen musste. Einmal nahm er mich auch zu seinem Arbeitsplatz bei den Farbwerken mit. Manchmal ist damals angstvoll der Gedanke in mir aufgekommen, was wäre, wenn mein Vater plötzlich sterben würde. Das war wohl das Schlimmste, was ich mir überhaupt vorstellen konnte. Aber das ist schon sehr lange her.

Jetzt sitze ich mit meinen Brüdern hier in unserem Wohnzimmer und ganz langsam steigt diese Angst wieder in mir auf. Doch sie fühlt sich anders an als damals, als ich mir das als kleines Kind ausgemalt hatte.

Wir fahren zusammen ins Krankenhaus. Mein Vater liegt allein in einem Zimmer. Meine Mutter sitzt neben ihm. Überall sind Kabel und Schläuche, die ihn mit den vielen Apparaturen verbinden, die um das Bett herum aufgestellt sind.

Als er mich sieht, versucht er den Kopf zu heben. Er scheint etwas zu mir sagen zu wollen. Doch seine Kraft reicht nicht aus, den Mund zu öffnen und der Kopf fällt auf das Kissen zurück. Seine Augen sind wieder geschlossen.

Ich lege kurz meine Hand auf die Seine, denke, dass es gut wäre, irgendetwas zu sagen, aber mir fällt nichts ein außer: „Es wird schon wieder – du wirst wieder gesund werden".

So habe ich meinen Vater, so habe ich überhaupt noch nie einen Menschen gesehen und mir fällt es schwer, wirklich an das zu glauben, was ich da eben gesagt habe.

Nach einer Weile kommt ein Arzt ins Zimmer, schaut auf die Anzeigen der Geräte und sagt, dass wir jetzt besser gehen sollen. Mein Vater bräuchte Ruhe. Auch meine Mutter kommt mit nach Hause. Sie hat die ganze Nacht neben seinem Bett verbracht.

Daheim hat meine Oma Spaghetti gekocht. Zusammen mit meiner Mutter, meinen Brüdern und den Großeltern sitze ich am Tisch. Doch das erste Mal, so lange ich denken kann, scheint sich die Spaghettischüssel heute überhaupt nicht zu leeren.

Meine Mutter sagt: „Wenn alles gut geht und der Papa wieder zu hause ist, dann soll er die beste Pflege bekommen. Da kümmere ich mich dann darum." Dann höre ich die Stimme meiner Oma, die ihre Tränen nicht mehr unterdrücken kann: „Warum kann der liebe Gott denn nicht mich nehmen, ich bin doch schon alt, warum denn mein Kind?"

Später nimmt meine Mutter eine Tablette und legt sich hin. Ich sitze mit meinen beiden Brüdern noch bis spät in der Nacht im Wohnzimmer. Die Bierflaschen vor uns bleiben ungeleert. Wie versuchen, uns mit anderen Themen abzulenken, doch es gelingt uns nicht und ohne ein Wort darüber zu verlieren, spüren wir alle die Angst davor, dass plötzlich das Telefon klingeln könnte.

Schließlich gehe ich in mein altes Zimmer und lege mich in das Bett, in dem ich schon seit einer Ewigkeit nicht mehr geschlafen habe.

Die Stimme meines ältesten Bruders weckt mich. Es ist Tag, alles ist hell im Zimmer. Er steht in der offenen Tür: „Der Papa ist gestorben. Komm, wir fahren ins Krankenhaus". Mitten in der Nacht hatten sie angerufen: Meine Mutter solle gleich kommen, es sei sehr ernst. Völlig benommen ziehe ich mich an. Aus dem Zimmer meiner Großeltern höre ich das Schluchzen meiner Oma: „Warum nicht ich, warum nicht ich?"
Wir betreten das gleiche Krankenzimmer wie gestern, doch alles erscheint mir verändert. Die Ständer mit den Flaschen und den vielen Schläuchen sind verschwunden, der kleine Monitor ist abgeschaltet, die Piepstöne sind verstummt.
Meine Mutter steht neben dem Bett, auf dem mein Vater regungslos vor uns liegt. Sein Gesicht ist von einer weißen Binde eingerahmt, die ihm eine Schwester um den Kopf gewickelt hat, damit sein Mund geschlossen bleibt.
Schweigend stehen wir da, bis ich irgendwann den Arm um meine Mutter lege: „Komm, lass uns gehen".

Während der nächsten Tage bleibe ich in Höchst. Verwandte, der Pfarrer, ein Bestattungsunternehmer kommen vorbei.
Am zweiten Abend stehen unerwartet Mike und seine Freundin vor der Haustüre. Sie haben gehört, was geschehen ist und wollen mich besuchen. Es tut mir gut, die beiden zu sehen, doch ich möchte jetzt nicht mit ihnen hier in diesem Haus herumsitzen. „Kommt, lasst uns rausgehen, irgendwohin", schlage ich vor. Ich setze mich neben Mike auf den Beifahrersitz seines Autos und wir fahren los.
„Na, wie geht's dir denn so?" höre ich seine Freundin vom Rücksitz aus fragen. „Ich weiß nicht. Irgendwie ziemlich beschissen", und dann spüre ich das erste Mal seit langer Zeit, wie Tränen meine Wangen herunterlaufen. „Vor ein paar Tagen hatten wir noch so einen blöden Streit und ich weiß nicht einmal mehr, um was es dabei eigentlich ging."

Mike fragt, ob ich mit ihnen ein Bier trinken gehen möchte. Nein, er soll nur immer weiter fahren, entgegne ich, denn ich habe überhaupt keine Lust, unter fremden Menschen zu sein. So fährt er noch eine Weile kreuz und quer durch die Stadt, ohne dass ich von den nächtlichen Straßen, die draußen an uns vorbeiziehen, viel mitbekommen würde.

Der Tag der Beerdigung ist gekommen. Viele Trauergäste haben sich auf dem Friedhof versammelt, ziehen am Grab vorbei, legen Blumen nieder und jeder wirft eine kleine Schaufel voll Erde hinunter in die Grube. Wenn sie auf den Sarg auftrifft, höre ich jedes Mal einen dumpfen Ton.

Am Tag nach der Beerdigung haben die Besuche aufgehört und plötzlich ist es ganz still im Haus. Nach einer Weile halte ich diese Stimmung nicht mehr aus und mir fällt auch nichts mehr ein, über was ich mit meiner Mutter jetzt reden könnte.
So gehe ich raus auf die Straße, wo ich mein Auto geparkt habe, öffne die Motorhaube und versuche halbherzig den Vergaser einzustellen. Als ich zwischendurch einmal kurz aufschaue, sehe ich ein schwarz gekleidetes, elegant aussehendes Ehepaar die Straße entlang kommen.

***

Reglos liegt er auf dem Bett. Im schwachen Lichtschein ist die Blässe der erstarrten Gesichtszüge kaum wahrzunehmen und wären da nicht die flackernden Kerzen überall im Zimmer und die schwarz gekleideten Männer, die schweigend neben ihm sitzen - man könnte meinen, der Mann würde friedlich schlafen, wie er dort liegt.
Gestern früh noch hatte der Fuhrunternehmer die Fahrer der Lastwagen eingewiesen, die Touren verteilt, Frachtpapiere kontrolliert und dabei immer wieder einen prüfenden Blick auf die Fahrzeuge geworfen. Die Helfer, die gerade die Fahrzeuge beluden, trieb er zur Eile an und dem Fahrer des

Reisebusses, den er letztes Jahr erst neu angeschafft hatte, erklärte er, wo dieser die Touristen für den heutigen Tagesausflug abholen sollte. Er musste sich beeilen, denn im Büro wartete bereits ein wichtiger Kunde auf ihn.

Plötzlich hatte er sich an die Brust gefasst, seine Worte mitten im Satz abgebrochen und mit geöffneten Mund und einem Blick unverständlichen Erstaunens über das, was ihm da gerade wiederfuhr, war er niedergesunken und auf dem Asphalt des Hofes liegengeblieben.

Um ihn herum standen die Lastwagen mit laufenden Motoren zur Abfahrt bereit, so dass sich der Geruch von Dieselabgas unter die kühle Frische der morgendlichen Lagunenluft mischte.

Die Menschen, die auf dem Hof standen, hatten den Fuhrunternehmer nur in Bewegung gekannt. Immer war er geschäftig herumgelaufen und wenn er sprach, hatte er seine Worte stets mit ausholenden Bewegungen seiner Arme untermalt. Jetzt plötzlich lag er regungslos vor ihnen auf dem teerschwarzen Boden und alle wussten sofort, dass er tot war.

Obwohl Antonios Bruder Francesco bald vierzig wird, ist er der Jüngste unter den Männern, die heute Nacht die Totenwache halten. Während er so im Halbdunkel des Zimmers sitzt, in dem nur die Atemzüge der Männer aus der Stille heraus zu hören sind, muss er daran denken, dass der Schwiegervater als Kind in einem kleinen Bergdorf lebte, nördlich von hier, in der Gegend des Monte Grappa.

Schon als ganz junger Mann war er zum Militär gekommen, zu den Gebirgsjägern, den Alpini. Der erste Weltkrieg war damals im vierten Jahr und plötzlich hatte er sich mit einem Gewehr in der Hand mitten in den Bergen, in denen er aufgewachsen war, wiedergefunden. Mit bloßem Auge konnte er die deutschen und österreichischen Soldaten, die Feinde, sehen.

Damals, bei der Armee, hatte er das erste Mal im Leben ein Auto, einen Lastwagen, gefahren, was ihm so gut gefiel, dass er, als der Krieg vorüber war, in Treviso als Fahrer zu arbeiten begann.

Ein paar Jahre später kam er unverhofft zu einer kleinen Erbschaft, lieh sich noch etwas Geld dazu und kaufte davon einen gebrauchten Lastwagen. Unermüdlich begann er zu arbeiten. Die Geschäfte liefen gut und so dauerte es nur ein paar Jahre, bis er Besitzer eines Fuhrunternehmens mit mehreren Fahrzeugen und Angestellten war.

Erst jetzt hatte der junge Unternehmer Zeit gefunden, sich nach einer Frau umzuschauen und so heiratete er schließlich in eine der wohlhabenderen Familien in Cavallino ein. Zwei Jahre darauf wurde seine Tochter Maria geboren, mit der Francesco nun schon lange verheiratet ist.

Nach seiner Hochzeit mit Maria arbeitete Francesco einige Jahre zusammen mit dem Schwiegervater in der Firma, doch es war eine schwierige Zeit für ihn, denn er hatte viele Ideen, wie die Arbeit in der Firma besser gestaltet werden könnte. Doch stets, wenn er behutsam versuchte, dem Schwiegervater etwas von diesen Gedanken vorzutragen, erhielt er als Antwort: „Das kannst du alles machen, wenn ich tot bin. So lange ich lebe, bestimme ich, was hier geschieht." Wie ein einfacher Lehrjunge fühlte er sich dann behandelt.

So hatte er, als ihm sein Bruder Antonio von dem Plan mit dem Restaurant erzählte, nicht lange überlegt. Antonios Ideen klangen überzeugend und so viel Freude ihm seine Arbeit im Fuhrunternehmen eigentlich machte, durch die Launen des Schwiegervaters war es dort für ihn unerträglich geworden.

Gemeinsam eröffneten sie das Restaurant und in den ersten Jahren lief alles viel besser, als sie es sich jemals erträumt hatten. Doch mit der Zeit gab es immer mehr Gaststätten und die meisten davon direkt an der Hauptstraße, dort wo alle Touristen vorbeifuhren. So wurde es von Jahr zu Jahr ruhiger bei ihnen und in diesem Sommer waren auch noch viele der Stammgäste ausgeblieben, die sonst stets den Urlaub hier verbracht hatten. Das Restaurant warf immer weniger ab und keine Woche war in dieser Saison vergangen, in der sie nicht gemeinsam darüber beraten hatten, wie es weitergehen könnte.

Als das erste Tageslicht durch die Lamellen der Fensterläden fällt, erwacht Francesco aus seinen Gedanken. Er blickt auf den Schwiegervater, der dort vor ihm liegt. Tot. Irgend jemand wird die Geschäfte der Firma nun weiter führen müssen. Und wer außer ihm selbst sollte das tun?

Geschäftige Geräusche beenden die nächtliche Stille im Haus. Sie kommen aus der Küche, genauso wie der Duft des frisch gekochten Kaffees, der jetzt bis zu den Männern am Totenbett reicht, sie fortlockt von dort, hin zum Küchentisch, der von den Frauen bereits zum Frühstück für sie gedeckt ist.

Während der erste Schluck des heißen Milchkaffees und ein Biss in das frisch gebackene Brötchen die Müdigkeit der Nacht vertreiben, dringt das Knarren der sich öffnenden Haustüre zu ihnen.

Der Schreiner, der Onkel, ist es. Die halbe Nacht über hat er daran gearbeitet, den Sarg herzurichten. Gemeinsam betten sie den Toten hinein und tragen ihn in den Hof, wo der mit Pferden angespannte schwarze Wagen mit dem gläsernen Aufbau bereits auf sie wartet.

Der Sarg ist weithin sichtbar, als sich der Zug in Bewegung setzt und für einem Moment nichts außer dem Geräusch der Pferdehufe und dem Schluchzen der Witwe zu hören ist, die, gestützt von Tochter und Schwiegersohn, dem Wagen folgt. Die schweigende Schar der Verwandten und Firmenangestellten geht hinter ihnen und auch eine Abordnung der Kriegsveteranen, der Alpini mit ihren federgeschmückten Hüten, ist gekommen.

Die Straße ist von neugierigen Menschen gesäumt, von denen sich immer mehr den Trauernden anschließen. Freunde und Bekannte werden gegrüßt, auch die eine oder andere Neuigkeit kurz ausgetauscht. Immer reger werden die Unterhaltungen, besonders zum Ende des Zuges hin, wo eine Gruppe junger Männer, lebhaft gestikulierend, die Fußballergebnisse der letzten Woche bespricht.

Immer wieder kommt der Zug an den kleinen Plakaten mit dem Bild und dem Namen des Verstorbenen vorüber, die man gestern noch eilig überall im Städtchen aufgehängt hat, um über den Tod des Fuhrunternehmers und den Zeitpunkt der Beerdigung zu informieren.

Vor dem Polizeigebäude haben sich die Carabinieri in ihren schwarzen Uniformen aufgestellt. Als der Sarg an ihnen vorbeizieht, heben sie respektvoll die rechte Hand zur Mütze, während die Linke am roten Streifen der Hosennaht verweilt.

Bis zum letzten Platz hat sich die Kirche gefüllt, als der Priester mit dem Lesen der Messe beginnt und in seiner Predigt die Uneigennützigkeit des Verstorbenen lobt. So oft habe er Menschen geholfen, habe ihnen Geld geliehen, wenn sie in ihrer Not zu ihm gekommen seien.

Es dauert lange, bis alle Reden auf dem Friedhof gehalten und die Menschen am Grab vorübergezogen sind. Doch als sich schließlich die meisten der Trauergäste auf den Nachhauseweg machen, ist der Alltag schnell in das Städtchen zurückgekehrt.

Die Tische in Antonios Restaurant sind zu einer langen Tafel zusammengeschoben und kaum hat sich die verbliebene Gesellschaft der Trauernden, der Verwandten und engeren Freunde auf den Stühlen niedergelassen, stehen bereits die mit frischer Pasta gefüllten Teller vor ihnen.

Auch wenn sich die gedämpften Stimmen in dem großen Raum anfangs zu verlieren scheinen, schon als das erste Glas Wein geleert ist und lange bevor die Platten mit dem Fisch und dem Fleisch aufgetragen werden, erfüllt ein lebhaftes Stimmengewirr das Restaurant. Als schließlich alle satt gegessen und auch die Gläschen mit dem Grappa und die Espressotassen geleert sind, stimmen die Alpini eines ihrer mehrstimmigen Lieder an und es dauert nicht lange, bis die meisten der Gäste mit einstimmen.

„Magst du mich einmal in meiner Werkstatt besuchen kommen, Antonio?" fragt der Onkel, der neben ihm am Tisch sitzt. „Ich habe da etwas, was du sehen mußt, wozu ich gerne einmal deine Meinung hören würde", fügt er mit leiser Stimme hinzu, so als wolle er nicht, dass andere hören, was er seinem Neffen zu sagen hat.

„Über was redest du denn so geheimnisvoll? Was möchtest du mir denn zeigen?" fragt Antonio und dabei überkommt ihn eine Ahnung, eine Erinnerung an eine Zeit, die schon so lange vergangen ist. „Du hast doch nicht etwa - du warst doch nicht in Venedig und hast dort...?"

„Doch, genau das habe ich. Erinnerst du dich noch an den alten Professor, für den wir früher schon gearbeitet haben? Der Professor, der die Rechnungen immer sofort bezahlte, der gar nicht damit aufhörte, unsere Arbeit zu loben und sich immer wieder dafür zu bedanken, dass wir seinem Möbelstück neues Leben eingehaucht hatten. Dort, bei ihm war ich.

Vor einigen Wochen rief er mich an, erzählte von einem kleinen Schrank, dem die Jahrhunderte arg mitgespielt hätten und fragte, ob ich mich nicht dieses Schränkchens annehmen könne. Doch als ich ihm erklärte, dass ich schon vor Jahren mit dieser Arbeit aufgehört habe und auch meine Sammlung alter Hölzer und Beschläge schon lange verkauft sei, da stand er eine Woche später plötzlich in meiner Werkstatt. Er war extra mit dem Schiff aus Venedig herübergekommen, um zu versuchen, mich umzustimmen.

Da konnte ich dann nicht mehr nein sagen und ich musste ihm gestehen, dass sich ja doch wieder das eine oder andere Stück Holz und so manchen Messinggriff in dem Raum hinter der Werkstatt angesammelt hatte.

Und so bin ich vor ein paar Tagen mit Michele wieder einmal nach Venedig gefahren, habe den Schrank geholt und der Professor hat mir gleich eine Anzahlung in die Hand gedrückt, noch bevor ich einen Handgriff für ihn gearbeitet hatte.

Und jetzt, Antonio, würde ich gerne einmal deine Meinung zu dem Möbelstück hören und mich mit dir darüber unterhalten, was getan werden sollte, damit das Stück wieder in Ehren seinen Platz in der Wohnung des Professors einnehmen kann."

„Nichts lieber als das, Onkel. Am liebsten würde ich gleich mit dir aufbrechen, aber wir müssen uns wohl noch ein, zwei Tage gedulden. Mein Bruder hat mir gesagt, dass er später noch mit uns sprechen muss und ich glaube, er hat etwas Wichtiges auf dem Herzen. Ich vermute, dass sich bei uns wohl einiges verändern wird in der nächsten Zeit. Aber ich komme, sobald ich kann. Ich freue mich schon sehr darauf."

„Der Professor hat es nicht eilig, Antonio. Er lebt in anderen Zeiteinheiten als die meisten Menschen. Ihm kommt es auf ein paar Wochen oder auch Monate nicht an. Für ihn war es nur wichtig, sein Schränkchen in den richtigen Händen zu wissen. Schau einfach vorbei, wenn du es einrichten kannst."

Es ist leer geworden im Restaurant. Nur aus der Küche dringen noch die Geräusche der Helfer, die sie für heute bestellt haben und die mit dem Aufräumen und dem Abspülen des Geschirrs beschäftigt sind.

Maria, Francesco, Rosa und Antonio sitzen noch als letzte an der großen Tafel und lediglich einige Flecken auf der Tischdecke erinnern noch an die Trauergesellschaft, die den Raum bis vor kurzem mit Leben erfüllte.

„Du wirst dir schon deine eigenen Gedanken gemacht haben, Antonio", beginnt der Bruder das Gespräch. „Der Tod von Marias Vater - irgendjemand muss das Fuhrunternehmen jetzt weiter führen. Maria ist das einzige Kind und ich habe ja lange selbst dort gearbeitet. Die Geschäfte scheinen nicht schlecht zu gehen und ich denke, wir sollten gut davon leben und auch Marias Mutter angemessen versorgen können.

Unser Restaurant, ihr wisst es ja selbst - was wir hier in letzter Zeit verdienen, reicht einfach nicht mehr für uns alle.

Schon seit Monaten reden wir immer wieder darüber. Über die vielen neuen Gaststätten mit ihren Pizzaöfen, die vorne an der Hauptstraße eröffnet haben. Ich verstehe dich ja, Antonio, dass du ein richtiges Restaurant führen und kein Pizzabäcker werden möchtest. Aber die Touristen mit ihren Kindern, die verlangen danach. Die Fischplatten, die Fleischgerichte, davor als Primero die Pasta - ein gutes Essen, wie wir es gewohnt sind, das ist den meisten von ihnen zu teuer.

Eine Familie alleine, die könnte von dem Restaurant vielleicht existieren, aber wir alle zusammen - nein, das wird wohl nicht mehr möglich sein."

„Du brauchst nicht weiterzusprechen Francesco, ich weiß es ja selbst", unterbricht ihn sein Bruder, „ich wusste es gleich, als ich gestern die Nachricht vom Tod deines Schwiegervaters erhielt. Natürlich musst du dich jetzt um die Firma kümmern. Mit dem Restaurant, das werden wir schon alleine hinbekommen. Ich habe doch Rosa bei mir."

„Bei der Buchführung kann ich euch natürlich auch weiterhin helfen, und wegen des restlichen Darlehens vom Schwiegervaters, da macht euch keine Gedanken."

Eine Weile sitzen sie noch beieinander, bevor sie sich verabschieden und Maria und Francesco durch die Glastüre in die Dunkelheit der Nacht entschwinden.

Wie jeden Tag sind sie auch heute schon früh aufgestanden. So lange Antonio und Rosa denken können, haben sie noch nie allein im Restaurant mit den Vorbereitungen für den Tag begonnen.

„Wir haben schon so viele Hürden überwunden", versucht Rosa ihrem Mann Mut zu machen, dessen gedrückte Stimmung im ganzen Raum zu spüren ist. „Wir werden das Restaurant auch allein gut führen können. Du weißt doch, irgendwie ist es immer weitergegangen in unserem Leben, stets haben sich neue Wege für uns aufgetan. Warum soll es denn diesmal nicht so sein?"

Das schrille Klingeln des Telefons unterbricht Rosa. Sie greift zum Hörer, sicher ist es der Metzger, wegen der Bestellung. „Pronto." Doch auf der anderen Seite der Leitung antwortet nicht die lebhafte Stimme der Metzgersfrau. Leise und traurig klingen die Worte, von weit her scheinen sie zu kommen und die Frau, deren Stimme Rosa vernimmt, spricht in Deutsch zu ihr.

Antonio hört, wie sie „Was ist geschehen, Signora?" fragt und nach einer Weile, während der sie nur zuhört, kurze Sätze anmerkt: „Ja, ich verstehe", „Ich kann es nicht fassen."

Lange blickt sie ihrem Mann in die Augen, nachdem das Telefon verstummt ist: „Wir lassen das Restaurant noch ein paar Tage geschlossen. Wir müssen nach Frankfurt. Der Dottore ist gestorben. Übermorgen ist die Beerdigung."

Viele Jahre ist es her, seit sie zum letzten Mal im Zug nach Deutschland saßen. Die Fahrt ist ruhig heute und lange sind sie alleine in ihrem Abteil. Nichts ist zu sehen von den italienischen Familien, die früher den Zug bevölkerten, mit den vielen Koffern auf der Fahrt von ihrem Heimaturlaub zurück nach Deutschland, wo die Arbeit auf sie wartete.

Und auch kein verlegener junger Mann mit seinem Sonntagsanzug aus einfachem Stoff und einem kleinen Pappkoffer oben in der Ablage sitzt bei ihnen.

In Bozen gesellen sich einige elegant gekleidete Herren mit ledernen Aktentaschen zu ihnen. Es scheint eine gemischte Gruppe aus Italienern, Südtirolern und einem Österreicher zu sein. Laufend wechselt die Sprache ihrer Unterhaltung. Kaum haben sie dem Nebenmann etwas auf Italienisch erklärt, führen sie, als sie die Unterhaltung mit ihrem Gegenüber fortsetzen, den Satz in fließendem

Deutsch zu Ende. Und das alles wirkt so selbstverständlich, als hätten sie in ihrem Leben nie eine andere Form der Verständigung gekannt.

Antonio und Rosa schauen aus dem Fenster, lassen die Gipfel der hohen Berge vorüberziehen, auf denen schon der erste Schnee zu sehen ist und hören dabei die Stimmen der Männer, die sich über Geschäfte und Politik unterhalten.

Es ist kalt an diesem Herbsttag, als Rosa und Antonio in Frankfurt auf dem Bahnsteig stehen. Sie lassen ihr Gepäck am Bahnhof zurück, bevor sie den wohlbekannten Weg zum Haus des Dottore einschlagen.

Als sie um die Ecke des Bachstelzenweges biegen, sehen sie vor dem Haus einen jungen Mann, der ein Auto, einen kleinen Fiat, repariert.

„Du musst Berni sein", sagt Rosa, als sie ihm gegenüberstehen. „Wie groß du geworden bist!"

Einen Augenblick schaut er sie fragend an, dann erkennt er sie, reicht ihnen die Hand und bittet sie ins Haus.

„Wir haben Besuch aus Italien", verkündet er seiner Großmutter, die gerade damit beschäftigt ist, in der Küche aufzuräumen. Mit erstauntem Blick kommt sie ihnen entgegen. Sie sieht viel älter aus, als Antonio und Rosa sie in Erinnerung haben. „Ihr seid gekommen? Von so weit her?" Lange hält sie die Hände der beiden Italiener umfasst.

Der Opa kommt mit langsamen Schritten die Treppe herunter, begrüßt die Besucher, führt sie in das große Wohnesszimmer und bittet sie, an dem großen Tisch, der allen so vertraut ist, Platz zu nehmen.

Rosa wirft einen fragenden Blick zu Antonio. Irgendetwas ist merkwürdig, es ist zu still im Haus für den Tag einer Beerdigungsfeier.

„Es ist so ruhig hier. Wo sind denn die anderen Trauergäste?" fragt Antonio schließlich.

„Trauergäste?" wiederholt der Opa zweifelnd. „Die waren gestern da, nach der Bestattung", und plötzlich wird Rosa bewusst, dass sie am Telefon etwas falsch verstanden haben muss. Sie sind zu spät gekommen.

Nach einer Weile öffnet sich die Zimmertüre. Die Frau des Dottore. Sie scheint geschlafen zu haben.

Rosa geht ihr entgegen, nimmt sie in die Arme: „Signora, wie konnte das nur geschehen?"

„Ich weiß es nicht, Rosa, ich weiß es nicht", und als sie sich zu den anderen an den Tisch setzt, fügt sie hinzu: „Ihr hättet doch nicht extra kommen müssen, von so weit her."

„Doch, Signora", entgegnet Antonio, „wenn jemand aus der Familie stirbt, dann kommen wir und hier in Frankfurt, da seid ihr unsere Familie."

Die Oma hat Kaffee gekocht, der Enkel beim Bäcker Kuchen geholt. Sie sitzen beisammen, hören, wie sich alles zugetragen hat beim Tod des Dottore und dann wandern sie zurück in die Vergangenheit, erzählen von den Ereignissen der letzten Jahre, von den Kindern, die jetzt alle schon groß sind und schließlich erinnern sie sich an die Zeit, als sie zusammen hier wohnten, sich die Küche, die Töpfe, das Geschirr teilten und jeden Abend der Duft von italienischen Gewürzen durch das Haus zog.

„Ich glaube, es wird Zeit für uns", sagt Antonio schließlich, als es draußen schon dunkel zu werden beginnt. Nur für einen kurzen Moment erwägt er, wegen der Übernachtung zu fragen. Doch er spürt, dass die Familie jetzt lieber allein sein möchte und so ziehen sie ihre Mäntel an, verabschieden sich und gehen zurück zum Bahnhof, wo ihr Gepäck noch auf sie wartet.

Die Suche nach einer günstigen Pension dauert nicht lange, beim Bahnhof gibt es genug davon. Doch oben im Zimmer wird ihnen bewusst, dass sie den ganzen Tag über noch nicht viel gegessen haben und so machen sich auf den Weg zu einem deutschen Gasthaus, das sie noch von früher her kennen, wo das Essen gut und nicht sehr teuer ist.

Unterwegs bleibt Antonio an einer Telefonzelle stehen: „Der Vorarbeiter - ich möchte ihn gerne anrufen, wenn wir schon einmal hier sind." Letztes Jahr im Sommer war er noch bei ihnen im Restaurant gewesen. So wie die ganzen Jahre zuvor hatten sie mit ihm zusammen gesessen und miteinander Wein getrunken.

Das sei ja eine Überraschung, meint der Zimmermann am Telefon. Natürlich möchte er sie treffen. Gleich würde er sich auf den Weg machen.

Sie hätten sich bestimmt gewundert, dass er dieses Jahr nicht nach Italien gekommen sei, meint er in entschuldigendem Ton, als sie bald darauf im Gasthaus sitzen. Es habe da ein sehr günstiges Angebot von Neckermann gegeben, nach Mallorca, mit dem Flugzeug. Ihm selbst sei das nicht so wichtig gewesen und überhaupt sei er bei neuen Urlaubszielen sowieso immer skeptisch. Doch seine Frau habe darauf bestanden und so seien sie schließlich nach Spanien geflogen.

Na ja, gefallen habe es ihm dort schon. Gutes Essen hätte es gegeben und Wein dazu, so viel man trinken wollte. Und später am Abend dann noch die Sangria in den großen Glaskaraffen.

In Frankfurt, in der Firma habe sich nicht viel verändert, alles wäre so wie früher. Nur von den Italienern sei keiner mehr da. Türken würden jetzt bei ihnen arbeiten. Fleißig seien die auch, aber reden könne man nicht viel mit ihnen und beim Essen würden sie immer genau darauf achten, dass kein Schweinefleisch dabei sei.

Am nächsten Tag stehen Antonio und Rosa früh auf und gehen, nachdem sie gefrühstückt haben, direkt zum Bahnhof.

Es wird Zeit, wieder nach Hause zu fahren. Die Reise nach Deutschland, die Fahrkarten, die Pension – das alles hat viel Geld gekostet und sie können es sich nicht leisten, ihr Restaurant noch länger geschlossen zu halten.

***

Einige Tage nach der Beerdigung fahre ich nach Hofheim zurück. Auch meine Brüder gehen wieder arbeiten oder studieren.

Meine Mitbewohner versuchen Rücksicht auf mich zu nehmen, und das Leben und die vielen Leute in der Wohngemeinschaft helfen mir, wieder auf andere Gedanken zu kommen. Trotzdem fühle ich mich einsam auf eine Art, wie ich es bisher noch nie erlebt habe. Ich habe eine Traurigkeit in mir, die ich niemandem erklären, die niemand verstehen kann. Ich verstehe sie ja selbst nicht.

In ein paar Wochen sind die Abiturprüfungen. Ich setze mich hin, um zu lernen. Und plötzlich geht das so gut, wie niemals zuvor. Ich verliere mich ganz in meine Bücher und Hefte und spüre dabei gar nicht, wie die Zeit vergeht.

Im Sommer bestehe ich das Abitur, zusammen mit zwei meiner Mitbewohner. Wir feiern ein gigantisches Fest in der Wohngemeinschaft, das zugleich unser Abschiedsfest ist, denn unsere Wege werden sich trennen. Erst vor wenigen Wochen habe ich mich dazu entschlossen, Architektur zu studieren, nachdem ich bis dahin überhaupt keine Vorstellung davon hatte, was ich nach der Schule machen soll.

So voll wie bei diesem Fest war unsere Wohnung noch nie. In meinem Zimmer wird schon bald wild getanzt und zu der Musik von Ton, Steine, Scherben singen alle laut mit: „Keine Macht, für niemand" oder „Macht kaputt was euch kaputt macht".

Irgendwann lege ich eine Pause beim Tanzen ein und gehe in die Küche. Hier hängen zwar auch eine Menge Leute herum, aber es ist ruhiger, so dass man sich gut unterhalten kann. Ich entdecke meinen alten Freund Mike und setze mich neben ihn. Seit letztem Jahr studiert er Soziologie in Frankfurt und er hat Lust, mir davon mehr zu erzählen.

Ungeheuer viele politische Gruppen gäbe es an der Uni. Von den Spontis hätte ich ja schon gehört, die seien am stärksten in Frankfurt vertreten. Einige von denen würden jeden Morgen bei Schichtbeginn in Rüsselsheim vor den

Opelwerken stehen und versuchen, die Arbeiter von den Vorzügen des Sozialismus zu überzeugen. Dann seien da noch die DKPler, die so reden würden, als kämen sie direkt von einer Schulung aus der DDR. Und schließlich die ganzen K-Gruppen: KPD/ML, KBW, KB... die hätten alle irgendwie den chinesischen Kommunismus zum Vorbild, aber durch was sie sich genau unterscheiden würden, das sei ihm auch noch nicht so recht klar geworden. Und dann hätte er noch von einer kleinen Gruppe gehört, die mit dem bewaffneten Kampf in Deutschland, mit der RAF oder den Revolutionären Zellen, sympathisieren würde.

Mike fragt mich, was ich denn jetzt im Sommer so machen wolle. Er hatte eigentlich geplant, mit seiner Freundin nach Italien zu fahren. Letztes Jahr seien sie schon dort gewesen, in Kalabrien, ganz im Süden, auf einem Campingplatz direkt am Meer. Dorthin hätte sich noch nie ein deutscher Tourist verirrt. Eine tolle Kneipe mit einem netten Wirt gebe es auf einer kleinen Anhöhe, wo man draußen sitzen, auf die Endlosigkeit des Meeres schauen und dabei für wenig Geld köstlich essen und trinken könne.

Auf der Fahrt dorthin wollten sie noch einen Zwischenstop in Bologna, dem roten Bologna, einlegen. Dort regieren, inmitten eines kapitalistischen Landes, seit vielen Jahren die Kommunisten die Stadt. Die halten es zwar auch mit der Sowjetunion, aber in Italien sind die Leute sicher viel lockerer drauf und sehen das nicht so verbissen, wie die DKPler an der Uni in Frankfurt. Da soll es Stadtteilgruppen für die Bewohner geben und eine ziemlich fortschrittliche Stadtplanung. Das wollten sie sich alles einmal anschauen.

Ja und letzte Woche, als ihre Reise schon fix und fertig geplant war, hätte es mit seiner Freundin einen Riesenkrach gegeben, viel heftiger als sonst und jetzt habe sie sich von ihm getrennt. Doch die Reise, die möchte er jetzt erst recht machen. Ob ich nicht Lust hätte mitzukommen.

„Kannst du Gedanken lesen?" frage ich ihn. Schon seit Wochen suche ich eine Gelegenheit, im Sommer wegzufahren, aber es hat sich einfach bis jetzt nichts Passendes ergeben. Mit Mike zusammen nach Italien – das klingt perfekt.

Ein paar Tage später sitzen wir in Mikes Renault 4, der neben unserem Gepäck noch eine Campingausrüstung enthält, die aus einem Zweimannzelt, Schlafsäcken und einem einflammigen Gaskocher besteht. Als Luxusutensil hat Mike sich zum Schlafen noch eine Luftmatratze mitgenommen.

Bis zum Brenner hören wir im Auto immer wieder Lieder von Wolf Biermann, doch kaum haben wir die italienische Grenze hinter uns, holt Mike eine Kassette mit politischer, italienischer Musik hervor: Avanti Popolo, Bella ciao, Lotta continua...Der Lautstärkeregler ist fast bis zum Anschlag aufgedreht und unsere Stimmung wird immer ausgelassener. Immer wieder singen wir einzelne Sätze laut mit, obwohl wir vom Text kaum etwas verstehen.

Nachdem wir eine Nacht ziemlich verkrümmt in der Enge des Autos geschlafen haben, erreichen wir an unserem zweiten Reisetag Bologna.

Der Stadtrand, die Außenbezirke - alles sieht aus, wie in jeder anderen x-beliebigen Stadt. Dann kommen wir ins Zentrum, in eine aufwendig und schön sanierte Altstadt. Es ist Sonntagnachmittag, die Geschäfte haben geschlossen und es ist unerträglich heiß. Die Straßen sind fast menschenleer, und es sieht so aus, als seien die Bewohner an diesem arbeitsfreien Tag vor der Hitze aus ihrer Stadt geflohen.

Ziellos laufen wir zwischen schönen alten Gebäuden herum, doch richtig genießen können wir das alles nicht. Die Hitze lähmt uns. Wir fühlen uns erschöpft von der Fahrt und müde von der unbequemen Nacht im Auto.

Was wollen wir eigentlich in dieser Stadt?

Eigentlich hatten wir uns vorgestellt, dass es hier Stadtteilbüros gebe, wo wir uns informieren, und Plakate von Veranstaltungen, die wir besuchen könnten. Doch wir entdecken überhaupt nichts, was drauf hindeutet, dass wir uns mitten auf einer kommunistischen Insel befinden. Wo wir heute schlafen werden, ist uns ebenfalls ein Rätsel. Auf keinen Fall noch so eine Nacht im R4. Doch ein Campingplatz ist uns auf dem Weg hierher keiner begegnet.

Unsere Laune wird immer schlechter. Bald fühle ich mich so frustriert, dass ich den Vorschlag mache, einfach weiterzufahren, raus aus Bologna, Richtung Süden.

„Ich habe auch bald die Nase voll von dem ganzen Bologna", meint Mike. „Lass uns halt noch eine letzte Runde drehen, wenn wir schon einmal hier sind".

„Na gut, wenn's sein muss", erwidere ich lustlos und will weitergehen. Doch Mike schaut auf ein unscheinbares Plakat, das uns bisher noch gar nicht aufgefallen ist, obwohl wir die ganze Zeit direkt davor standen.

„Schau mal, da ist ein Festa L`Unita", meint er.

„Und - was soll das sein?"

„Naja, das sind die Sommerfeste der Kommunistischen Partei. Da ist immer viel los, habe ich gehört."

„Meinst du wirklich?"

Meine Stimmung ist so auf dem Nullpunkt, dass ich überhaupt keine Lust mehr verspüre, noch irgendetwas in dieser Stadt zu unternehmen. Ich will weiter, ans Meer, zu einem Campingplatz, wo wir uns niederlassen und einmal richtig ausschlafen können. So ein Fest von der KP, der Kommunistischen Partei - wer weiß schon, wie die reagieren werden, wenn zwei Deutsche, die fast kein Wort Italienisch können, da plötzlich auftauchen?

Während ich mit meiner schlechten Laune noch tatenlos herumstehe, spricht Mike einen Italiener an, der etwa in unserem Alter ist und gerade auf sein Motorrad steigen will.

Zuerst versucht es Mike mit ein paar italienischen Brocken, dann beginnen sie, Französisch miteinander zu reden. Ich verstehe zwar nichts davon, doch Mike erklärt mir, dass uns der Italiener den Weg zum Festa L`Unita zeigen will. Wir sollen ihm hinterherfahren. Sonderlich begeistern kann mich die Idee nicht, im Gegensatz zu Mike, der wieder richtig aufzuleben scheint.

Wir holen das Auto und folgen der roten Honda bis zu einem staubigen Fußballplatz, auf dem, unter einem schattigen Dach aus Zeltplanen, Tische und Bänke aufgebaut sind. Alles ist voller Menschen.

Sollen wir da wirklich hingehen? Das alles macht eher den Eindruck einer geschlossenen Gesellschaft auf mich. Doch da hat unser Begleiter schon sein Motorrad abgestellt, führt uns zu den Tischen, sucht ein paar freie Plätze für uns, sagt, wir sollen einen Moment warten, verschwindet und ist gleich darauf mit drei Gläsern und einem Krug Rotwein zurück.

Während wir miteinander anstoßen, wechselt er ein paar Worte mit den Leuten neben uns und dann halten auch die uns ihre Gläser entgegen.

„Ich habe ihnen gesagt, dass ihr Genossen aus Deutschland seid", erklärt Andrea, wie unser Begleiter heißt.

Wenn mich in Deutschland jemand als Genosse der Kommunistischen Partei bezeichnen würde, wäre ich wohl ziemlich sauer. Als ich hier jedoch die Gesichter unserer Tischnachbarn sehe, die uns anlachen und zuprosten, finde ich das ganz o.k..

Mike unterhält sich mit Andrea auf Französisch und versucht, mir zwischendurch etwas zu übersetzen. Die meiste Zeit sitze ich jedoch nur da, verstehe nicht viel von den Unterhaltungen um mich herum und schaue mir die Leute an.

Ein alter Mann kommt auf mich zu, gibt mir die Hand und beginnt, auf Italienisch etwas zu erzählen. Ich verstehe kein Wort, will aber nicht unhöflich sein. So nicke ich immer zustimmend mit dem Kopf und manchmal, wenn ich es vom Tonfall her für angebracht halte, werfe ich ein „Si, si" ein.

So unpassend scheinen meine Reaktionen nicht zu sein, denn der Mann erzählt weiter, füllt zwischendurch unsere Weingläser und deutet dabei immer wieder auf Abzeichen, die an seiner Jacke stecken. Lebhaft gestikulierend versucht er, mir dazu etwas zu erklären.

Doch jetzt muss ich bedauernd mit den Schultern zucken, denn ich verstehe beim besten Willen nicht, was er mir sagen will. Da bemerkt Andrea meine Hilflosigkeit und übersetzt.

Es sind Partisanenabzeichen, die der alte Mann da so stolz an seiner Jacke trägt. Im Zweiten Weltkrieg hat er als italienischer Kommunist gegen deutsche Soldaten gekämpft. Und nun sitzt dieser alte Partisan vor mir, lacht mich an und klopft mir auf die Schulter.

Nachdem wir schon einige Weingläser geleert haben, bekommen wir Hunger. Am Ende des Zeltes ist eine Art Küche aufgebaut. Frauen hantieren an großen Töpfen und Pfannen, die auf Gasherden stehen und es duftet nach Tomatensoße, gebratenem Fleisch und Fisch, heißem Olivenöl und Gewürzen.

Das seien alles Frauen von der Partei, die das selbst organisiert hätten, erklärt uns Andrea. Sie scheinen ihr ganzes Repertoire bologneser Hausspezialitäten aufzukochen.

Wie verzaubert stehen wir vor den vielen Töpfen. Alles duftet lecker und sieht verlockend aus.

Als Vorspeise nehme ich gefüllte Teigtaschen mit Tomatensoße und als Hauptgang überbackene Polenta, die wie Blechkuchen in Stücke aufgeschnitten ist. Dazu gibt es Fleisch in einer würzigen Soße. Obwohl wir unsere Bestellungen nur durch Fingerzeigen aufgeben, sind alle sehr nett zu uns.

Dann holen wir noch einen großen Krug Wein. Wir wollen uns bei unseren Tischgenossen revanchieren. Hinter der Getränketheke steht eine ältere Frau. Sie fragt uns etwas auf Italienisch. Sie will wohl wissen, wo wir herkommen.

„Deutschland, Germania", doch kaum sind die Worte über unsere Lippen gekommen, scheinen ihre Gesichtszüge zu erstarren und wortlos nimmt sie von uns das Geld für den Wein entgegen.

Wir gehen wieder zum Tisch zurück, füllen alle Gläser, die in unserer Reichweite stehen, prosten unseren Tischnachbarn zu und genießen das Essen.

Plötzlich steht die Frau vom Weinverkauf direkt vor mir, sagt mit einem merkwürdig ernsten Ton ein paar Sätze und schaut mich dabei so eindringlich an, dass ich das Gefühl habe, ihre Augen würden meinen ganzen Körper durchdringen. Ihr Verhalten passt überhaupt nicht zur ausgelassenen Stimmung des Festes um uns herum. Ihr starrer Blick, der harte Ton ihrer Sprache – mehr und mehr wird die Frau mir unheimlich.

Immer weiter redet sie auf mich ein und erst nach langer Zeit wird mir bewusst, dass sie die ganze Zeit auf Deutsch zu mir spricht, sehr gebrochen zwar, nicht gut verständlich, aber es sind deutsche Worte, die sie gebraucht.

Sie sei auch schon in Deutschland gewesen, sie kenne Deutschland.

Als ich das höre, denke ich an Antonio, Rosa und Giuseppe, an all die Gastarbeiter in Frankfurt. In meiner Unsicherheit frage ich, wo sie denn gewesen sei, in welcher Stadt, in Frankfurt oder in Köln vielleicht?

Doch sie redet weiter und zeigt dabei immer wieder auf eine Stelle ihres Armes. Ich verstehe einfach nicht, was sie mir sagen will.

Da legt Mike seine Hand auf meine Schulter, beugt sich zu mir herüber und sagt mir leise ins Ohr: „Sie hat KZ gesagt. Sie war in Deutschland im KZ!"

Schlagartig erkenne ich, was da auf dem Arm der Frau, dort wo sie dauernd hinzeigt, zu sehen ist: Eine Nummer! Eine Nummer, eintätowiert in ihre Haut. Ganz deutlich kann ich sie jetzt erkennen.

Plötzlich merke ich, dass es ganz still geworden ist um uns herum und auch die Frau hat aufgehört zu reden. Doch ihr Blick ist immer noch auf mich gerichtet und ich spüre, die Schwere, mit der er auf mir lastet.

Ich sitze da, weiß nicht, was ich sagen, weiß überhaupt nicht mehr, wie ich mich verhalten soll. Am liebsten würde ich mich in Luft auflösen.

Andrea steht neben der Frau, spricht zu ihr, scheint ihr etwas erklären zu wollen. Schließlich geht sie wieder zu ihrem Weinverkauf, ohne noch ein Wort zu sagen.

Die Ausgelassenheit von vorhin ist verflogen. Die Unterhaltungen gehen weiter an unserem Tisch, aber die Atmosphäre hat sich verändert.

Nach einer halben Stunde, steht die Frau wieder bei uns. Im ersten Moment erschrecke ich, doch sie hat einen Krug mit Wein in der Hand, füllt alle Gläser am Tisch, einschließlich der unseren, und auch ein Glas, das sie für sich selbst mitgebracht hat. Sie hält es uns entgegen und sagt etwas auf Italienisch zu uns.

Andrea übersetzt: „Sie meint, sie freue sich, dass ihr da seid, dass Genossen aus Deutschland hier gemeinsam mit den italienischen Genossen feiern."

Die Anspannung - so plötzlich wie sie aufgetaucht war, ist sie verschwunden. Ich fühle mich unendlich erleichtert, kann kaum glauben, was da eben geschehen ist.

Die Frau muss jetzt wieder zu ihrer Arbeit zurück. Doch im Laufe des Abends kommt sie immer wieder an unseren Tisch. Manchmal bringt sie etwas Wein, manchmal einen Teller mit ein paar Kleinigkeiten zum Essen mit.

Stets wechseln wir ein paar Worte dabei, manchmal auf Deutsch, doch meist übersetzt Andrea. Irgendwann tauschen wir auch unsere Namen aus. Sie heißt Teresa.

Schon lange ist die Nacht hereingebrochen. Wie oft wir unsere Gläser geleert haben und wie oft sie gleich darauf, wie durch Zauberhand, neu gefüllt wurden – wir wissen es nicht. Wie selbstverständlich unterhalten wir uns mit allen anderen am Tisch und merken dabei überhaupt nicht mehr, dass es eigentlich unterschiedliche Sprachen sind, in denen wir reden.

Langsam taucht bei uns die Frage auf, wo wir die Nacht verbringen sollen. Vielleicht können wir ja am Rand des Festplatzes unsere Schlafsäcke ausrollen?

Wir fragen Andrea und kurz darauf diskutiert die ganze verbliebene Gesellschaft unser Problem: Auch Teresa ist am Tisch mit dabei. Sie bespricht etwas mit Andrea und beide schauen dabei immer wieder zu uns herüber.

„Ihr könnt bei Teresa übernachten, in ihrer Wohnung. Sie lädt euch ein", teilt uns Andrea schließlich mit.

Haben wir das richtig verstanden? Doch auf unsere ungläubigen Blicke hin, wiederholt Andrea seine Worte.

So sehr mich das Angebot beeindruckt, ich weiß nicht, ob ich wirklich mitgehen will. Was sollen wir dort machen, in dieser Wohnung, die wir nicht kennen? Wie sollen wir uns mit Teresa verständigen? Über was sollen wir mit ihr reden?

Doch während ich noch hin und her überlege, hat Mike schon längst zugesagt und alles geregelt.

Wieder fahren wir quer durch Bologna, ohne dabei dem ganzen Wein, den wir getrunken haben, viel Beachtung zu schenken. Teresa sitzt neben Mike auf dem Beifahrersitz des R4, ich fahre bei Andrea hinten auf dem Motorrad mit.

Teresa wohnt in einem älteren Mehrfamilienhaus, nicht weit entfernt vom Zentrum der Stadt. Die Wohnung ist nicht groß, doch darüber machen wir uns jetzt keine Gedanken. Es ist spät, wir sind alle todmüde und Teresa muss morgen früh arbeiten.

In der Küche richten wir uns einen Platz für die Nacht zurecht. Mike nimmt das Sofa, ich rolle meinen Schlafsack daneben auf dem Boden aus und bald schlafen wir tief und fest.

Als ich am Morgen aufwache, steht die Sonne schon hoch am Himmel. Mike winkt mir mit einem Schlüsselbund. Teresa hat ihm die Wohnungsschlüssel gegeben. Sie ist bereits zur Arbeit gegangen. Wenn er sie richtig verstanden hat, will sie mittags zurück sein und für uns kochen.

Wir gehen in die Stadt, trinken Kaffee in einer Bar, bummeln durch die Straßen, die heute voller Leben sind, kaufen ein paar Kleinigkeiten ein und kommen pünktlich um die Mittagszeit zur Wohnung zurück.

Auch Teresa ist gerade eingetroffen. Sie steht in der Küche, packt ihre Einkäufe aus und versucht uns dabei die einzelnen Essenszutaten zu erläutern, die sie aus ihrer Tasche befördert. Immer, wenn etwas ganz Besonderes dabei ist, führt sie den Zeigefinger an ihren Mund und macht dabei: „Mhmm".

Während sie kocht, erzählt Mike ihr, was wir am Vormittag alles in der Stadt unternommen haben. Erst blättert er dazu dauernd im Wörterbuch, dann versucht er es mit französischen Worten, indem er sie mit italienisch klingenden Endungen versieht. Immer wieder muss Teresa über Mikes Wortschöpfungen lachen, doch sie scheint ihn ganz gut zu verstehen.

Schließlich sitzen wir zu dritt am Tisch. Vor uns steht schon wieder ein Festmahl: Als Vorspeise gibt es Nudeln mit Soße aus Tomaten, die Teresa selbst im letzten Jahr in kleinen Gläsern eingekocht hat, dann Fisch, Salat, Obst und Käse und immer wieder ein Gläschen Wein dazu, von dem es in Teresas Keller einen größeren Vorrat zu geben scheint.

Nach dem abschließenden Espresso fühlen wir uns müde, vom Essen, dem Wein und der ungewohnten Umgebung. So legen wir uns alle zu einem kleinen Mittagsschlaf hin.

Später am Nachmittag sind wir mit Andrea verabredet, an dem gleichen Platz, an dem wir ihn gestern kennengelernt haben. Auf dem Weg dorthin wollen wir noch Geld wechseln. Wir haben fast keine Lire mehr. Doch die Banken haben alle schon geschlossen.

So ein Mist! Was sollen wir denn jetzt machen? Wir können Andrea doch nicht anpumpen, er kennt uns doch kaum. Wir überlegen hin und her, doch eine brauchbare Lösung fällt uns nicht ein. Schließlich sagt Mike: „Machen wir uns doch nicht verrückt! Probleme lösen sich doch immer irgendwie von selbst", und nach unseren gestrigen Erfahrungen verstehe ich gut, was er damit sagen will.

Als wir Andrea treffen, schlägt er vor, zu ihm nach Hause zu fahren. Wie nehmen den Bus und noch bevor wir von unserem Geldproblem etwas erzählen können, erklärt er uns, dass die Busse in Bologna während der Hauptverkehrszeiten für alle kostenlos sind.

In Andreas Zimmer sieht es nicht anders aus, als bei einem meiner Freunde in Deutschland: Poster, Stereoanlage, Gitarre, Bücher...

Wir hören italienische Musik und setzen uns dann in die Küche, wo Andrea uns ein Gläschen Grappa einschenkt. Seine Mutter kommt hinzu, doch sie scheint überhaupt nicht erstaunt zu sein, uns hier zu sehen. Sie setzt sich mit an den Tisch und Mike beginnt, mit Hilfe seiner italienisch-französischen Wortschöpfungen eine kleine Unterhaltung mit ihr. Später steht sie auf, stellt sich an den Herd und kocht Spaghetti für uns.

Als es schon lange dunkel ist, wollen wir aufbrechen. Andrea sagt, dass er uns zurückbringen wird, holt seine Honda und zu dritt fahren wir auf dem Motorrad zu Teresas Wohnung. Als wir ankommen, ist Teresa noch wach.

Für morgen haben wir eigentlich unsere Weiterfahrt in Richtung Süden geplant. Wir wollen Teresas Gastfreundschaft nicht überstrapazieren. Doch als sie uns empfängt, erzählt sie gleich, dass wir sie morgen Abend zu einer Versammlung der KP-Gruppe ihres Stadtteils begleiten sollen. So wird die Abreise vertagt.

Wir haben uns schon gut eingelebt. Im Tabakgeschäft liegt am nächsten Morgen eine Zigarettenpackung Nationali mit Streichhölzern für mich bereit und in der Bar, in der wir unseren Kaffee trinken, begrüßt man uns wie alte Stammgäste.

Mittags werden wir wieder von Teresa bekocht. Heute gibt es Tagliatelle, breite flache Nudeln, die sie extra für uns mit einem langen Nudelholz selbst hergestellt hat.

Am Abend brechen wir gemeinsam zur Parteiversammlung auf. Jeder der etwa zwanzig Anwesenden begrüßt uns Genossen aus Deutschland herzlich mit Handschlag. Dann wird die Versammlung offiziell eröffnet und es folgt ein Referat zu einem politischen Grundsatzthema, von dem wir kein Wort verstehen, dessen Tonfall Mike aber sehr an ähnliche Veranstaltungen der DKP an der Uni in Frankfurt erinnert.

Als nach etwa einer Stunde noch nichts auf ein Ende des Vortrages hindeutet, verlassen wir vorzeitig die Versammlung und entschuldigen uns. Wir können ja nichts verstehen und glücklicherweise scheinen alle Verständnis dafür zu haben.

Am nächsten Morgen verabschieden wir uns von Teresa. Wir sollen wiederkommen. Ihre Wohnung wird uns immer offen stehen, versichert sie uns.

Dann fahren wir zum letzten Mal mit dem R4 durch Bologna, hinaus Richtung Süden, nach Kalabrien, zum Meer und dem Restaurant mit dem netten Wirt, wo man draußen sitzen, für wenig Geld köstlich Essen und Rotwein trinken und dabei auf die Endlosigkeit des Meeres schauen kann.

Epilog

in dem ich ans Ziel komme, weil ich mich im dichten Verkehr vor Venedig verfahre -
und Antonio uns eine wohlgefüllte Schatzkammer zeigt

Zwanzig Jahre ist es her, dass ich zum letzten Mal meinen Fuß auf italienischen Boden gesetzt habe. Ich bin viel gereist in dieser Zeit, war in anderen Kontinenten, doch nie wieder in Italien. Nicht, dass ich das Land in den vielen Jahren absichtlich gemieden hätte, nein, es hatte sich einfach nicht mehr ergeben.

Ich lebe jetzt gemeinsam mit meinem achtjährigen Sohn Fabi im Norden Bayerns. Die Pfingstferien stehen vor der Tür und diese nutzt man hier gerne, um in den Süden, ans Mittelmeer zu fahren. Meist ist es um diese Zeit dort schon so warm, dass man baden und am Strand liegen kann, ohne sich dies alles mit den Urlaubermassen, die in der Hochsaison hier einfallen, teilen zu müssen. Es ist auch nicht sehr weit zu fahren. Nicht einmal drei Stunden braucht man von unserem Haus aus bis zur italienischen Grenze.

Ich bin schon öfter mit Fabi zusammen in Urlaub gewesen, seit seine Mutter und ich uns vor einiger Zeit getrennt haben. Letzte Pfingsten waren wir am Meer in Südfrankreich, dieses Jahr haben wir Italien ins Auge gefasst.

Italien - da gibt es viele Erinnerungen für mich an frühere Reisen, doch das liegt alles schon sehr lange zurück. Wie aus einem anderen Leben kommt es mir vor, so viel ist seitdem geschehen.

Ich beginne, mich in Reiseliteratur einzulesen, um mich etwas mit unserem Urlaubsland vertraut zu machen. Ein Platz am Meer sollte es sein, etwas zum Anschauen in der Nähe, kindgerecht und möglichst nicht so weit mit dem Auto zu fahren – so stelle ich mir unser Urlaubsziel vor.

Die Wahl fällt auf ein Fischerstädtchen südlich von Venedig: Strand, ein kleiner Hafen mit Booten und Netzen, ein Tagesausflug nach Venedig - das könnte Fabi gefallen. Und falls es dort doch nicht so sein sollte, wie wir uns das jetzt ausmalen, sind wir flexibel, weiter zu suchen. Wir wollen Zelten, und auf den Campingplätzen gibt es um diese Zeit überall Platz, der große Ansturm kommt ja erst im Sommer.

Der Tag unserer Abreise rückt näher und manchmal tauchen ganz unvermittelt Bilder von früher in mir auf: von Antonio, dem kleinen Dorf bei Cavallino, Francescos Bauernhof.... Doch so plötzlich, wie die Bilder vor mir entstehen, sind sie im Trubel des Alltags auch schon wieder verschwunden.

Gleich zu Beginn der Pfingstferien fahren wir los. Eine Woche soll unsere Reise dauern. Wir kommen gut voran und bei Trient beschließe ich, die Autobahn zu verlassen und auf der Landstraße weiter zu fahren. Doch bald zweifle ich, ob diese Entscheidung, über die ich mir nicht viel Gedanken gemacht hatte, sehr sinnvoll war.

Der Verkehr wird immer lebhafter und wir sind viel langsamer, als ich es geplant hatte. Immer wieder müssen wir anhalten, um auf der Karte unseren weiteren Weg zu überprüfen und je mehr wir uns Venedig nähern, desto verwirrender wird das Straßennetz. Einmal zeigen zwei Wegweiser nach Venedig, doch jeder von ihnen weist in eine andere Richtung. Als immer mehr Hinweisschilder nach Jesolo auftauchen, wird mir allmählich bewusst, dass wir uns im Nordosten und nicht südlich von Venedig befinden. Wir haben uns verfahren.

Es ist schon spät. Wir sind müde, und es wird immer anstrengender, sich im dichter werdenden Verkehr zurechtzufinden. Um zu unserer ursprünglichen Route zurückzufinden, müssten wir Venedig jetzt noch einmal großräumig umfahren. Doch hierzu fühle ich mich viel zu erschöpft und als ich sehe, wie die Dämmerung immer mehr hereinbricht, beginne ich, über Alternativen nachzudenken.

Warum fahren wir denn nicht einfach hier an die Küste, hier in der Gegend, in der ich als Kind gemeinsam mit meinen Eltern und meinen Geschwistern den Urlaub verbracht habe? Wir sind schließlich an nichts gebunden, kein gebuchtes Hotel wartet auf uns.

Im letzten Abendlicht schimmert uns das stille, dunkle Wasser der Lagune von Venedig entgegen, als wir auf die lang gestreckte Landzunge von Cavallino einbiegen. Viel Verkehr ist auf der Straße, die schnurgerade bis ans Ende der Landzunge nach Punta Sabioni führt, von wo aus die Linienschiffe in einer Stunde Venedig erreichen.

Rechts von uns ist sie von Restaurants und Geschäften gesäumt, links müsste nach der Karte das offene Meer sein. Doch wir sehen nichts davon. Lediglich viele Hinweisschilder auf Campingplätze tauchen auf, die alle in diese Richtung zeigen.

Es ist schon dunkel. Die Schilder sind alle in gleicher Weise nichtssagend und schließlich folgen wir einfach irgend einem.

Wir haben Glück. Der Campingplatz ist schön, nicht sehr groß, liegt direkt am Strand und wir schlagen unser Zelt unter einem großen Baum auf, der uns am Tag vor der Sonne schützen wird. Es gibt ein Restaurant und als wir uns dort bei Pizza, Wein und Limonade gegenüber sitzen, sind wir rundherum zufrieden mit dem Beginn unseres Urlaubs.

Am nächsten Morgen erkunden wir den Strand und das Meer. Zu dieser Jahreszeit ist das Wasser noch recht kühl in der Frühe. So beschließen wir, erst einmal nach Cavallino zum Einkaufen zu fahren.

Vom Campingplatz kommend, biegen wir auf die lange Straße ein, auf der wir gestern Nacht hergekommen sind. Auf der vom Meer abgewandten Seite stehen Gebäude, hinter denen sich ein Dorf anzuschließen scheint.

Wir fahren an einer Bar, einer Tankstelle, einer Bäckerei und einem Haus vorbei, in dem früher im Erdgeschoss wohl einmal ein Ladengeschäft war, wie das jetzt verhängte Schaufenster vermuten lässt.

Kurz tauchen Bilder aus einer lange zurückliegenden Zeit in mir auf und ich habe das Gefühl, dass mir dies alles vertraut ist.

Diese Bilder lassen mich nicht mehr los und vermischen sich undeutlich mit Erinnerungen an fremde Eissorten, an ein Geschäft mit Luftmatratzen, Sonnenölen und Strandmatten und an lustig aussehende Brötchen. Ich glaube sogar, den morgendlichen Duft aus der Backstube deutlich wahrzunehmen.

Ohne viel nachzudenken, biege ich ins Dorf ein. Schon nach wenigen Metern erkenne ich die Kirche und gegenüber ein Haus, vor dem ein großes Schild auf eine Pizzeria hinweist, die sich im Erdgeschoss befindet.

Daneben steht ein Mann mit grauen Haaren in Arbeitskleidung, so als käme er direkt aus einer Werkstatt.

Ich mag es eigentlich nicht, Leute in einem fremden Land anzusprechen, deren Sprache ich nicht beherrsche. Doch wie von einer mir unbekannten Kraft getrieben, halte ich an, steige aus dem Auto, gehe auf den Mann zu und frage ihn, ob er Deutsch spricht.

„Ja, ein wenig", antwortet er.

Ich erkundige mich nach dem Besitzer des Restaurants. Der Mann zögert. Irgend etwas scheint an dieser Frage nicht klar zu sein. Vielleicht hat er mich nicht richtig verstanden. Ich versuche es noch einmal, bemühe mich dabei langsam und deutlich zu sprechen und einfache Worte zu gebrauchen.

Jetzt versteht er mich und erklärt mir, dass der Besitzer gerade einmal fortgegangen sei. Ob wir vielleicht einen Tisch reservieren möchten? Er könne das gerne ausrichten.

Ich fühle mich verwirrt von der Situation, ohne dass ich sagen könnte, warum. Das, was ich hier sehe, passt nicht zu den Bildern aus meiner Erinnerung, die in den letzten Stunden immer wieder aufgetaucht sind.

Und plötzlich weiß ich genau, wer da vor mir steht, spüre, dass ich ihn eigentlich sofort erkannt habe, als ich in diese Dorfstraße eingebogen bin: Der Mann mit den grauen Haaren, mit dem ich rede – niemand anderes als Antonio ist es!

Doch Antonio kenne ich als Besitzer eines gutgehenden Restaurants, mit dem er in den letzten Jahren viel Geld verdient hat. Antonio trägt feine Kleidung, macht Reisen, so wie damals, als er nach dem Tod meines Vaters zu uns nach Frankfurt kam. Antonio steht nicht hier in einem abgewetzten Arbeitsanzug vor seinem Restaurant, das ihm gar nicht zu gehören scheint.

In fragendem Ton sage ich: „Antonio?"

„Ja, das bin ich," und noch während er mich ungläubig anschaut, füge ich hinzu: „Flenner, ich bin Bernward Flenner aus Frankfurt."

Einen kurzen Augenblick scheint Antonios Gesicht zu erstarren, doch schon lösen sich seine Züge und ein Lachen macht sich breit.

„Berni von Flenners, der kleine Bernie aus Frankfurt." Er schüttelt ungläubig den Kopf, klopft mir auf die Schulter, wiederholt meinen Namen und während ich ihm meinen Sohn vorstelle, führt er uns durch eine Tür an der Seite des Hauses. Wir steigen die Treppe hinauf, kommen in eine Wohnung, betreten die Küche und sehen Rosa, seine Frau, die gerade mit Kochen beschäftigt ist. Noch während Antonio ihr erklärt, wer wir sind, ist sie bei uns und ich spüre ihre herzliche Umarmung.

Wir setzen uns an den Küchentisch und schon stehen Wein und Limonade vor uns. Wir sollen berichten: Von unserer Familie, von Frankfurt, von allem, was geschehen ist, seit ihrem letzten Besuch im Bachstelzenweg, damals vor vielen Jahren nach dem Tod meines Vaters.

Rosa deckt den Tisch und während ich erzähle, steht plötzlich vor jedem von uns ein Teller voll olivenölglänzender Spaghetti, gekrönt mit einem Häufchen roter Soße und frisch geriebenem Parmesankäse. Ungläubig schaut Fabi den kleinen Soßenklecks an. „Iß nur, bessere Spaghetti findest du nirgends auf der Welt", versuche ich seine Zweifel zu zerstreuen und als ich sein strahlendes Gesicht sehe, nachdem die ersten Nudeln in seinem Mund verschwunden sind, habe ich das Gefühl, in einen Spiegel zu schauen.

Das Restaurant würden sie schon lange nicht mehr betreiben, erzählt Antonio. Erst sei der Bruder ausgestiegen, um die Firma des Schwiegervaters weiterzuführen, dann, nachdem die Kinder heirateten, hätten auch diese nicht mehr mithelfen können.

Auch das Geld habe hinten und vorne nicht mehr gereicht. So sei ihnen keine andere Wahl mehr geblieben, als das Restaurant zu verpachten. Eine Pizzeria sei jetzt daraus geworden. Die liefe wohl nicht schlecht. Pünktlich bekämen sie jeden Monat ihre Pacht, auch wenn wegen der Steuern und der Reparaturen am Haus, die immer wieder anfallen würden, oft nicht viel davon für sie übrig bliebe.

Er habe wieder angefangen, in seinem früheren Beruf zu arbeiten, fährt er fort, während er die leeren Spaghettiteller abräumt, um Platz zu machen für die dünnen, knusprigen Milaneser Schnitzel, die Rosa gebraten hat.

Damals, noch bevor sie das Restaurant aufgaben, habe er bisweilen wieder beim Onkel in der Werkstatt ausgeholfen. Und als er dies erzählt, sehe ich, wie Antonios Augen zu strahlen beginnen.

Immer mehr Aufträge hätte es gegeben, seit sich in Venedig herumgesprochen hatte, dass der Onkel wieder historische Möbel restauriere, und stets seien seine Rechnungen pünktlich bezahlt worden. Die Leute befürchteten wohl, der alte Schreiner könne es sich noch einmal anders überlegen und erneut aufhören mit diesen Arbeiten. Heute führe er, Antonio, die Werkstatt fast alleine. Der Onkel sei zu alt, um noch jeden Tag von früh bis spät an der Hobelbank zu stehen. Doch immer wieder helfe er mit, wenn er gebraucht werde.

Unsere Teller sind leer und auf dem Gasherd brodelt es bereits in der silbernen Espressokanne. Antonio ist kurz fort, um für uns alle Eis als Nachtisch zu holen, besonders aber für Fabi.

Wie es bei ihm denn in der Schule sei und was er sonst gerne mache den Tag über, fragt Rosa meinen Sohn. Und obwohl er bei fremden Menschen sonst immer zurückhaltend ist, erzählt er heute frei heraus von seinen Freunden, seiner Katze, seinen Gameboyspielen und von allem, womit er zu hause so seine Zeit verbringt.

Als der Espresso getrunken und die Schüssel mit dem Eis bis auf die letzte Kugel geleert ist, fragt uns Antonio, ob wir vielleicht einen kleinen Spaziergang machen möchten.

„Gerne", antworte ich. Wir stehen auf, gehen die Dorfstraße entlang, vorbei an der Kirche, biegen ab und vor einem flachen Gebäude, mit einem Stapel Holzbretter davor, bleiben wir stehen. Antonio holt einen Schlüssel aus der Tasche, öffnet die Tür und bittet uns herein. Es dauert einen Moment, bis sich unsere Augen von dem grellen Schein der Mittagssonne an das gedämpftere Licht im Raum gewöhnt haben.

An einer Wand steht die Hobelbank und dahinter, wie auf einem Stilleben angeordnet, die Werkzeuge des Schreiners: Hobel in den verschiedensten Ausführungen, manche so alt wie die Möbel selbst, die sie hier restaurieren, Stemmeisen in allen erdenklichen Größen und Breiten, Sägen in Formen, wie ich sie noch nirgends gesehen habe.

Doch auch Maschinen gibt es einige, und manche davon glänzen so neu, als wären sie gerade erst geliefert worden.

„Ja, ich habe schon einiges investiert in den letzten Jahren", erläutert Antonio, als er sieht, wie ich die Ausstattung der Werkstatt bestaune. „Ohne das alles kann ein Schreiner heutzutage nicht mehr arbeiten."

Dann lenkt er unsere Blicke in die Mitte des Raumes, auf ein unter einer schützenden Decke verborgenes Möbelstück. Als er es abdeckt, kommt ein wunderschöner alter Sekretär mit vielen kleinen Schubladen zum Vorschein. Unwillkürlich müssen Fabi und ich über die seidenglänzende Oberfläche streichen.

„Fragt mich nicht, wie viele Wochen ich daran gearbeitet habe. Ihr hättet das Stück sehen sollen, als es noch in Venedig stand. Hier unten die Tür: die Füllung fehlte und der Rahmen war vom Holzwurm zerfressen", erläutert Antonio, während seine Hand liebevoll auf dem Möbelstück ruht, „die Schubladen: bei jeder zweiten fehlte der Griff, und so verzogen war alles, dass man keine einzige mehr richtig öffnen konnte, und dann die tiefen Kratzer überall auf der Oberfläche. Als ich den Sekretär das erste Mal sah, wusste ich wirklich nicht, ob ich mich überhaupt daran wagen sollte."

Während er uns dies erzählt, öffnet er die Türen, demonstriert die Leichtgängigkeit jeder einzelnen Schublade und fordert uns auf, unsere Nasen daran zu halten, damit wir den zarten Geruch des Öls, mir dem er die Oberfläche poliert hat, wahrnehmen können.

Antonio scheint in diesem Sekretär vollkommen zu hause zu sein. Jede Ecke, jeder Winkel ist ihm vertraut.

„Schaut, ich habe nur den Staub von zwei Jahrhunderten entfernt und das, was die Menschen ihm durch Unachtsamkeit und schlechte Lagerung in dieser Zeit an Schaden zugefügt haben, wieder instandgesetzt. Doch die Spuren des Lebens, welche die Zeit hinterlassen hat, die habe ich ihm nicht genommen, die gehören zu jedem Möbelstück dazu", und er zeigt auf die Patina der Messingbeschläge, die Holzgriffe, deren Kanten durch den Kontakt mit unzähligen Händen glatt und rund geworden sind und die kleinen Tintenspritzer auf der ledernen Schreibunterlage.

Dann führt uns Antonio zu einer unscheinbaren Tür, die uns in einen kleinen, dunklen Raum führt. Bis unter die Decke ist er mit alten Hölzern vollgestapelt, an der Wand sind Kisten aufgereiht, voll mit staubbedeckten Metallbeschlägen für die unterschiedlichsten Verwendungen, und neben der Tür steht ein Regal, über und über gefüllt mit Dosen, Gläsern und Flaschen, von denen nur Antonio den Inhalt zu kennen scheint.

„Schaut euch nur um in der Schatzkammer. Fast dreißig Jahre hat es gedauert, um sie wieder so zu füllen, wie ihr sie jetzt seht, nachdem der Onkel damals in seiner Not alles verkaufen musste. Hier finde ich alle Teile, die ich für meine Arbeit brauche, und viele Schreiner beneiden mich um diese Sammlung."

Er greift in eine der Kisten, holt einen Messinggriff hervor, reibt den Staub am Ärmel seiner Jacke ab und hält ihn uns entgegen. Der Griff hat die Form eines Löwenkopfes und so detailgenau hat ihn ein Meister geschaffen, dass ich im ersten Moment unwillkürlich zögere, ihn anzufassen, aus Furcht, er könne zum Leben erwachen.

Auf dem Rückweg durchs Dorf erläutert uns Antonio immer wieder die unzähligen Arbeitsschritte, die für die Restaurierung des Sekretärs erforderlich waren.

Die Bezahlung für seine Arbeit sei heutzutage besser geworden. Vielleicht hätten die Menschen wieder mehr Achtung vor diesen Dingen, vielleicht sei es aber auch nur der Preis der Antiquitäten, der in den letzten Jahren immens gestiegen sei.

Sehr viel Geld bleibe ihm trotzdem nicht. Immer wieder kaufe er eine neue Maschine und bisweilen komme es auch vor, dass er einen größeren Betrag für einen kunstvollen alten Beschlag ausgebe, um seine Sammlung zu vervollständigen.

Doch was solle er denn mit mehr Geld auch anfangen. Was sie brauchen, das hätten sie.

Die restlichen Tage genießen Fabi und ich am Meer. Wir machen mit dem Schiff von Punta Sabioni aus einen Ausflug nach Venedig und am letzten Urlaubstag besuchen wir noch einmal Antonio und seine Frau. Erneut werden wir liebevoll bekocht, sitzen beieinander und die Zeit scheint wie im Fluge zu vergehen.

Als wir uns schließlich verabschieden, müssen wir versprechen, bald wieder zu kommen.

Im Jahr darauf lösen wir unser Versprechen ein. Doch dieses mal sind wir zu fünft und wollen die ganzen zwei Wochen der Pfingstferien auf dem Campingplatz verbringen. Meine Freundin ist mitgekommen, mit ihren vier und sieben Jahre alten Söhnen Benni und Jojo.

Ich habe Antonio nicht geschrieben, dass wir kommen werden. Doch als wir alle bei ihnen auftauchen, wirkt er überhaupt nicht erstaunt. Ich habe das Gefühl, als ob ich erst gestern hier gewesen wäre. In Windeseile wird ein Essen für uns organisiert, am Tisch werden die Stühle enger zusammengerückt, damit wir alle Platz haben und unsere Kinder fühlen sich einfach wohl.

Ein paar Tage später besuchen wir gemeinsam mit Antonio seinen Schwager Giuseppe. Von den beiden kleinen Häusern zwischen den Obstbäumen und dem großen Tisch davor, ist nichts mehr zu sehen. Wir sitzen in einer ausgedehnten, modernen Halle. Türme von Obstkisten stapeln sich überall und draußen stehen moderne landwirtschaftliche Maschinen. Sie haben wenig Zeit. Es ist Hochsaison und die ganze Familie, einschließlich der Familien der Kinder, arbeitet. Sie sehen erschöpft aus, doch sie scheinen sich alle sehr über unseren Besuch zu freuen. Eine Stunde sitzen wir zusammen, trinken eine Flasche Wein und Giuseppe erzählt, dass er gerade damit beginne, biologisches Obst für den deutschen Markt zu produzieren. Die Nachfrage hierfür werde immer größer. Dann verabschieden wir uns. Giuseppe und seine Familie müssen wieder arbeiten.

***

Viele Jahre sind nun vergangen, seit wir damals alle zusammen bei Antonio, Rosa und Giuseppe waren. Kurz nach unserer Rückkehr aus Italien zogen meine Freundin und ich mit unseren Kindern zusammen und bald darauf kam Leo, unser vierter Sohn zur Welt, mit dem wir bis heute schon sehr oft in Italien waren. Leo liebt Venedig und möchte gerne, dass wir in jedem Urlaub einen Abstecher in die Lagunenstadt machen.

Antonio haben wir allerdings nie mehr wiedergesehen. Wenn wir bei ihm vorbeischauten, trafen wir ihn nicht an und das eine oder andere Mal haben wir es dann auch gar nicht mehr versucht.

Jeden Samstag bekochte ich die vielen Jahre über unsere ganze Familie mit Spaghetti und als ich den Eindruck bekam, den anderen könne die Tomatenhackfleischsoße auf Dauer zu eintönig werden, wälzte ich Kochbücher, variierte und verfeinerte meine Saucen, versuchte hierzu auch die Art der Nudeln passend und abwechslungsreich auszuwählen und so blieb dieser Brauch lange gewahrt. Ob dem Rest der Familie das traditionelle Samstagsessen wirklich immer geschmeckt hat? Ich weiß es nicht. Ich habe nie danach gefragt.

Unsere großen Söhne sind jetzt ausgezogen und immer häufiger kommt es vor, dass wir uns am Wochenende überhaupt nicht mehr selbst in die Küche stellen, sondern lieber etwas unternehmen und dann irgendwo in einem Gasthaus einkehren.

Doch immer, wenn es mir einmal nicht gut geht, egal ob an Körper oder Seele, dann ist die beste Medizin für mich nach wie vor ein Teller voll dampfender Spaghetti. Und die sicherste und schnellste Wirkung entfaltet das Heilmittel stets in Verbindung mit der vertrauten Tomatenhackfleischsoße und oben darauf einem großen Löffel voll frisch geriebenem Parmesankäse.